古代文史名著选译丛书

苏轼诗文词选译

主编 章培恒 安平秋 马樟根

修订版

译注 曾枣庄 曾弢
审阅 章培恒

凤凰出版传媒集团 凤凰出版社

图书在版编目（CIP）数据

苏轼诗文词选译 / 曾枣庄，曾弢译注. -- 南京 : 凤凰出版社，2011.5（2016.4重印）
（古代文史名著选译丛书）
ISBN 978-7-5506-0451-3

Ⅰ. ①苏… Ⅱ. ①曾… ②曾… Ⅲ. ①宋诗－选集②古典散文－散文集－中国－北宋 Ⅳ. ①I214.412

中国版本图书馆CIP数据核字(2011)第046255号

书　　名　苏轼诗文词选译
译 注 者　曾枣庄　曾　弢
责任编辑　樊　昕
出版发行　凤凰出版传媒股份有限公司
　　　　　凤凰出版社(原江苏古籍出版社)
　　　　　发行部电话025-83223462
出版社地址　南京市中央路165号,邮编:210009
出版社网址　http://www.fhcbs.com
照　　排　江苏凤凰制版有限公司
印　　刷　江苏凤凰扬州鑫华印刷有限公司
　　　　　扬州市江阳工业园蜀岗西路9号　邮编 225008
开　　本　960×1304毫米　1/32
印　　张　11.25
字　　数　182千字
版　　次　2011年5月第1版　2016年4月第2次印刷
标准书号　ISBN 978-7-5506-0451-3
定　　价　28.00元
(本书凡印装错误可向承印厂调换,电话:0514-85868858)

《古代文史名著选译丛书》修订版出版说明

呈献在读者面前的这套《古代文史名著选译丛书》是2011年的修订版。全书共134册，包括了中国从先秦至清末两三千年间的著名典籍。每部典籍都选其精粹（《论语》《老子》则全文收录），收录原文，加以简明的注释，力求准确地译为现代汉语，并于每一篇之前写有对该文的提示性说明。这是近一个世纪以来，规模最大、收录种类相对齐全、译注质量较高的一套普及传统文化的今译丛书。

这套丛书，原在1992年—1994年由巴蜀书社分三批出齐，印行过万套；不久，又由台湾的出版机构买去海外版权在台湾及海外发行，可见这套丛书当年在两岸受欢迎的程度。时隔17年，丛书编委会决定重新修订，改由江苏凤凰出版集团所属的凤凰出版社出版。

这套丛书是由教育部属下的全国高等院校古籍整理研究工作委员会(简称古委会)于1985年策划的。古委会组织了全国18所大学的古籍整理研究所的所长任编委会编委，由我们三人任主编，在全国范围内选请学有专长的学者承担各书的译注。从1986年—1992年，历时7年完成。当时，编委会制订了严明、可行的体例和细则，译注者按要求完成书稿。每部书稿完成后，都在全国范围内请编委会之外的专门研究这一学术领域的两位专家初审，合格后再请两位编委参照初审意见审改，然后退还原译注者改正。待原译注者改正后，再由编委会集中常务编委和部分编委、相关专家在一地将每部书稿从头至尾审改。这样的集中审稿会一般都在8—15天，7年中开了12次审改会。审改后，三位主编再集中在一起逐一审定，交付出版社。这一工作程序，使得这套丛书的译注质量有了一定的提高。所以，这套丛书，在一定程度上是个人与多人合作的结果。关于这套丛书的编纂始末，我们曾在1992年4月全书交稿后写有一篇文章，这次附在修订版书末，便于读者了解。

这次修订,是交由原译注者自己修改。少数译注者已去世,则书稿一仍其旧。个别译注者已联系不上,也保持原貌。

1992年—1994年出版时,书前有当时古委会主任周林先生写的序。周林先生是这一丛书的发起者。他已于1997年6月去世,至今已14年了。为了尊重历史,也为了纪念他,修订版仍用他的序。

我们三人在1985年—1992年主持这套丛书工作时,年龄大的是从51岁到58岁之间,年龄小的是从44岁到51岁之间,那时尚有精力组织、参与这一工作,今天我们都已年逾古稀。全书修订版出版之际,心情似乎比当年更惴惴不安地期待着读者的评头品足,期待着不要对读者贻误太多。

回想这套丛书,真应该感谢我们的祖先为我们留下了这样深厚、丰富的思想、文化遗产,使我们今天仍然受用无穷。应该感谢这套丛书的全体译注者、审阅者、编委和当年的出版者巴蜀书社、今天的出版者凤凰出版社,是他们的学识、辛勤与真诚使得这套丛书得以面世。

章培恒　马樟根　安平秋

2011年3月15日

序

《古代文史名著选译丛书》与广大读者见面了。这是丛书编委会的同志与众多专家学者通力协作、辛勤耕耘的结果。

中华民族在五千年漫长的岁月里，创造了光辉灿烂的文化，给人类留下了丰富的精神财富。“观今宜鉴古，无古不成今”。今天，以马克思主义的科学理论为指导，整理研究我国古代文化典籍，做到汲取精华，剔除糟粕，古为今用，推陈出新，使人们在正确认识民族历史的同时，得到爱国主义的教育，陶冶道德情操，提高全民族的文化素质，促进社会主义文化的繁荣，使文明古国的历史遗产得以发扬光大，这是我们每个炎黄子孙的责任。而要做到这样，对古籍进行整理与研究是重要的基础工程。但是，整理与研究古籍仅作标点、校勘、注释、辑佚还不够，还要有今译，使老年人、中年人、青年人都愿意去读，都能读懂，以便从中得到教益。

基于以上认识，全国高等院校古籍整理研究工作委员会于1986年5月组成了以章培恒、安平秋、马樟根三位同志为主编的《古代文史名著选译丛书》编委会，确定了以全国十八所大学的古籍整理研究所为主力承担这一看似轻易、实则艰巨的今译任务。在第一次编委会议上，拟定了《凡例》、《编写与审稿要求》、《文稿书写格式》和一百余种书目。以每一种书为十万至十五万字计算，这套丛书大约有一千余万字，应该说是一项大工程。经过一年的努力，完成了第一批三十六部书稿的译注任务。在各研究所的专家与所长把关的基础上，于1987年5月和7月，先后在复旦大学、北京大学召开了部分编委参加的审稿会，通过了二十五部书稿，作为《古代文史名著选译丛书》与广大读者见面的第一批作品。与此同时，在1987年7月6日，邀请了在京的十几位专家教授与编委会十几位编委一起座谈这套丛书与古籍今译的问题。专家们肯定了今译工作的必要性与深远意义，并以他们数十年的教学科研和创作的经验，说明今译是一项难度很大的工作，是培养人才，使之打下坚实基本功的一种有效方法；专家们还对《古代文史名著选译丛书》提出了宝贵的建议，这对当时的审稿工作和保证《丛书》的质量起了很好的作用。

实践证明，古籍的今注不易，今译更难。没有对作品的深入、透彻的研究，没有准确、通俗、生动的语言表达能力，要想做好今译是不可能的。两年多来，全国高等院校古籍整理研究工作委员会在探索古籍的今注、今译的道路上，做了一些工作。这部丛书的出版，是系统今译的开始，说明古籍整理研究工作有了新的进展。更可喜的是，一批中青年学者参加了今注今译工作，为古籍整理增添了新生力量，相信他们会在实践中，在学习中，成长成熟。我希望，这套丛书的编委会和高校各古籍整理研究所要敞开大门，加强同国内外专家学者的联系，征求他们和广大读者的意见，并向有真才实学而又适宜做今译工作的专家学者约稿，以提高古籍译注的水平，使《古代文史名著选译丛书》的第二批、第三批作品的质量更上一层楼。

这是一套以文史为主的大型的古籍名著今译丛书。考虑到普及的需要，考虑到读者对象，就每一种名著而言，除个别是全译外，绝大多数是选译，即对从该名著中精选出来的部分予以译注，译文力求准确、通畅，为广大读者打通文字关，以求能读懂报纸的人都能读懂它。我希望这套丛书能成为中小学教师的语文、历史教学的参考书，成为大专院校学生的课外读物，成为广大文史爱好者的良师益友。由于系统的古籍今译工作还刚刚起步，这套丛书定会有不少缺点、错误，也诚恳地希望读者批评指正。

巴蜀书社要我为这套丛书写序，我欣然接受了。我相信这套丛书不仅会使八十年代的人们受益，还将使子孙后代受益，它将对祖国的繁荣昌盛起到点滴的作用。最后借此机会向曾给予我们支持、帮助的专家学者和巴蜀书社的同志表示衷心的感谢！并殷切地希望台湾同胞、港澳同胞、海外侨胞和我们一同做好祖先留给我们的文化遗产的整理工作，为中华民族灿烂的文化再放异彩而努力！

周　林

1987年10月于北京

目 录

前言 ······ 001

诗

咏怪石 ······ 001

舟中听大人弹琴 ······ 007

和子由渑池怀旧 ······ 010

爱玉女洞中水，既致两瓶，恐后复取而为使者见给，因破竹为契，使寺僧藏其一，以为往来之信，戏谓之调水符 ······ 013

游金山寺 ······ 016

戏子由 ······ 020

都厅题壁 ······ 025

饮湖上初晴后雨二首(选一) ······ 028

雪后书北台壁二首 ······ 030

中秋月 …………………………………………………… 034
李思训画《长江绝岛图》 ………………………………… 036
吴江岸 …………………………………………………… 039
予以事系御史台狱，狱吏稍见侵，自度不能堪，
死狱中，不得一别子由，故作二诗授狱卒梁成，
以遗子由，二首（选一） …………………………… 041
初到黄州 ………………………………………………… 044
寓居定惠院之东，杂花满山，有海棠一株，土人
不知贵也 ………………………………………… 046
东坡八首（选一） ……………………………………… 051
鱼蛮子 …………………………………………………… 053
洗儿戏作 ………………………………………………… 056
登州海市 ………………………………………………… 058
西太一见王荆公旧诗，偶次其韵二首 ………………… 062
寄蔡子华 ………………………………………………… 066
感旧诗 …………………………………………………… 069
荔支叹 …………………………………………………… 073
椰子冠 …………………………………………………… 078
过岭二首 ………………………………………………… 081

词

南歌子（八月十八日观潮） …………………………… 085
蝶恋花（京口得乡书） ………………………………… 087
少年游（润州作，代人寄远） ………………………… 089

江城子(湖上与张先同赋,时闻弹筝) …………… 091
南乡子(送述古) ………………………………… 094
蝶恋花(密州上元) ……………………………… 097
江城子(乙卯正月二十日夜记梦) ……………… 100
江城子(密州出猎) ……………………………… 103
望江南(超然台作) ……………………………… 107
水调歌头(明月几时有) ………………………… 110
浣溪沙(旋抹红妆看使君) ……………………… 114
永遇乐(明月如霜) ……………………………… 116
卜算子(黄州定惠院寓居作) …………………… 120
水龙吟(次韵章质夫杨花词) …………………… 122
水龙吟(小舟横截春江) ………………………… 125
浣溪沙(山下兰芽短浸溪) ……………………… 129
洞仙歌(冰肌玉骨) ……………………………… 131
念奴娇(赤壁怀古) ……………………………… 134
念奴娇(中秋) …………………………………… 138
临江仙(夜归临皋) ……………………………… 141
满江红(寄鄂州朱使君寿昌) …………………… 144
满庭芳(归去来兮,吾归何处) ………………… 147
满庭芳(归去来兮,清溪无底) ………………… 150
八声甘州(寄参寥子) …………………………… 154
蝶恋花(花褪残红青杏小) ……………………… 158

文

省试刑赏忠厚之至论 …………………………… 161

上梅直讲书 …… 167
教战守策 …… 174
决壅蔽 …… 184
留侯论 …… 194
贾谊论 …… 201
喜雨亭记 …… 209
邵茂诚诗集叙 …… 214
超然台记 …… 219
日喻 …… 225
文与可画《筼筜谷偃竹》记 …… 230
方山子传 …… 238
答李方叔书 …… 243
赤壁赋 …… 250
后赤壁赋 …… 257
记承天寺夜游 …… 261
石钟山记 …… 263
王安石赠太傅制 …… 269
《范文正公集》叙 …… 274
潮州韩文公庙碑 …… 282
黠鼠赋 …… 293
答谢民师书 …… 297

编纂始末 …… 001

丛书总目 …… 001

前　言

苏轼(1036—1101)字子瞻,号东坡,北宋眉山(今四川眉山)人。他出生在一个"三世皆不显"的家庭,直到伯父苏涣才进士及第,外出做官。父亲苏洵少不喜学,后来虽发奋苦读,却屡试不第,于是决心不走科举之路,而认真研究古今治乱,并精心培养苏轼兄弟。母亲程氏出生于眉山巨富之家,也有文化,亲自教苏轼兄弟读书。由于有良好的家庭教育,苏轼从小就熟读经史,文思泉涌,心怀壮志,纵论古今,并在二十二岁时一举进士及第,二十六岁应制科试又入三等。制科三等实为一等,因一、二等为虚设,自宋王朝建立以来,入三等的也只有吴育和苏轼两人。

苏轼一生历仕仁宗、英宗、神宗、哲宗四朝。仁宗朝，是他的政治主张形成的时期。本书所选的《省试刑赏忠厚之至论》，是他参加进士考试的应试文章，已初步阐明了他一生所遵循的“以君子长者之道待天下”的仁政思想。应制科试时，他献了《进论》、《进策》各二十五篇，并作了《御试制科策》。这些文章针对仁宗朝因循守旧，危机四伏的状况，系统提出了他的革新主张。与同时略早的王安石提出的变法主张（见《上仁宗皇帝万言书》）不同，苏轼强调改革吏治，认为“天下之所以不大治者，失在于任人，而非法制之罪也。”制科入三等后，苏轼开始做官，担任凤翔府（今陕西凤翔）签判。在凤翔任上，他又作了《思治论》，进一步概括和发展了他在《进策》中提出的“丰财”、“强兵”、“择吏”的革新主张。

宋英宗治平三年（1066），苏洵卒于京师，苏轼兄弟扶父丧返蜀。熙宁二年（1069）初，苏轼守丧期满还朝，新继位的宋神宗已经采纳了王安石的变法主张，开始了变法。苏轼首先写了《议学校贡举状》，反对王安石变科举（参见本书《王安石赠太傅制》），受到神宗的接见和鼓励，神宗对他说：“虽朕过失，指陈可也”（《宋史·苏轼传》）。接着他写了《上神宗皇帝书》，对新法进行了全面批评，并说：“今日之政，小用则小败，大用则大败，若力行而不已，则大乱随之。”（《再上皇帝书》）这就引起了变法派对他的不满，诬蔑苏轼扶父丧返蜀时贩运私盐。苏轼无一言自辩，只是请求离开朝廷，出任地方官。其后他先后担任杭州（今浙江杭州）通判，密州（今山东诸城）、徐州（今江苏徐州）、湖州（今浙江湖州）知州。苏轼在各地兴修水利，救济灾民，为人民做了大量好事，深受百姓爱戴。对新法，他分别采取不同态度，或“因法以便民”，即推行新法于民有利的部分；或公开拒绝执行（如知密州期间，他就拒不执行正在推行的手实法）；而更多的则是“托事以讽”，本书所选的《戏子由》，就是讥刺新法的名作。他在《湖州谢上表》中说，神宗“知其愚不适时，难以追陪新进；察其老不生事，或能牧养小民。”“新进”、“生事”等语，刺痛了靠投机新法起家的人，他们群起弹劾苏轼，结果苏轼被捕入狱。虽然多方营救，仍被贬为黄州（今湖北黄冈）团练副使。

元丰八年（1085）神宗去世，年幼的哲宗继位，反对新法的高太后听政，起用司马光为相，陆续召回因反对新法而被逐出朝的臣僚。苏轼先被起知登州(今山东蓬莱),到官五日即被召还朝,相继担任起居舍人、中书舍人、翰林学士。苏轼在朝廷一面继续反对新党,一面又反对司马光尽废新法,主张参用所长,被旧党视为“又一王安石”。在新旧两党的夹击中,苏轼不安于朝,不断请求外任,先后出知杭州、颍州(今安徽阜阳)、扬州(今江苏扬州)、定州(今河北定县),奔波于朝廷和各地之间。“筋力疲于往来,日月逝于道路”(《定州谢到任表》),就是他元祐年间仕途生活的生动写照。

元祐八年(1093),高太后去世,哲宗亲政,重新起用新党,贬逐元祐党人。绍圣元年(1094)苏轼以讥刺先朝(神宗朝)的罪名贬知英州(今广东英德),未至贬所又贬居惠州(今广东惠州)。绍圣四年(1097)朝廷普遍加重对元祐党人的惩处,苏轼又遭不幸被远谪儋州(今海南儋州)。直至徽宗继位,苏轼才遇赦北归,于建中靖国元年(1101)卒于常州(今江苏常州),享年六十五岁。

苏轼一生从仕四十年,有四分之三以上的时间是在地方上度过的,在朝任职的时间,总计不到十年。有三分之一的时间是在贬所度过的,他在去世前不久所作的《自题金山画像》诗中愤慨地写道："心似已灰之木，身如不系之舟。问汝平生功业：黄州、惠州、儋州。"这位"奋厉有当世志"的旷世奇才，在腐朽的宋王朝，根本无法施展自己的政治抱负。

苏轼生活的时代是以欧阳修为首的北宋诗文革新运动取得决定性胜利的时代。他一生都在大力推进欧阳修所倡导的诗文革新，为肃清五代文弊进行了不懈的斗争，是这一运动的最终完成者。他虽然没有像刘勰那样留下《文心雕龙》一类的皇皇巨著，但在不少诗文中提出了很多深刻的文学艺术主张，深入研究了文艺创作自身的特点和规律，构成了相当完整的文艺思想体系。他不仅强调文艺应真实地反映现实，而且强调不能满足于形似即外表的真实，而要追求神似即精神实质的真实（见《传神记》）。文艺作品不是纯客观地反映现实，而是在反映现实时总带有主观的抒情写意色彩，是客观事物"有触于中而发于咏叹"（《南行前集叙》）。文学作品应以情动人，应做到"诗从肺腑出，出则感肺腑"（《夜读孟郊诗》），而离开了"有触于中"，自己都没有被客观事物所感动，是谈不上感动别人的。苏轼在《文与可画筼筜谷偃竹记》、《书蒲永升画后》等文中，相当深刻地阐述了文艺作品的创作过程。他说，宋初画家孙知微想画湖滩水石，构思了一年，不肯下笔。“一日仓皇入寺，索纸笔甚急，奋袂如风，须臾而成。”这里已接触到创作灵感的问题，“仓皇”、“甚急”、“如风”、“须臾”，正是灵感爆发、创作激情高涨的表现。而这种灵感爆发是建立在长期构思的基础上的，没有经营度岁，就不可能“须臾而成”。苏轼也不满足于一般地论述文道关系，而是直接强调作品的社会功用，要“有为而作”，要“言必中当世之过”（《凫绎先生文集叙》）。他反对求深务奇的时文，主张“以西汉文辞为宗师”，坚持“词语甚朴，无所藻饰”的文风（《上梅龙图书》）。他主张作品风格要多样化，反对王安石的“好使人同己”（《答张文潜书》），强调“成一家之言”（《答张嘉父》）。苏轼一生的创作，实践了他自己的这些主张。

苏轼的诗现存二千七百余首，四言、五言、六言、七言、杂言，古体、今体皆备，而尤以七言古体见长。苏辙在《东坡先生墓志铭》中说：“公诗本似李杜，晚喜陶渊明。”从内容看，苏诗确实具有杜甫诗的现实主义精神。这首先表现在他对国家民族命运的关心上，他从青年时代起就主张抗击辽和西夏的侵扰，表示了“与虏试周旋”(《和子由苦寒见寄》)的决心；即使在贬谪期间，他也不忘“臂弓腰箭何时去，直上阴山取可汗”(《谢陈季常惠一揞巾》)。苏轼也像杜甫一样，时时不忘民间疾苦，本书所选的《都厅题壁》、《鱼蛮子》就是这方面的代表作。前者对因违反新法而被囚禁，除夕夜也不能与家人团聚的无辜百姓寄予了深切同情。后者反映了渔民“何异獭与狙”的非人生活，对统治者进行了血泪控诉。苏轼这类作品往往与他反对王安石变法的政治主张纠缠在一起。但是，不管宋神宗和王安石的主观愿望如何，由于吏治的腐败，王安石变法确实起到了与民争利的作用。苏轼这类作品深刻反映了当时的实际，不能因为它与反对新法融为一体而予以否定。同情民间疾苦，就必然会对穷奢极侈的统治者不满。他早年所作的《许州西湖》，揭露了在许州连年歉收的情况下，“使君欲春游”，就不惜“浚沼役千掌”，即不惜动用成千的民力来开浚许州西湖。特别可贵的是他晚年远谪岭南期间，仍写下了著名的《荔支叹》，揭露统治者为了赢得“宫中美人一破颜”，不惜造成“惊尘溅血流千载”，并指名道姓地揭露本朝大臣“争新买宠”的丑态，甚至对在位的宋哲宗也敢于讥刺。由于苏轼在神宗朝反对王安石,在哲宗朝反对司马光,不肯“俯身从众,卑论趋时”(《登州谢上表》),因此,他一生屡遭贬谪,写下了大量抒发个人感慨的诗篇。这类诗的消极情绪最重,但也最感人,因为他有切身之痛,是他的肺腑之言。这类作品的现实意义就在于它反映了封建社会怀才不遇的知识分子的精神苦闷,有助于我们从一个侧面认识封建社会的黑暗。苏诗具有杜诗的现实主义内容,但却不同于杜诗沉郁顿挫的艺术风格,他的多数诗篇都以明快直露为特征。从艺术风格看,苏轼更接近李白,具有李白豪放不羁的浪漫主义特征。他步入仕途以前所作的《咏怪石》,已显露出他那种纵横驰骋、幻想奇特的本色;而仕途受挫以后所作的《游金山寺》,更是这种风格的代表作。“安得夫差水犀手,三千强弩射潮低”(《八月十五日观潮》),“众峰来自天目山,势若骏马奔平川”(《游径山》),像这类想象丰富、气势磅礴的诗篇,在苏轼集中比比皆是。正如钱钟书先生所说:“李白以后,古代大约没有人赶得上苏轼这种‘豪放’。”(《宋诗选注》第71页)不过,以贬官黄州为界,苏轼的诗风发生了明显的变化。他后期的诗歌仍时露豪放本色，而更多的诗篇却在学习陶潜诗的清新明净，朴素自然，淡而有味。他知扬州时，曾和陶《饮酒》诗二十首；在远谪惠州、儋州期间，几乎遍和陶诗。他在给苏辙的信中说："吾前后和其诗一百有九篇，至其得意，自谓不甚愧渊明"（苏辙《子瞻和陶渊明诗集引》）。苏轼的和陶诗，有的与陶诗的内容相近，有的题材相似而主旨不同，有的只不过是借陶诗的题目和韵脚而自抒胸臆。苏轼晚年的某些诗虽不以和陶为名，但风格也与陶诗相似。他在《与侄书》中说："凡文字，少小时须令气象峥嵘，彩色绚丽，渐老渐熟，乃造平淡。其实不是平淡，绚烂之极也。"这是他的经验之谈，是他的创作道路的总结，他的诗歌就经历了这样一个由"峥嵘"到"平淡"的发展过程。

词在中唐初兴的时候，内容比较广泛，格调也较清新。但到了晚唐、五代和宋初，词的内容越来越狭窄，几乎专写儿女私情；格调也越来越低，充满淫词艳语。苏轼以前的宋人如范仲淹、柳永、欧阳修等，对词的题材已有所开拓，词风也有所改变。苏轼在前人成就的基础上，加之他那广阔的胸怀，豪迈的性格，所以一经步入词坛，立刻带来了新鲜空气。苏轼作词一般认为是从通判杭州开始的。本书所选的《南歌子·八月十八日观潮》，是可以准确系年的最早的苏词，已突破"词言情"的藩篱，开始表现出苏词的豪放本色。而在担任密州知州期间及其以后，苏轼就更加自觉地创立豪放词，有意写得与"柳七郎（永）风味"不同，要"自成一家"。以前的词都是写给歌儿舞女唱的，他的词却"令东州壮士抵掌（拍手）顿足而歌之，吹笛击鼓以为节（节拍），颇壮观也"（《与鲜于子骏书》）。他有意以诗为词，认为词即"古人长短句诗"（《与蔡景繁书》）。他在密州所作的《江城子·密州出猎》标志着豪放词的成熟，而黄州所作的《念奴娇·赤壁怀古》，更是豪放词的千古楷模。但这种典型的豪放词，在苏词中并不多，而更多的苏词是以清旷为特征。本书所选的《水调歌头·丙辰中秋》、《念奴娇·中秋》等，都写得清新旷远，飘飘欲仙，大有不食人间烟火的味道。苏轼也有一些豪放词写得沉郁苍凉，寄慨万端，如《满江红·寄鄂州朱使君寿昌》、《八声甘州·寄参寥子》等。辛弃疾后来大大发展了这类苏词的沉郁苍凉的风格。可见，同为豪放词，在苏轼那里已有不同的风貌，为南宋豪放词的发展开辟了广阔的天地。但是，在现存三百四十余首东坡词中，各种风格的豪放词仍居少数，现存苏词的绝大多数仍属婉约词。苏轼在词史上的贡献不仅在于创立了豪放词，而且还在于发展了婉约词。他扩大了婉约词的题材。苏轼以诗为词不止表现在豪放词中，也表现在婉约词中，都能做到无意不可入，无事不可言。特别值得一提的是，苏轼以前的咏物词不多，苏轼成功地创作了一些咏物词，如咏扬花的《水龙吟》、咏石榴的《贺新郎》、咏孤鸿的《卜算子》、咏梅的《西江月》等。这些词表面是咏物，实际是托物拟人，意在言外，耐人寻味。这类咏物词对后世词坛产生了巨大的影响，南宋姜夔等人就创作了不少咏物词。苏轼还写了一些描写农村风光的词，也开拓了词的题材。东坡词中也有不少言情词，如托名思妇怀念远人，实际是抒写自己怀念妻子的《少年游·润州作，代人寄远》，悼念前妻王弗的《江城子·乙卯正月二十日夜记梦》等。这些词不用花间派词人的香词艳语，而往往用白描手法抒发纯真、热烈的爱情，大大提高了言情词的格调。苏轼在词史上的又一贡献是使词摆脱了音乐的附属地位，把词发展成为独立的抒情诗。唐以前以诗为乐，按诗谱曲；唐宋则以词为乐，按词谱填词，词是音乐的附属物。苏轼作词也遵守词律，但他又敢于不受词律的约束。贬低苏词的人常说它“不入腔”，“不协律”，是句读不齐的诗。但正如晁补之所说：“居士词横放杰出，自是曲中缚不住者”（《苕溪渔隐丛话后集》卷三十三）。苏轼历来主张文贵自然，不愿以声律害意。这在当时虽遭到一些人的非议，但从词的发展史看，他使词逐渐成为一种独立的抒情诗体。特别是在词谱失传以后，词人更只能沿着苏轼的路子填词。

苏轼的散文现存四千余篇，无论数量和质量，在唐宋散文八大家中都是首屈一指的。杜牧的《阿房宫赋》已开文赋的先河，苏轼则是文赋的完成者。文赋的特点是骈散结合，押韵不严，用典较少，较之骈赋、律赋，它是一种更自由、更有生命的抒情赋。本书所选的前后《赤壁赋》、《黠鼠赋》，都颇能代表这种赋体的特色。苏轼一生“身行万里半天下”，所到之处，写了不少游记。以前的游记多以记叙为主，通过景物描写来抒发作者的思想感情，如柳宗元的《永州八记》。但宋人好发议论，特别是苏轼，他的游记往往以描写、记叙、议论、抒情的错综并用为特征，而议论占很大比重。他的《超然台记》是先议论而后进入记叙，《凌虚台记》是先记叙而后进入议论，《思堂记》除寥寥数语交代本事外，几乎通篇都是议论。《石钟山记》首尾皆议论，中间一大段描写夜游石钟山，算是记叙、描写的成分较大的。但即使如此，它的记叙描写也是为反驳李勃关于石钟山山名由来的观点服务的，实际是一篇驳论性质的游记。陈师道说："退之(韩愈)作记，记其事耳；今之记，乃论耳。"这就是针对苏轼等的游记说的。苏轼说他"平生不为行状墓碑"(《陈公弼传》)，在东坡集中，碑传文确实很少，但是写得很好。本书所选的《方山子传》，仅散记了陈慥早年的游侠生活和晚年的隐居生活中的几件小事，就栩栩如生地为我们刻画出这位"异人"的形象。《韩文公庙碑》，更是用他的如椽大笔，充分肯定了韩愈的文章、政绩及其对后世的影响，全文气势磅礴，感情充沛，在碑传文中是不可多得的。东坡集中有大量的书简和随笔，信笔抒意，自由活泼，是明清小品的滥觞。袁宏道非常重视苏轼这些小品，他说："坡公之可爱者，多其小文小说，使尽去之，而独存高文大册，岂复有坡公哉！"(《苏长公合集引》)苏轼一生写了很多政论、史论和奏议，这些文章虽不能算文学作品，却富有文采。说理透辟，气势雄浑，纵横恣肆，滔滔不绝，确有“孟轲之风”，最足以代表苏轼的文风。

从上述可以看出，苏轼是一位通才，是一位全能作家，在诗、词、文等各个方面都是开派的人物，都作出了创造性的贡献。他的散文与欧阳修一起，并称欧苏；他的诗与黄庭坚一起，并称苏黄；他的词与辛弃疾一起，并称苏辛。不仅如此，他在书法、绘画等艺术领域也是开派人物。在“苏（轼）、黄（庭坚）、米（芾）、蔡（京，一说指蔡襄）”四大书法家中，他是名列前茅的。他善画枯木竹石，大力提倡文人写意画，同文与可一起开创了湖州画派。此外，苏轼在学术领域内的成就也很高。他贬官期间的主要精力都用于撰写《易传》、《书传》和《论语说》。他特别看重自己这三部学术著作。在他去世前不久给友人的信中说：“抚视《易》、《书》、《论语》三书，即觉此生不虚过……其他何足道！”（《答苏伯固》）他用自己的人情说同“兴天理，灭人欲”的北宋理学相对抗，常常讥讽程颐不近人情，是“鏖糟陂里叔孙通”，即土头土脑的迂儒。所谓洛蜀党争，除政见分歧外，主要就是围绕着尊天理还是重人欲进行的。

最后想对本书作几点说明:(一)全书按诗、词、文分类编排。诗、词、文内部按写作时间的先后编排。个别不能确定写作时间的,排在该类的最后。(二)苏诗的选译,着重于反映苏轼的生平事迹,故选了他入仕以前作的《咏怪石》。提示也比较注意介绍他的行踪,目的在于使读者对苏轼有比较全面具体的了解。苏词、苏文的选译,则更注意照顾各种不同的风格和体裁,背景介绍也较简略,以免重复。(三)苏轼的某些作品,特别是词,正文前往往有较长的小序,一般都放在提示中意译。如果序文较短,一般仍作题目对待,留在词牌下,并在提示中略作说明。(四)作为通俗读物,注释和提示本不应引原文,但有的地方,不引原文,不易说清楚,特别是前人的一些评论,言简意赅,故适当引用,以帮助读者理解原文。

此书撰写时间仓促,错谬之处在所难免,敬祈读者批评指正。

曾枣庄(四川师范大学文理学院)

曾　弢

诗

咏怪石

苏轼一生酷好奇石，写有不少吟石诗文，如弹子涡石、齐安江石、仇池石、壶中九华石、沈香石、醉道士石、雪花石等。这首《咏怪石》，只不过是苏轼大量吟石诗中最早的一首①。诗分三层，前十二句为第一层，他觉得他家疏竹轩前的怪石为多余之物，没有用处；中间二十八句为第二层，写怪石向苏轼托梦，为自己辩解，实际是苏轼借怪石之口，热烈歌颂怪石的高贵品质；最

① 这首诗收在《东坡外集》第四卷。对苏诗深有研究的查慎行、冯应榴都认为可信，收入他们的注本中，并定为苏轼守母丧时(1057—1059)所作。

后四句为第三层，写苏轼听了怪石的自辩，觉得怪石不但不丑，而且它的"节概"高不可攀，故书于席端，作为自己的座右铭。明明是苏轼景仰怪石"节概"，但他偏偏先说自己瞧不起怪石，然后再写怪石托梦自辩，自己闻言折服，这样就曲折多波，比直接歌颂怪石"节概"更富有戏剧性和吸引力。全诗纵论古今，富于幻想，表明苏轼从青年时代起，他的诗就具有豪放不羁的浪漫主义精神。

家有粗险石，植之疏竹轩①。人皆喜寻玩，我独思弃捐。以其无所用，晓夕空崭然②。砧础则甲斫③，砥砚乃枯顽④。于缴不可碆⑤，以碑不可镌⑥。凡此六用无一取，令人争免长物观⑦？谁知兹石本灵怪，忽从梦中来我

---

① 植：树立。 ② 崭然：突兀的样子。 ③ 砧（zhēn 针）：捣衣石。础：柱子下面的石礅。甲：冯应榴《苏诗合注》疑为"毕"字之误。毕：完全。斫（zhuó 酌）：砍、斩，这里是断的意思。 ④ 砥（dǐ 底）：磨刀石。砚：砚台。 ⑤ 缴：系在箭上的生丝绳。碆（bō 波）：射鸟用的石制箭头。 ⑥ 镌（juān 捐）：凿、刻。 ⑦ 争：通"怎"。长（zhàng 丈）物：多余的东西。

前。初来若奇鬼，肩股何孱颜①！渐闻硿礲声②，久乃辨其言。云“我石之精，愤子辱我欲一宣③。天地之生我，族类广且蕃④。子向所称用者六，星罗棋布盈溪山。伤残破碎为世役，虽有小用乌足贤！如我之徒亦甚寡，往往挂名经史间。居海岱者充禹贡，雅与铅松相差肩⑤。处魏榆者白昼语，意欲警惧骄君悛⑥。或在骊山拒强秦，万牛汗喘力莫牵⑦。或从扬州感卢老，代我问答多雄篇⑧。子今我得岂无益？震霆凛霜我不迁。雕不加文磨不莹，子盍节概如我坚⑨？以是赠子岂不伟，何必责我区

① 孱颜：也作“巉岩”，形容岩壁的险峭，这里是形容怪石瘦骨嶙峋。股：大腿。 ② 硿礲：象声词，投石头的声音。 ③ 宣：宣泄，发泄。 ④ 蕃：蕃盛，蕃衍。 ⑤“居海岱者”二句：海岱：指东边大海、泰山之间一带地方。禹贡：夏禹区分九州，根据土地所有决定贡赋。雅：雅致、高尚。差肩：并肩、并列。据《尚书·禹贡》载，海岱属青州，贡物有“铅松怪石”。 ⑥“处魏榆者”二句：魏榆：地名，春秋时属晋国。悛：悔改。据《左传·昭公八年》载，晋国魏榆有石头说话，晋侯问师旷，师旷说：民有怨恨，不会说话的东西就会说话。现在宫室奢侈，民力凋尽，故石头说话。 ⑦“或在骊山”二句：据《长安志》载，临潼县东十里有狼石，形似龟。修秦始皇墓，采此石，不能动。 ⑧“或从扬州”二句：卢老指唐代诗人卢仝，他客居扬州萧氏宅，作《萧宅二三子赠答诗》，有《客赠石》、《石让竹》、《石请客》、《石答竹》等篇。 ⑨ 盍（hé何）：何不。

区焉①!”吾闻石言愧且谢②,丑状欻去不可攀③。骇然觉坐想其语④,勉书此诗席之端。

【翻译】

我家有一块粗糙的怪石,
它被立在疏竹轩的前面。
人人都喜欢玩赏它,
我偏偏想把它扔得老远。
因为它没有什么用处,
枉自棱角突兀,天天从早到晚。
做捣衣石或石礅吧,会完全断裂,
做磨刀石或砚台吧,又那么粗劣不堪。
系在箭绳上,它又不能做箭头,
用来作碑石,它又经不住刻刊。
总之这六种用场,一样也摊不上,
怎能不使人当多余的东西看?
谁知这块石头是灵怪所变,
梦中忽然来到我的身前。
刚来时好像神奇的鬼魅,

① 责:责求。区区:渺小,此指普通石头的“六用”。 ② 谢:告罪,道歉。 ③ 欻(xū 须):忽然。 ④ 骇然:惊恐的样子。

从上到下，瘦骨嶙峋，多么难看！
逐渐听到硿礲硿礲的声音，
听了很久才辨出它的语言：
“我是石头中的精英，
气愤你对我的侮辱，才想发抒一番。
大自然产生出我们这些石头，
种类很多而且还不断蕃衍。
你先前称道那六种用场的石头，
星罗棋布，充满了溪谷和山峦。
为人世役使被弄得伤残破碎，
虽是有点小用途，哪里就够称美质良材！
像我这样的石头很少很少，
每每载于经书史籍，长久流传。
东海泰山间的怪石可充贡赋，
高雅地与铅松一起并列上献。
魏榆的怪石会白天说话，
是要警告骄奢的君主迷途知返。
骊山的怪石敢抗拒强暴的秦皇，
众多牛汗流气喘，也无力把它搬迁。
扬州的怪石为卢仝所感动，
代诗人对话，留下很多雄健诗篇。
你现在得到我，难道真没有用？

响雷轰顶，寒霜刺骨，我都不变。
精雕细磨改变不了我的面目，
何不学学我的节概，坚如石磐？
以这种品格赠你，难道不伟大？
何必以区区小技，对我责备求全？”
我听了怪石的话深感惭愧，不断道歉，
丑状忽去，倒觉得它高不可攀。
我从梦中惊起，坐想它的谈话，
为了自勉，把这首诗写在座前。

舟中听大人弹琴

嘉祐四年(1059)十月苏轼兄弟服母丧期满,随父亲返京。他们沿岷江、长江而下,十二月初抵达江陵,过年后再北上赴京。沿途游山玩水,观赏名胜古迹,父子三人写下了不少诗文,并汇为《南行集》(原集已失传)。这首诗就是其中的一篇。大人,对父母的敬称,这里指父亲苏洵。诗的前四句点题,写深夜听父亲在江边弹琴。中间十句由听琴而发议论,其中"自从"四句叹古代乐器已残缺不全,唯独琴保留了下来;"世人"六句感叹琴也变得声音浮脆,古意渺茫。最后两句照应开头,以要求父亲再弹一首《文王操》作结。这是苏轼最早一篇咏音乐的诗歌，全诗纵横恣肆，词意高妙，已表现出苏诗好发议论的特征。

弹琴江浦夜漏永①，敛衽窃听独激昂②。《风松》、《瀑布》已清绝③，更爱《玉佩》声琅珰④。自从郑卫乱雅乐⑤，古器残缺世已忘⑥。千家寥落独琴在⑦，有如老仙不死阅兴亡。世人不容独返古，强以新曲求铿锵⑧。微音淡弄忽变转，数声浮脆如笙簧⑨。无情枯木今尚尔⑩，

① 江浦：江边。浦：水滨。漏：计时器，古代滴水以计时。永：长。夜漏永指夜已深。 ② 敛衽窃听：私下整衣静听。敛衽：整理衣服，表示肃敬。 ③《风松》、《瀑布》：古琴曲名。④《玉佩》：古琴曲名。琅珰：象声词，玉石撞击声，这里形容琴声。 ⑤ 郑卫：指春秋时郑、卫两国的音乐，被儒家看做靡靡之音。雅乐：帝王举行大典时所奏的舞乐，儒家认为它“典雅纯正”、“中正和平”，故称雅乐。 ⑥ 古器：古代的乐器。 ⑦ 寥落：冷落、衰落。 ⑧ 铿锵（kēng qiāng 坑枪）：金属撞击声，常用以形容声音响亮。 ⑨“微音淡弄”二句：进一步形容那些“强以新曲求铿锵”的人，他们先是轻轻抚琴，琴声微弱；突然变得频繁急促（数），发出像笙簧一样的浮脆之声。这是指“世人”以琴弹“新曲”，失去了琴的深醇之音。笙：管乐器；簧：笙中振动发声的簧片。古人认为琴声比笙醇厚，如晋人嵇康的《琴赋》就有这种观点。 ⑩ 枯木：指琴。古人多以枯桐作琴，沈括《梦溪笔谈》（卷五）认为琴虽用桐，但需经过多年，木性皆尽，琴声才清妙。

何况古意堕渺茫。江空月出人响绝，夜阑更请弹《文王》①。

【翻译】

夜已经很深了，父亲还在江边弹琴，
我悄悄整衣静听，琴声激扬高昂。
《松风》、《瀑布》，已清妙到了极点，
更可爱的是《玉佩》，真像玉声般悠扬。
自从郑、卫的靡靡之音乱了纯正的雅乐，
古乐器残缺不全，早被社会遗忘。
各种古乐器都已零落，只有琴还在，
正像那不死的神仙阅历了世代兴亡。
社会上的人不容许它独自返回古朴，
硬要用新曲子来追求音色响亮。
他们先是轻轻抚弹，发声微弱，
突然变得急促，像笙簧的浮脆声响。
琴是无情枯木所制，今天被糟蹋成这样，
何况古人的深意，更落得渺渺茫茫。
江面空阔，月光明亮，已经没有人声，
请再弹一曲《文王操》吧，天已将晓。

---

① 夜阑：夜将尽。《文王》：即《文王操》，古琴曲名。

和子由渑池怀旧

和(hè 贺),唱和,作答。子由,苏轼弟弟苏辙的字。此诗作于嘉祐六年(1061)年底,苏轼初任凤翔府(今陕西凤翔)签判时。这年十一月苏轼兄弟在郑州西门外分别后,苏辙作《怀渑池寄子瞻兄》诗,苏轼写了这首和诗。渑(miǎn 免)池,在今河南渑池县西。嘉祐元年(1056)苏轼兄弟入京应试,途经渑池,住在一所寺院中,并在寺院壁上题诗留念。苏轼这次赴凤翔,重经渑池,当年寺中的奉闲和尚已经去世,壁上题诗也荡然无存,这首诗即为此而发。诗的前四句凌空抒慨,感叹人生像雪泥鸿爪,转瞬间已了无痕迹,起笔突兀,比喻生动;后四句切"怀旧",

其中第五六两句承前四句，点明发出雪泥鸿爪的深沉感慨的原因；最后两句针对苏辙原诗“遥想独游佳味少，无言骓马但鸣嘶”，借回忆当年途中的苦况以告知苏辙自己今日独游的苦况。全诗沉郁悲凉，富有哲理，调子虽较低沉，但也说明了人生的短暂和艰辛。雪泥鸿爪的比喻形象贴切，历来为人所称道。

人生到处何所似？应似飞鸿踏雪泥。
泥上偶然留指爪，鸿飞那复计东西？
老僧已死成新塔，坏壁无由见旧题①。
往日崎岖还记否②，路长人困蹇驴嘶③。

【翻译】

人生所到的地方像什么？
就像那鸿雁踏过的雪泥。

---

① “老僧已死”二句：老僧指奉闲。苏辙原诗有“旧宿僧房壁共题”句，自注说：“辙昔与子瞻应举，过宿（渑池）县中寺舍，题其老僧奉闲之壁。”新塔指奉闲之墓，僧人死后，筑一小塔存放骨灰。 ② 崎岖：山路不平的样子，常用来形容旅途艰难。 ③ 蹇：跛脚。诗末苏轼自注：“往岁马死于二陵，骑驴至渑池。”二陵即二崤，东崤和西崤。

泥上偶然留下暂时的爪痕，
鸿雁飞走了，不知向东向西？
老僧已死，新砌成墓塔，
寺壁残破，无法看到过去的题诗。
还记得前次那旅途艰难的情景吗：
道路漫长，行人困乏，跛足驴子鸣嘶。

爱玉女洞中水，既致两瓶，恐后复取而为使者见绐，因破竹为契，使寺僧藏其一，以为往来之信，戏谓之调水符

治平元年(1064)苏轼任凤翔府签判时作。玉女洞在宝鸡县(属凤翔府)中兴寺的东面，洞中有飞泉，泉水甜美。见绐(dài 怠)：被欺骗。契：契约、符契。信：凭信。诗题的意思是：喜爱玉女洞的泉水，已经得到两瓶，担心以后再取而被取水者所欺骗，于是剖竹作为符契，让中兴寺的和尚收藏其中的一半，作为往来取水的凭信，并把它戏称为调水符。这首诗的前四句感叹欺骗成俗，中间四句写他设置调水符，最后四句感叹调水符也未必能防止欺骗，这样曲折写来，把欺骗成俗揭露得很深刻。纪昀认为这首诗“达意颇深，而措语苦浅”(《纪评苏诗》卷五)。其

实，以浅语达深意，正是好诗，也是这首诗的突出特点。

欺谩久成俗①，关市有契繻②。
谁知南山下③，取水亦置符。
古人辨淄渑④，皎若鹤与凫⑤。
吾今既谢此⑥，但视符有无。
常恐汲水人，智出符之余。
多防竟无及，弃置为长吁！

【翻译】

长久以来，欺骗已成习俗。
关卡集市，早已立有契约。
谁能料到终南山下，
取水也要做调水符？

---

① 谩：蒙蔽。欺谩即欺骗。 ② 关：设在交通要道的关卡。市：集市，贸易地点。繻（rú 如）：出入关市的通行凭证。契繻即契约。 ③ 南山：终南山，在今陕西西安市南。 ④ 古人：指春秋时齐桓公近臣易牙。淄（zī 资）渑：二水名，皆在今山东境内。据《列子·说符》载，淄渑二水，“易牙尝而知之”。 ⑤ 凫（fú 扶）：俗名野鸭。 ⑥ 既：已经。谢：辞别，这里可作没有讲。

古人能辨淄渑二水的不同味道，
就像鹤鸟足长，野鸭足短，清清楚楚。
我现在没有这种本事，
只能看有无调水符。
常常担心取水的人，
聪明超过了设置竹符。
我丢掉竹符长声感慨，
多方防备竟防止不住！

游金山寺

金山寺在今江苏镇江金山上。苏轼在仕途上一直很不顺利，宋英宗治平元年（1065）他罢凤翔府签判任，还朝判登闻鼓院；第二年父亲病逝，返蜀守丧三年；熙宁二年（1069）回到京城，王安石变法已经开始。苏轼同王安石的政治主张历来不同，遭到了王安石同党的嫉恨。他们诬蔑苏轼扶父丧返蜀时贩运私盐，苏轼未作任何辩解，只求出任地方官以回避新党。熙宁四年（1071）四月苏轼被命为杭州通判，七月出京，十一月途经镇江，游金山寺，作此诗。由于仕途失意，因此，在这首诗中他抒发了对做官的厌倦，对故乡的怀念，对归隐江湖的向往。这首诗依次写了来自故乡的长江在白天(前八句)、黄昏("羁愁"四句),月夜和月落后("是时"六句)的不同景色,并由此产生了奇妙的幻想,觉得江山如此多娇而自己却不归卧江湖,江神都在责怪自己了。全诗结构谨严,首尾呼应,想象丰富,笔力矫健,是苏轼七言古诗的代表作。

我家江水初发源①,宦游直送江入海②。闻道潮头一丈高,天寒尚有沙痕在。中泠南畔石盘陀③,古来出没随涛波。试登绝顶望乡国④,江南江北青山多。羁愁畏晚寻归楫⑤,山僧苦留看落日⑥。微风万顷靴纹细⑦,断

① 江:长江。苏轼的家乡眉山在岷江边上,岷江是长江的支流,古人误认为是长江上游,故此说他家是长江的发源地。 ② 宦游:外出做官。苏轼于嘉祐四年(1059)入京候官是沿岷江、长江出蜀的,这次赴杭州又来到近海的镇江,故有此句。汪师韩说:"起二句将万里程、半生事一笔道尽"(《苏诗选评笺释》卷三)。 ③ 中泠:泉名,在金山西北,泉水甘美,用以冲茶,被认为天下第一。畔:旁边。盘陀:巨石不平的样子。 ④ 绝顶:极顶,指金山最高处。乡国:家乡。 ⑤ 羁(jī机)愁:旅游在外的人的忧愁。楫:划船的工具,这里代指船。⑥ 山僧:指金山寺长老宝觉、圆通。 ⑦ 万顷:形容长江江面辽阔。靴纹:鞋上的纹路,比喻江面的波纹。

霞半空鱼尾赤①。是时江月初生魄②,二更月落天深黑③。江心似有炬火明④,飞焰照山栖乌惊⑤。怅然归卧心莫识⑥,非鬼非人竟何物?江山如此不归山,江神见怪惊我顽。我谢江神岂得已⑦,有田不归如江水⑧!

【翻译】

我家住在长江开始发源的地方,

我外出做官,直送江水到海边。

听说潮水来时,潮浪高达一丈,

寒冷的冬天还能看见沙痕斑斑。

中泠泉南边巨大的江石高低错落,

自古以来就随着江涛时隐时现。

登上金山的最高顶遥望故乡,

---

① 断霞:此指成片的晚霞。鱼尾赤:像鱼尾一样的红。② 是时:这时。魄:月初出时四周的微光。③ 更:旧时夜间计时单位,一夜分为五更,每更约两小时。二更约为晚上十点左右。苏轼是十一月三日游金山寺的,为月初,月落得很早。④ 炬火:这里指山林水泽在月黑之时常有野火闪现,有月即不可见。⑤ 栖乌:晚上歇息在巢里的乌鸦。⑥ 怅然:心情迷惘的样子。心莫识:不认识那些炬火、飞焰究竟是什么东西,故有下句所写的疑惑。⑦ 谢:告罪,道歉。岂得已:哪得已,即不得已。⑧ 如江水:古人常指水发誓,取明白如水的意思。

长江南北众多的青山遮住了视线。
旅愁缠绕又担心天晚，忙寻归船，
山僧苦苦挽留，要我欣赏落日的景观。
微风吹拂辽阔的江面，江波细如靴纹，
像鱼尾一样的片片晚霞，染红了半边天。
这时江月初升，刚刚泛起微弱的光环，
才打二更，月已西沉，到处漆黑一团。
在大江中心，好像燃起了明亮的火炬，
火光闪映山头，把栖息的鸟儿惊散。
心中弄不清楚，只好迷惘地回去睡觉，
不是鬼也不像是人，究竟是什么光焰？
江山这样壮观，却不归卧山林，
江神都感到奇怪，认为我太愚顽。
我向江神告罪，并指着江水发誓：
没法呵，有田可耕，哪会不归卧林泉！

戏子由

此诗即作于苏轼出任杭州通判的这年年底。一年多以前，他的弟弟苏辙也因与王安石意见不合，出任陈州（今河南淮阳）州学教授。这首诗的前十六句刻画苏辙虽然处境艰难，但心胸坦荡，气节轩昂，“头虽长低气不屈”；中间十句写自己虽然生活优裕，画堂高坐，但却“居高志下”，“气节消缩”；最后四句合写他们的共同之处，都以文章驰名，却无用武之地。诗虽题为“戏”，但内容却很严肃，富有政治色彩，不仅有对苏辙的亲切安慰和高度赞扬以及作者的自我解嘲和深沉感慨，而且还对王安石变法的某些措施进行了辛辣的讽刺。这首诗以对比鲜明为突出特征，如“画堂五丈容旌旆”与“宛丘学舍小如舟”，“重楼跨空雨声远”与“斜风吹帷雨注面”，“坐对疲民更鞭箠”与“门前万事不挂眼”，“居高志下真何益”与“头虽长低气不屈”等等，都是以相反的事，突出他们共同的不得志之情。

宛丘先生长如丘①，宛丘学舍小如舟。常时低头诵经史，忽然欠伸屋打头。斜风吹帷雨注面，先生不愧旁人羞。任从饱死笑方朔②，肯为雨立求秦优③？眼前勃

---

① 宛丘先生：指苏辙。陈州，古称宛丘。苏辙当时任陈州州学教授，故苏轼戏称他为宛丘先生。丘：孔丘。据《史记·孔子世家》载，孔子长九尺六寸，大家都称他为长人。苏辙个子也较高，苏轼《次韵和子由闻余善射》有“观汝身长亦堪射”句，故这里以“长如丘”相戏。 ② 方朔：东方朔（前 134—前 93），字曼倩，平原厌次（今山东惠民）人，汉武帝时为太中大夫，以滑稽闻名。据《汉书·东方朔传》载，他曾对汉武帝说，自己个子高大，俸禄却与矮子一样，矮子饱得要死，自己饿得要死。句中的“饱死”指“饱欲死”之人，即矮子。 ③ 秦优：秦国艺人（优）旃（zhān 沾），也很矮小。据《史记·滑稽列传》载，秦始皇在雨天举行宴会，优旃很同情那些在雨中执勤的卫士，故意大声对他们说：你们个子高大有什么用，还要淋雨！秦始皇听后就让卫士轮番执勤。句中的“雨立”即指雨中执勤的卫士。此二句以“饱欲死”的矮子、优旃比喻被重用的小人，突出苏辙人穷志不穷的气节。

溪何足道，处置六凿须天游①。读书万卷不读律，致君尧舜终无术②。劝农冠盖闹如云③，送老齑盐甘似蜜④。门前万事不挂眼，头虽长低气不屈。余杭别驾无功劳⑤，画堂五丈容旌旄。重楼跨空雨声远，屋多人少风骚骚。平生所惭今不耻，坐对疲民更鞭箠。道逢阳虎呼与言⑥，心

① "眼前勃溪"二句：勃溪：指家庭中的争吵。六凿：指喜怒哀乐爱恶六情。天游：心游天外，不为人世情欲所扰。《庄子·外物篇》："室无空虚，则妇姑勃溪；心无天游，则六凿相攘。"这两句承"宛丘学舍小如舟"，意思是说，眼前屋室虽小，家人争处，但不值一提，只要心游天外，就可不为六情所扰。② "读书万卷"二句：杜甫《奉赠韦左丞丈二十二韵》："读书破万卷，下笔如有神。……致君尧舜上，再使风俗淳。"苏轼反用其意，说苏辙虽读书万卷，但由于不读今天提倡的法律，终于无法使当今皇帝成为尧舜一样的圣君。致：使……到达（成为）。 ③ 劝农冠盖：劝农使的冠服车盖，代指劝农使。熙宁四年朝廷曾派刘彝等八人到各地督察农田水利赋役。苏轼在《上神宗皇帝书》中曾说这类钦差大臣朝辞朝廷，情态即异；暮宿州县，威福便行。弄得"公私劳扰，民不聊生"。 ④ 齑：切碎的腌菜或酱菜。齑盐合用指粗劣的菜肴。韩愈《送穷文》："太学四年，朝齑暮盐。"这句是写苏辙自甘淡泊生活。 ⑤ 余杭：即杭州。别驾：官名，汉代辅助刺史的官吏。苏轼当时任杭州通判，通判是协助知州的官吏，故苏轼自称余杭别驾。⑥ 阳虎：即阳货，春秋后期季孙氏家臣，专擅鲁国国政。他想见孔子，孔子不愿见。据《乌台诗案》所载苏轼供词，这里指当时推行新法的监司张靓、俞希旦。

知其非口诺唯[1]。居高志下真何益，气节消缩今无几。文章小技安足程[2]，先生别驾旧齐名。如今衰老俱无用[3]，付与时人分重轻。

【翻译】

宛丘先生，身长像孔丘，
宛丘学舍，低狭如小舟。
平时低着头诵读经书史籍，
忽然打呵欠，伸懒腰，就被房顶碰着头。
斜风卷起窗帘，雨点打在脸上，
你虽不以为意，旁人为你愧羞。
任凭胀得要死的矮子讥笑你的贫困吧，
你岂肯像秦国的雨中卫士，向优旃求救？
眼前房子矮小，家人吵嚷，不值得一谈，
要摆脱六情干扰，须向宇宙神游。
你读书万卷而不读当今的法令，
想辅佐君主，终于没有本领。
劝农使闹闹嚷嚷，像乱拥的乌云，

---

① 诺唯：即唯唯诺诺，表示恭顺。 ② 文章小技：杜甫《贻柳少府》："文章一小技，于道未为尊。"程：效法。 ③ 衰老：当时苏轼仅三十六岁，苏辙三十三岁，可见并不算老。这里自称"衰老"，是对朝廷不重用他们的愤慨话。

你却靠齑菜盐巴打发日子，自甘贫困。
门前万事你都不放在眼里，
头虽长低却不肯屈服于人。
我这位杭州通判没有任何功绩，
高大雄丽的州府可插五丈大旗。
重重楼阁横空，雨声都听不清楚，
屋多人少，只觉得凉风习习。
高坐华堂，轮番鞭打疲惫的百姓，
平生惭愧的事，今天却不以为耻。
路上碰见阳虎式的人同我说话，
明知他一派胡言，还只好点头称是。
身居高位而志气低下，还有什么用处，
一生所重的气节，如今已所剩无几。
文章不过是雕虫小技，哪里值得效法，
你我过去枉自以文章并称。
如今都衰老了，成了无用的人，
只好让人们去掂轻量重，随意品评。

都厅题壁

都厅指杭州府厅。题壁，在墙壁上题诗。熙宁五年(1072)除夕，苏轼任杭州通判时作。旨在缓和阶级矛盾的王安石变法，由于封建官僚制度的腐败，在实际推行过程中，某些措施反而加重了人民的负担，加剧了阶级矛盾，因违反新法而入狱的人很多。杭州仅因违反盐法而获罪的，一年就达一万七千人。苏轼一到杭州就忙于处理囚犯，甚至在除夕之夜也不能早点回家。这首诗的前四句即写除夜审讯囚犯；中间六句，他认为自己同囚犯差不多，都因谋食而不能与家人团聚；最后两句对自己不能放囚犯归家而深感惭愧。全诗语言质朴，感情真挚，表现了苏轼对无辜囚犯的深切同情。

除日当早归①，官事乃见留。
执笔对之泣，哀此系中囚②。
小人营糇粮③，堕网不知羞④。
我亦恋薄禄⑤，因循失归休⑥。
不须论贤愚，均是为食谋。
谁能暂纵遣，闵默愧前修⑦。

【翻译】

今天过年，本应当早些回家，
公事未完，不得不留下办案。
手执朱笔，对着他们流泪，
哀怜这些在押的囚犯。
他们为了谋食，堕入了法网，

---

① 除日：一年的最后一天。 ② 系：捆绑，拘囚。系中囚即在押囚犯。 ③ 营：经营，谋取。糇：干粮。糇粮即食物，营糇粮即谋食。 ④ 网：法网。 ⑤ 禄：俸禄。 ⑥ 因循：拖延。这句是说延误了时间，未能回家休息。 ⑦ 闵默：默默伤念。愧前修：比起前代贤人，深感惭愧。据《后汉书·虞延传》载，每到过年，虞延都暂时释放囚犯，让他们回家团聚。囚犯感谢虞延恩德，到期都自动回来。前修即指这类前代贤吏。

精神麻木，并不感到羞惭。

我也因为贪恋微薄的俸禄，

不能回家休息，延误了时间。

何必分别什么贤明和愚昧，

都是为了谋食，不能与家人团圆。

谁能暂时放还这些囚犯？

我默默伤念，深感有愧前贤！

饮湖上初晴后雨二首(选一)

湖指杭州西湖,汉代叫明圣湖,唐以后叫西湖。湖中有孤山,环湖有南高峰、北高峰、玉皇山等,湖光山色相映,风景十分绮丽。苏轼在通判杭州期间写下了很多歌颂西湖的诗篇,这是其中最有名的一首,写于熙宁四年(1071)。全诗先写“晴”,次写“雨”,最后两句合起来概括,而用新奇的妙语赞美西湖无时不美的迷人景色。王文诰说:“此是名篇,可谓前无古人,后无来者。”(《苏诗编注集成总案》卷九)

水光潋滟晴方好，山色空濛雨亦奇①。

欲把西湖比西子，淡妆浓抹总相宜②。

【翻译】

晴天湖光闪烁，十分美好，

雨天山色朦胧，也很离奇。

西湖呵，你真像古代的美女西施，

淡雅的梳妆，浓艳的打扮，都是国色天姿。

---

①“水光”二句：潋滟：湖水荡漾，波光流动的样子。空濛：迷茫朦胧的样子。查慎行说：“多少西湖诗被二语扫尽。”（《初白庵诗评》卷中） ②“欲把”二句：西子即西施，春秋时越国美女。淡妆：淡雅的打扮。浓抹：浓艳的打扮。苏轼把西湖比喻为西施，历来受到好评。陈善说：“此两句已道尽西湖好处”，“要识西子，但看西湖；要识西湖，但看此诗。”（《扪虱新话》卷八）陈衍说：“后二句遂成为西湖定评。”（《宋诗精华录》卷二）

雪后书北台壁二首

熙宁七年(1074)苏轼由杭州通判改任密州(今山东诸城)知州,十一月到任,这两首诗即作于到任后不久。北台在密州城北,苏轼后来把它改建为超然台。这是大雪后写在北台墙壁上的两首诗。前首写夜雪,从黄昏时的细雨写到第二天早晨登北台赏雪,写出了下雪的全过程;后首写第二天雪晴后的景象,抒发了他对雪兆丰年的欣喜之情。这是苏轼著名的咏雪诗,王安石曾和此诗,澧州通判吕文之曾和至百篇,可见人们对这两首诗的赏识。方回说:"观此雪诗,亦冠绝古今矣,虽王荆公(安石)亦心服,屡和不已,终不能压倒。"(《瀛奎律髓》卷二十一)

其　一

黄昏犹作雨纤纤①，夜静无风势转严②。
但觉衾裯如泼水③，不知庭院已堆盐④。
五更晓色来书幌，半夜寒声落画檐⑤。
试扫北台看马耳⑥，未随埋没有双尖。

【翻译】

黄昏的时候，还是细雨纤纤。
到静静的夜晚，没有风声，但寒气弥漫。
只觉得被褥像泼了水一样寒冷，
不知道庭院中似盐的雪已经堆满。
刚打五更，天本未明，却晓色映窗，
半夜屋檐上的声音，原来是雪水潺潺。

---

① 纤纤：形容细雨，毛毛雨。 ② 严：寒气凛冽。 ③ 衾裯：衾：被子。裯：单被。衾裯连用，泛指被褥。 ④ 堆盐：喻雪。据《世说新语·言语》载，谢安曾问"白雪纷纷何所似？"侄子谢朗说："撒盐空中差（大略）可拟。" ⑤"五更"二句：五更：见《游金山寺》注。晓色：拂晓的天色，这里暗指雪色。书幌：书窗的布帘。寒声：寒雪融化的滴水声。画檐：彩绘过的屋檐。 ⑥ 马耳：山名，"山高百丈，上有二石并举"（《水经注》卷二十六）。下句"双尖"即指马耳山上的"二石"。

登上北台，扫去积雪，遥望马耳山，

没有被雪埋没的，只有那好似马耳的一对山尖。

其　二

城头初日始翻鸦，陌上晴泥已没车。

冻合玉楼寒起粟，光摇银海眩生花①。

遗蝗入地应千尺②，宿麦连云有几家③？

老病自嗟诗力退，空吟《冰柱》忆刘叉④。

【翻译】

城墙上刚刚朝阳升起，鸦鹊飞翔，

雪泥满路已车来马往，行进艰难。

两肩紧缩，冻得起鸡皮疙瘩，

雪光闪耀，弄得两眼昏花。

---

①“冻合”二句：这两句历来解释分歧很大。据苏轼门人赵令畤《侯鲭录》(卷一)载，王安石认为这是用道家典故。玉楼指双肩，冻合玉楼即两肩冻得缩在一起。起粟：起鸡皮疙瘩。银海指眼，“光摇银海”句的意思是雪光摇晃眼睛，弄得两眼昏花。②“遗蝗”句：遗留下的蝗子为雪所深埋，来年的蝗灾将减轻。③宿麦：麦子秋冬下种，第二年夏初才成熟，故称宿麦。④刘叉：唐代元和年间的诗人，作有《冰柱》等咏雪诗篇。这二句感叹自己不能作出像刘叉那样的咏雪好诗。

随雪融化，蝗子将埋得很深很深，
冬麦翻年，苗如云拥，有多少丰收人家！
年老多病，作诗的本领已大不如前，
枉自吟诵《冰柱》，想起那擅长咏雪的刘叉。

中秋月

熙宁九年(1076)十二月苏轼由密州改知河中府,未到任又改知徐州。多年未见面的苏轼兄弟相聚于京郊。第二年四月苏辙送苏轼赴徐州,在徐州又同住百余日。过了中秋节,苏辙因赴南京签判任,才不得不离去。苏轼晚年贬官岭南途中回忆说:“余十八年前中秋夜与子由观月彭城(即徐州),作此诗。”(《书彭城观月诗》)可见这也是一首与苏辙伤别的诗。前两句写“中秋月”,写出了彩云消逝,清凉寂静,圆月如玉的中秋美景;后两句抒怀,感叹好景不长,聚散无定,具有浓厚的感伤色彩,但也富有哲理,耐人玩味。

暮云收尽溢清寒，银汉无声转玉盘①。

此生此夜不长好，明月明年何处看？

【翻译】

黄昏时的彩云完全消散，

万里晴空充满了清寒。

白茫茫的天河寂静无声，

冉冉东升的明月像一轮玉盘。

好景不长，难聚易散，

这一辈子少有这样的夜晚。

纵使明年今夜也有这样的明月，

你我也不知在什么地方观看！

---

① 银汉：天河。玉盘：指月。李白《古朗月行》："小时不识月，呼作白玉盘。"

李思训画《长江绝岛图》

李思训(653—718),唐代著名画家,善画山水树石,是中国山水画北派的开山祖师。《长江绝岛图》是他的名作(现已失传),画的是长江中的大、小孤山。元丰元年(1078)冬,苏轼知徐州时看到这幅名画,写下这首题画诗。诗的前四句写画中绝岛,中间四句写画中客舟,末四句为合写,利用民间传说,以戏语结尾,妙趣横生。全诗以画面为线索,一气呵成,但又不拘泥于画面,能充分发挥想象力,如棹歌抑扬,结尾的戏语,都含有作者的想象和发挥。

山苍苍，水茫茫，大孤小孤江中央①。
崖崩路绝猿鸟去②，惟有乔木搀天长③。
客舟何处来？棹歌中流声抑扬④。
沙平风软望不到⑤，孤山久与船低昂⑥。
峨峨两烟鬟，晓镜开新妆⑦。
舟中贾客莫漫狂⑧，小姑前年嫁彭郎⑨。

① 大孤：大孤山，在江西九江鄱阳湖中。小孤：小孤山，在江西彭泽县古城西北九十里处的长江中。两山遥遥相对。中央：中间。 ②“崖崩”句：形容山路险绝，猿猴飞鸟都无法在此生活，不得不离去。 ③ 乔木：高大的树木。搀天：即参天，直插云霄。 ④ 棹歌：划船人的歌声。 ⑤ 沙平：沙岸平直。风软：风力微弱。望不到：指客舟可以望见却久久不能到岸。沙岸平直则流水舒缓，风力微弱则船行缓慢，这二者是因，“望不到”是果。 ⑥ 低昂：一起一落，形容山与船在水波中荡漾。 ⑦“峨峨”两句：烟雾缭绕、耸立江心的大小孤山，正像早晨对着镜子重新梳妆打扮的美女头上的一对发髻。峨峨：山高耸的样子。鬟：发髻。晓镜：比喻早晨的江面像明亮的大镜子。 ⑧ 贾（gǔ 古）客：商人。漫：随随便便。漫狂：即轻狂，不受礼法约束。 ⑨“小姑”句：据欧阳修《归田录》卷二载，民间把小孤山传为小姑山，把彭浪矶（在小孤山对岸）传为彭郎矶，并说“彭郎者，小姑婿也”。苏轼随手拈来这一民间传说，并以假作真，戏诫“舟中贾客”，显得非常风趣幽默。

【翻译】

山色苍翠，江水茫茫无际，
大小孤山矗立在长江中央。
崖壁崩塌，山路断绝，不见猿鸟踪迹，
只有高大的树木直刺云天，生长兴旺。
从哪里飘来一只客船？
划船人的歌声在江中时而低沉，时而高亢。
沙滩平直，风力微弱，船儿迟迟不能到岸，
孤山与客船久久地随波起落荡漾。
清晨烟雾缭绕，耸立江心的大小孤山，
正像刚梳妆好的美人发髻映在镜中一样。
船上的商人啊，莫要轻狂放荡，
小姑早有伴侣，前年已嫁给彭郎。

吴江岸

吴江岸在吴江和太湖之间，东为吴江，西为太湖（见单锷《吴中水利书》）。元丰二年（1079）四月苏轼由徐州改知湖州（今浙江湖州），他在《湖州谢上表》中说，神宗知道他愚笨而不能顺应时势，难以追随“新进”之人；“察其老不生事”，即了解他老成而不惹是生非，或许能治理平民百姓。“新进”、“生事”等语，刺痛了投机新法的人，他们以讥刺新法的罪名，不断弹劾苏轼。苏轼到任不到一百天，就于七月二十八日被捕入京受审。这首诗即作于途经吴江岸时。前两句写秋天清晨吴江两岸的荒凉景色；后两句抒怀，抒发了壮志不酬，前程莫测的悲凉心情。全诗苍凉简劲，含蕴丰富，用语直露，而又耐读。

晓色兼秋色，蝉声杂鸟声。
壮怀销铄尽①，回首尚心惊②。

【翻译】

秋天景色荒凉，拂晓天色朦胧，
鸟儿叽叽喳喳，蝉子凄咽长鸣。
当年的豪情壮志，早已完全消失，
回顾一生经历，还令人胆战心惊。

① 销铄：熔化、消失。 ② 回首：回头看。

予以事系御史台狱[①]，狱吏稍见侵[②]，自度不能堪[③]，死狱中，不得一别子由，故作二诗授狱卒梁成，以遗子由，二首（选一）

元丰二年（1079）京城御史台狱中作。诗题大意是：我因事囚在御史台狱中。狱中官吏渐加凌辱，我估计自己不能忍受，死于狱中而不能与弟弟告别，所以写了两首诗交给狱卒梁成送给子由。叶梦得《避暑录话》载，苏轼被捕入京，长子苏迈随行侍候。苏轼与苏迈相约，送食只送菜与肉，有危险则送鱼。苏迈一直守约，一次因事到外地，托一亲戚代送食，忘记交代。亲戚偶然得鱼，送狱中。苏轼得鱼大惊，以为不免一

① 系：拴缚，拘囚。② 见侵：被侵凌侮辱。③ 自度（duó 夺）：自我揣测。堪：经受，忍受。

死，于是写下这两首诗寄给子由。狱吏不敢隐瞒，报告朝廷。神宗本不想杀苏轼，读了这两首诗，更加动心，不久就放了苏轼。这一传说与苏轼诗题略有不同，很可能就是根据诗题编造的。这里选译的是其中第一首，表现了苏轼兄弟深厚的骨肉之情。

圣主如天万物春，小臣愚暗自亡身。
百年未满先偿债，十口无归更累人①。
是处青山可埋骨，他年夜雨独伤神②。
与君今世为兄弟，又结来生未了因③。

---

①“百年”二句：叹自己不得寿终正寝，而以妇幼拖累苏辙。古人以为人生不过百年，常以百年或百岁作为死的代称。百年未满即指未到死的年龄，当时苏轼才四十四岁。债指前生冤债、冤孽。这句实际是前句“自亡身”的引申。
②“是处”二句：前句自指，表现出苏轼固有的旷达胸怀。后句指苏辙，他们兄弟应制科试时，读韦应物“宁知风雨夜，复此对床眠”（《与元常、全真二僧》）诗，曾相约早退。这句是说，今后风雨之夜，不能再对床眠，只留下你独自伤心。
③ 因：因缘，佛家指产生结果的原因和条件。

【翻译】

圣明的君主恩如天大，好像万物逢春，
我太愚昧昏暗，自己种下杀身的祸根。
未到死的年龄，先偿还前世的冤债，
一家十口没有依靠，更要连累亲人。
到处都有青葱的山岭，可埋我的朽骨，
他年风雨之夜，留下你独自伤心。
你我这一辈子成了亲爱的兄弟，
因缘未了，又结下来世的手足之情。

初到黄州

经过多方营救，苏轼于元丰二年(1079)十二月二十八日被释放出狱，贬为黄州团练副使，本州安置，不得签署公事。次年二月他到达贬所，写下了这首诗。这是自我解嘲，自我安慰的诗篇。作者说自己因口遇祸，贬官黄州，但又因祸得饱口福，可以尽情享受此地的鱼美笋香；最后以感叹自己无事可做，反要拿官家薪俸作结。全诗强作欢笑，用戏谑之语写成，但掩盖不住他的满腹牢骚和辛酸。诗中"长江"二句形容黄州富饶美丽极为出色，是历来传诵的名句。

自笑平生为口忙①，老来事业转荒唐。
长江绕郭知鱼美，好竹连山觉笋香。
逐客不妨员外置②，诗人例作水曹郎③。
只惭无补丝毫事，尚费官家压酒囊④。

【翻译】

自己都感到好笑，一生为嘴到处奔忙，
老来所干的事，反而变得荒唐。
长江环抱城郭，深知江鱼味美，
茂竹漫山遍野，只觉阵阵笋香。
贬逐的人，当然不妨员外安置，
诗人惯例，都要做做水曹郎。
惭愧的是我对政事已毫无补益，
还要耗费官府俸禄，领取压酒囊。

---

① 为口忙：语意双关，既指"贪馋"下联的"鱼美"、"笋香"，又指自己好议政事，以致惹祸贬官。 ② 逐客：贬官客居他方的人，这里是苏轼自指。员外置：定员以外安置。 ③ 水曹郎：隶属水部的郎官。水曹即水部。前代诗人如梁代的何逊、唐代的张籍都做过水曹郎，故说"例作"。 ④ 压酒囊：抵折薪俸的酒袋。宋代官吏的薪俸常用实物抵折，酒囊为抵折物之一。

寓居定惠院之东，杂花满山，有海棠一株，土人不知贵也

元丰三年(1080)贬官黄州时作。定惠院在黄州城东南，苏轼初到黄州就住在这里。他在《记游定惠院》中说："黄州定惠院东，小山上有海棠一株，特繁茂，每岁开盛，必携客置酒。"可见他对这株海棠的珍爱。《王直方诗话》说，苏轼很爱书写这首长诗，刻石的就有五六种，并曾经说："吾平生最得意诗。"由此可见苏轼对这首诗的珍视。这首诗的前半部分被人誉为"海棠曲"，反复刻画海棠的清幽孤独，高雅富丽，描写她在雨中、月下、傍晚、清晨的不同风姿；后半部分从"先生"句起，写诗人饱食无事，漫步逍遥，忽逢光彩照人的海棠，感叹故乡盛产的海棠也

同样流落异乡。不难看出，作者赞美海棠寄寓着自己的情操，悲叹海棠包含着对自身遭遇的不平，这首“海棠曲”实际是作者自抒心曲。纪昀说：“纯以海棠自寓，风姿高秀，兴象深微，后半尤烟波跌宕，此种真非东坡不能，东坡非一时兴到亦不能。”（《纪评苏诗》卷二十）

江城地瘴蕃草木①，只有名花苦幽独。嫣然一笑竹篱间②，桃李漫山总粗俗。也知造物有深意③，故遣佳人在空谷④。自然富贵出天姿⑤，不待金盘荐华屋⑥。朱唇

① 江城：指黄州，黄州位于长江北岸，三面环水，故称江城。地瘴：山林中湿热的地气。 ② 嫣然：笑容美好的样子。 ③ 造物：造物主，老天爷。 ④“故遣”句：杜甫《佳人》：“绝代有佳人，幽居在深谷。”这里化用杜诗，把海棠比喻为幽居深谷的美人。 ⑤ 自然：落落大方，毫不矫揉造作。天姿：天然姿态，形容姿态自然。 ⑥“不待”句：据《广群芳谱》所引《王禹偁诗话》：石崇见海棠，感叹说：你若能香，当把你贮藏在金屋中。苏轼反用其意，说雍容华贵的海棠出自天然，不须人工妆饰。荐：献。华屋：装饰华美的房屋。

得酒晕生脸，翠袖卷纱红映肉①。林深雾暗晓光迟，日暖风轻春睡足②。雨中有泪亦凄怆，月下无人更清淑③。先生食饱无一事④，散步逍遥自扪腹。不问人家与僧舍，拄杖敲门看修竹⑤。忽逢绝艳照衰朽，叹息无言揩病目。陋邦何处得此花，无乃好事移西蜀⑥？寸根千里不易致，衔子飞来定鸿鹄⑦。天涯流落俱可念⑧，为饮一樽歌此曲。明朝酒醒还独来，雪落纷纷那忍触！

---

①“朱唇”二句：《诚斋诗话》认为，这是“以妇人比花”。《群芳谱》称海棠“花甚丰”，“叶甚茂”，这两句即写海棠的红花翠叶。晕：光泽模糊。据沈立之《海棠记》载，海棠花始开极红，如胭脂点点；及盛开，则渐成晕。 ②“林深”二句：写清晨的海棠风姿。据《明皇杂录》，唐玄宗曾把喝醉酒的杨贵妃比做未睡醒的海棠。苏轼反用典故，说林深雾暗，故晨光来得晚；因晨光晚，已到日暖风轻的中午，故海棠睡够了。③“雨中”二句：写雨中、月下的海棠风姿。凄怆：感伤、悲痛。清淑：清秀、美好。朱翌《猗觉寮杂书》：“百花唯海棠未开时最可观，雨中尤佳。”苏轼对他这首诗最得意，在这首诗中又对“雨中”二句最得意。据朱弁《风月堂诗话》载，苏轼曾对人说，这两句是他从老天爷那里夺来的。 ④ 先生：苏轼自指。⑤ 修：长，高。 ⑥ 好事：好事的人。移西蜀：西蜀盛产海棠，故有这种揣测。 ⑦ 鸿鹄：天鹅。世传海棠喜粪壤，蜀中锦江之所以盛产海棠，即因鸟雀啄食海棠子，随粪抛撒江边。⑧“天涯”句：化用白居易《琵琶行》“同是天涯沦落人”句。

【翻译】

黄州气候潮湿，滋生着繁茂的草木，
只有名贵的海棠，极其幽冷孤独。
她在竹篱间开得多美，像美女在笑，
使漫山遍野的桃李花都显得非常粗俗。
我知道老天爷有它的深刻用意，
故意把这美人安置在深山野谷。
落落大方，富丽华贵，姿态自然，
不靠金盘装饰，献给玉堂金屋。
红花仿佛是醉美人的朱唇和红晕，
绿叶正像卷纱翠袖，映衬着红色肌肤。
树林深处，雾气弥漫，晨光到得很晚，
日暖风轻，时近中午，海棠已经睡足。
雨中的海棠仿佛在悲伤地流泪哭诉，
月下的海棠无人观赏，更显得清秀贤淑。
我贬官黄州，饱食终日，无事可做，
摸着胀鼓鼓的肚子，自由自在地散步。
不管民房僧舍，都用拄杖敲开园门，
为的是观赏园中挺拔的翠竹。
我这位衰朽突然碰上这艳丽无比的海棠，
默默无语，一面叹息，一面擦干泪珠。
偏僻的黄州哪来这名贵的奇花？

是不是好事者从故乡西蜀移栽此处?
幼苗嫩小,千里迢迢,不易送到,
衔着种子飞到这里的定是天鹅。
你我都流落异乡,值得今后思念,
让我为你喝一杯酒,歌唱这篇衷曲。
明晨酒醒后,我会独自再来看你,
只怕你的花瓣已纷纷坠落,不堪触目!

东坡八首(选一)

东坡在黄冈山下州府东面有百余步处。这首诗作于元丰四年(1081),诗前小序说,他贬官黄州两年,生活越来越贫困。老友马正卿为他请得废营地四十亩,使他得以耕种谋生。营地荒废已久,荆棘丛生,瓦砾遍地,而又遇上大旱,开垦荒地非常辛苦,弄得筋疲力尽,放下农具感叹,写下了这组诗。他怜惜自己的辛勤劳作,希望来年的收获能使他忘记今天的辛苦。这里所选的是其中第一首,诗人用质朴的语言倾述了开垦东坡的艰辛。

废垒无人顾，颓垣满蓬蒿。
谁能捐筋力，岁晚不偿劳？
独有孤旅人，天穷无所逃。
端来拾瓦砾①，岁旱土不膏。
崎岖草棘中②，欲刮一寸毛。
喟然释耒叹③：我廪何由高④！

【翻译】

废弃的营垒，瞧都没人瞧，
荒颓的墙垣，长满了野草。
谁肯花力气开垦这种荒地？
到了年终总是得不偿劳。
只有孤苦无援，流落异乡的人，
老天注定穷困，想逃也无法逃。
一定得来收拾残砖破瓦，
不管天旱土瘦，收成难料。
在高低不平，荒草丛生的东坡，
想要开出一块耕地，即使很小。
我放下农具长声叹息：
仓中粮食怎么才能增高？

---

① 端来：直来，必须来。 ② 崎岖：地面高低不平的样子。 ③ 喟然：叹气的样子。释：放下。耒（lěi 垒）：翻土的农具。 ④ 廪：粮仓。

鱼蛮子

元丰五年(1082)贬官黄州时作。据陆游《老学庵笔记》卷一载，张舜民贬官湖湘时作《渔父诗》，苏轼取其意作《鱼蛮子》。张舜民的诗着重写渔民不受新法骚扰的桃源似神仙般的生活，意在讽刺新法。苏轼诗也在讽刺新法，但侧重点不同。苏诗前十六句着重写渔民所过的并非神仙般的生活，而是“何异獭与狙”的非人生活；后八句写他们的非人生活比受赋税剥削压榨的一般农民好得多，他们还怕失去这种生活，一般农民遭遇的悲惨也就可想而知了。

江淮水为田，舟楫为室居。鱼虾以为粮，不耕自有余。异哉鱼蛮子，本非左衽徒①。连排入江住②，竹瓦三尺庐。于焉长子孙③，戚施且侏儒④。擘水取鲂鲤，易如拾诸途。破釜不著盐，雪鳞芼青蔬⑤。一饱便甘寝，何异獭与狙⑥？人间行路难，踏地出赋租⑦。不如鱼蛮子，驾浪浮空虚。空虚未可知，会当算舟车⑧。蛮子叩头泣，勿语桑大夫⑨。

【翻译】

长江淮河的渔民，

水为田来船为家。

不耕不种有余粮，

---

① 左衽徒：指少数民族。衽：衣襟。左衽：衣襟向左掩，我国部分少数民族的服装形式。 ② 排：竹排，竹筏，把竹编在一起作为渡水工具。 ③ 于焉：在这里。长：养。长子孙即生儿育女。 ④ 戚施：驼背的人。侏儒：矮子。 ⑤ 雪鳞：指银白色的鱼。芼：以菜杂肉为羹。 ⑥ 獭（tǎ塔）：水獭，一种捕鱼为食的动物。狙（jū居）：猕猴。 ⑦“踏地”句：接触土地就要出赋税，与杜荀鹤《山中寡妇》“任是深山更深处，也应无计避征徭”的意思相近。 ⑧“会当”句：可能会对车船征税。算：算赋、征税。 ⑨ 桑大夫：桑弘羊，汉武帝时任治粟都尉，领大司农，汉昭帝时任御史大夫，推行盐铁官营。这里以桑弘羊喻指以理财为急务的变法派人物。

粮食全是鱼和虾。
奇怪呵，被称为鱼蛮子，
却不是蛮子的穿挂。
编竹为排，来到江上居住，
剖竹为瓦，房子又矮又狭。
在这里生儿育女，
驼背矮子一大家。
擘开碧波捉鱼虾，
好像路上取物，垂手可拿。
破锅里煮着白鱼和青菜，
没有佐料，连盐也不加。
填饱肚子便睡得很香甜，
就像那些猕猴和水獭。
人世间的生活真艰难呵，
立锥之地也得把税纳。
哪里比得上鱼蛮子，
乘舟破浪，掠过空虚的江面，无人管辖。
无人管的空虚江面也难预料，
车船可能征税，直对船家。
鱼蛮子叩头哭泣，苦苦哀求，
莫把他们的生活状况告诉官家。

洗儿戏作

在婴儿出生后的第三天或满月时，会集亲友，为婴儿洗澡，叫洗儿。元丰六年(1083)九月二十七日苏轼的第四个儿子苏遯(小名幹儿)诞生，洗儿时苏轼写了这首诗。寥寥四句，充满了作者的满腔悲愤，揭露了封建官僚制度的黑暗。像他这样的"聪明"人，一生为"聪明"所误，穷愁潦倒，坎坷不平，甚至差点被杀头，而那些庸庸碌碌的愚鲁之辈，反而无灾无难，青云直上。《宋史·苏轼传》说他的"嬉笑怒骂之词，皆可书而诵之"，这首《洗儿戏作》就堪称代表作。

人皆养子望聪明，我被聪明误一生。

惟愿孩儿愚且鲁①，无灾无难到公卿②。

【翻译】

人们养育儿子，都希望他聪明，

我却被聪明所误，一生不得安宁。

只希望我的儿子愚蠢拙钝，

无灾无难，青云直上，步步高升。

① 鲁：笨拙、拙钝。 ② 公卿：原指三公九卿。三公指司马、司徒、司空。九卿，中央政府的九个最高官职，秦汉以奉常、郎中令、卫尉、太仆、廷尉、典客、宗正、治粟内使、少府为九卿。后来泛指朝廷中的大官为公卿。

登州海市

登州，今山东蓬莱。沈括《梦溪笔谈》卷二十一《异事》说，登州海中，有时有云气，如宫室、台观、城堞、人物、车马、冠盖，历历可见，叫做海市。元丰七年(1084)苏轼被命由黄州迁汝州贬所，后又根据苏轼的请求改为常州居住。元丰八年三月神宗去世后被起用，知登州，十月到任，到官五日即被召还朝，作此诗。诗前有小序，大意是：我听说登州海市已经很久了。当地父老说："海市常常出现在春夏，现在已快到年底，不能再看到了。"我到登州任才五天就要离去，因没有见到海市深感遗憾。我到海神广德王(俗称东海龙王)庙去祷告，第二天果然出现了海市，于是写下了这首诗。全诗可分四层：前六句写未见海市之前，“心知所见皆幻影”；“岁寒”八句写祷告海神的经过，具体描绘海市幻景；“潮阳”六句以韩愈自比，写海神显灵是对自己的怜悯；最后四句写海市的消失。查慎行评论这首诗说，全诗只有“重楼翠阜出霜晓”一句实写海市，其余全是议论。这是避实就虚的写法。如果把幻景写作真景，无论怎样尽情描绘，也是笨拙的写法。这一评论是很中肯的。

东方云海空复空，群仙出没空明中。荡摇浮世生万象，岂有贝阙藏珠宫[1]？心知所见皆幻影，敢以耳目烦神工[2]？岁寒水冷天地闭，为我起蜇鞭鱼龙[3]。重楼翠阜出霜晓，异事惊倒百岁翁。人间所得容力取，世外无物谁为雄？率然有请不我拒[4]，信我人厄非无穷。潮阳太守南迁归，喜见石廪堆祝融。自言正直动山鬼，岂知造

① 贝阙、珠宫：语出《楚辞·九歌·河伯》“紫贝阙兮朱宫”，是水神河伯的居所。这里指神仙住的地方。② 神工：神的力量。③ 蛰：动物冬眠状态。起蛰：从冬眠中醒起。④ 率然：贸然，不作深思的样子。

物哀龙钟[①]。伸眉一笑岂易得，神之报汝亦已丰。斜阳万里孤鸟没，但见碧海磨青铜。新诗绮语亦安用，相与变灭随东风。

【翻译】

东方的云海无边无际，空濛浩荡，
群仙时隐时现，遨游在清澈的天空上。
飘浮荡漾的云气映出人间万般景象，
空中难道真有什么珠贝镶成的殿堂？
心中明明知道所见的海市都是幻影，
怎敢为了耳目的好奇，麻烦东海龙王？
天寒水冷，万物都沉睡不动，
海神为我醒来鞭鱼驱龙，兴云作状。
初冬清晨，空中楼台重叠，山阜苍翠，
阅历多的老人也吃惊，说是怪事一桩。

---

① "潮阳太守"四句：潮阳太守指韩愈。石廪、祝融，皆衡山山峰名。龙钟：潦倒的样子，这里指穷愁潦倒的人。韩愈贬官岭南，北归时游衡山，作《谒衡岳庙，遂宿岳寺，题门楼》诗，有"石廪腾掷堆祝融"、"岂非正直能感通"语。意思是说，他之所以能看见石廪峰和祝融峰，是他的正直"感通"了鬼神。苏轼反其意，说不是什么"正直动山鬼"，而是老天爷哀怜我这穷愁潦倒的人，才出现了海市。

人世间的东西还可靠人力取得，
世外什么也没有，谁在主宰称强？
随便祷告一声，海神并不拒绝我，
可见我的倒霉，实属人祸而非天降祸殃。
潮阳太守韩愈贬官归来，路过衡阳，
风扫阴云，石廪、祝融二峰皆在望。
他说是自己的正直感动了山神，
哪知是老天爷对潦倒者的哀伤。
扬眉吐气，开口一笑，不易得到，
神对你的报答已经够多，大喜过望。
夕阳万里，孤鸟归林，时已傍晚，
只见万顷碧海有如铜镜，无风无浪。
美丽的诗篇绮丽的语言有什么用，
也像海市随风变化泯灭，踪迹茫茫。

西太一见王荆公旧诗，偶次其韵二首

西太一，宫名，在京城西南八角镇，天圣六年(1028)建(见《东京梦华录》卷二)。王荆公指荆国公王安石。王安石旧诗指《题西太一宫壁》。元丰八年(1085)苏轼自登州被召还京任起居舍人，元祐元年(1086)三月迁中书舍人，七月奉命祭西太一宫，见王安石的题壁诗。当时王安石刚刚去世，苏轼于是写下了这两首怀念友人，感叹世态炎凉的诗。前首感叹自己归耕时，王安石不可能再送行；后首感慨王安石一去世，门庭就突然冷落，因此何必追求功名富贵。苏轼同王安石的政治主张始终是对立的，但对对方的“胜处，未尝不相倾慕”(蔡絛《西清诗话》

卷中）。苏轼从黄州迁汝州，途经金陵（今江苏南京），王安石亲自到江边迎接他，并一起游览钟山；读到苏轼的“峰多巧障日，江远欲浮天”（《同王胜之游蒋山》），盛赞道：“老夫平生作诗无此二句。”王安石曾劝苏轼买田金陵，以便朝夕相见，苏轼也有这种打算，并对王安石能急流勇退十分景仰：“劝我试求三亩宅，从公已觉十年迟”（《次荆公韵》），知道苏、王的为人和他们的私交，会有助于理解这两首怀念王安石的诗篇。

其　一

秋早川原净丽，雨余风日清酣。
从此归耕剑外①，何人送我池南②？

---

① 剑外：即剑门关以南，指苏轼的故乡西蜀。杜甫《闻官军收河南河北》诗，有“剑外忽传收蓟北”句，剑外也指蜀中。

② 池南：一说安徽池阳之南，一说陕西池阳之南。疑非专名，似指西太一宫的池子之南。旧注引王建《宫词》“池南池北草绿，殿前殿后红花”，即作普通名词对待。

【翻译】

秋天早晨的原野明净美丽，
雨后秋风清爽，阳光妩媚。
今后我辞官离京，返蜀耕田，
有谁在池南为我送行举杯？

其　二

但有尊中若下①，何须墓上征西②！
闻道乌衣巷口，而今烟草凄迷③。

---

① 尊：同“樽”。若下：吴兴若下村，以产酒闻名，这里代指酒。 ② 墓上征西：曹操作《让县自明本志令》，说他的志向是，在他死后能在他的墓上写道：“汉故征西将军曹侯之墓。”苏轼反用这个典故，说只要有酒喝，何必做什么征西将军。
③ “闻道”二句：进一步申述“何须墓上征西”的理由：即使做到宰相吧，人一死，马上就衰落了。乌衣巷：在金陵秦淮河南，东晋大臣王导、谢安居住的地方，这里借指王安石在金陵的府宅。刘禹锡《乌衣巷》：“朱雀桥边野草花，乌衣巷口夕阳斜。旧时王谢堂前燕，飞入寻常百姓家。”苏轼这两句诗即用其大意。

【翻译】

只要杯中有若下村的美酒，
何必在墓碑上题写“征西将军”！
听说现在的王荆公府宅，
已经荒草茂密，少有行人。

寄蔡子华

元祐年间，苏轼在朝廷既继续反对新党，又反对旧党全面废除新政，结果遭到新旧两党的夹击。他说他在两年之中，四遭口语；如果追随众人，又感到内愧本心，对不起君主；如果继续知无不言，则仇怨交攻，不死即废。他于是接连上章，请求出任地方官（见《乞郡札子》）。元祐四年（1089）他被命知杭州，这首诗即作于元祐五年杭州任上。蔡褒字子华，眉山青神（今四川青神）人，是苏轼的旧友和同乡。由于政治上不顺意，这段时间苏轼的作品表现出浓厚的思乡情绪，这首诗就是证明。前四句写朋友盼他早日归乡而自己却不能归去；中间四句写身在杭州西湖却心在故乡；最后四句感叹旧交零落，表示自己无意求升迁，只希望过闲适生活。全诗笔调婉转，风格清新，充满了对故乡、旧友的深切怀念和对仕途的厌倦。

故人送我东来时，手栽荔子待我归。
荔子已丹吾发白，犹作江南未归客。
江南春尽水如天，肠断西湖春水船。
想见青衣江畔路，白鱼紫笋不论钱①。
霜髯三老如霜桧②，旧交零落今谁辈③？
莫从唐举问封侯④，但遣麻姑更爬背⑤。

---

①“想见”二句：写故乡物产富饶。青衣江：大渡河支流，在乐山草鞋渡与大渡河汇合。 ②三老：指蔡子华、杨君素、王庆源三位故乡老友。蔡子华向苏轼求诗，苏轼写了这首诗，并要蔡转杨、王二人看，故诗中提到他们。 ③谁辈：谁作伴？辈：同辈，可作伴的人。 ④唐举：战国时看相的人。秦国丞相蔡泽早年曾请唐举看相，唐举仔细看后笑着说：“我听说圣人不看相，大概就是你这样的人吧？” ⑤麻姑：传说中的仙女，手指像鸟爪。东汉人蔡经说，背痒时用麻姑的手搔背，一定很好。这里连用两个姓蔡的人的故事，是告诉子蔡子华，自己不求高官，只想过闲适生活。

【翻译】

老朋友送我沿江东下，外出做官，
亲手种下荔枝，等我早日回还。
荔枝已结出红色果子，我也头发斑白，
仍未回到故乡，客居在遥远的江南。
暮春的江南，湖水漫漫，水天相连，
荡舟西湖，思乡的哀愁令人肠断。
回想起物产富饶的青衣江畔，
白鱼紫笋随手可得，根本不花钱。
三位白胡子老人好像耐霜的桧树，
过去的亲朋所剩无几，谁跟你们做伴？
我不会问看相人，能不能做高官，
只希望有麻姑搔背，做个闲散的活神仙。

感 旧 诗

元祐六年(1091)京城作。这年二月苏轼从杭州召还任翰林学士承旨，五月至京，八月因再次遭到政敌攻击出知颍州(今安徽阜阳)，这首诗即作于赴颍州前。诗前有序说：嘉祐年间我与子由共同参加制科考试，住在怀远驿，当时我二十六岁，子由二十三。一天秋风秋雨大作，半夜时雨下得更急，我才开始产生欢聚悲离的感慨。以后在各地做官，绝大多数时间我们都不得相见。每年夏秋之交，起风下雨，草木凋敝，我就会有这种凄凉的感慨，已经有三十年了。元丰年间我贬官黄州，子由也贬官筠州，我曾作《初秋寄子由》，谈到这件事。元祐六年我从杭州召还，住在子由的东府，几个月后又出知颍州。这时我已经五十六岁了，写了这首诗来同子由告别。以上就是序文大意。由于厌倦官场斗争，苏轼在诗中集中抒发了他的归隐之志。前八句为“感旧”之因，寓居子由东府又逢秋风秋雨；“筮仕”四句为怀旧，这首诗的重点在“感”不在“旧”，故对“三十年”的情况一笔带过；后十句写现在的归隐打算，准备一到颍州就上章请求调往蜀中。全诗如叙家常，却真挚感人，前人盛赞此诗为“至真之言，自然浑厚”（《纪评苏诗》卷三十二），“淡语能移人之情”（赵克宜《苏诗评注汇钞》卷十五）。

床头枕驰道①，双阙夜未央②。车毂鸣枕中，客梦安得长！新秋入梧叶，风雨惊洞房③。独行残月影，怅焉感初凉。筮仕记怀远④，谪居念黄冈⑤。一往三十年⑥，此

---

① “床头”句：言临时居住的子由东府在车马奔驰的大道旁。② 阙：宫门望楼。夜未央：夜未尽。③ 洞房：深室。④ 筮仕：初做官时占卦以卜吉凶。怀远：怀远驿。⑤ 黄冈：今属湖北，元丰三年至七年间苏轼谪居于此。⑥ 三十年：苏轼自嘉祐六年（1061）初仕凤翔至元祐六年（1091），整三十年。

怀未始忘。扣门呼阿同①，安寝已太康②。青山映华发，归计三月粮。我欲自汝阴③，径上潼江章④。想见冰盘中，石蜜与柿霜⑤。怜子遇明主⑥，忧患已再尝⑦。报国何时毕？吾心久已降⑧。

【翻译】

床头紧靠着车马行驶的大道，

宫门望楼对峙，天还未亮。

车声隆隆，仿佛响在枕边，

客游京华的人怎能长入梦乡？

秋天来临，梧桐叶逐渐枯黄，

卧室虽深，仍听见风雨作响。

月已西沉，独自在月下徘徊，

感到了初秋的凉意，令人惆怅。

清楚记得怀远驿占卜做官的吉凶，

---

① 阿同：苏轼自注："子由一字同叔。" ② 太康：甚康乐，语出《诗经·唐风·蟋蟀》。这儿指已经熟睡。 ③ 汝阴：即颍州。 ④ 潼江：水名，在潼川府，府治在今四川三台，旧称东川。章：奏章。苏轼自注："予欲请东川而归。" ⑤ 石蜜：即冰糖。柿霜：柿饼外的白粉，此指柿饼。苏轼自注："二物皆东川所出。" ⑥ 明主：指高太后，当时哲宗年幼，高太后权同听政。 ⑦"忧患"句：当时朝廷党争激烈，苏辙也屡遭攻击。 ⑧ 降：指平静。

不久你就贬官筠州，我也谪居黄冈。
转瞬之间，已经过去三十年，
风雨夜对床眠的志向从未淡忘。
“阿同！”我敲门想叫醒弟弟，
弟弟鼾声大作，睡得正香。
青山映衬华发，将更显得苍老，
我已决意还乡，备足了途中口粮。
一到汝州就直接上奏朝廷，
要求调到蜀中的潼江。
我仿佛已看到透明的盘子，
盛满了故乡的柿饼和冰糖。
可怜你遇上圣明君主，总想报国，
历经忧患，不断遭到中伤和诽谤。
报国呵报国，何时才是尽头？
我早已心灰意冷，没有这种奢望！

荔 支 叹

元祐七年(1092)二月苏轼由颍州改知扬州,八月被召还朝。次年九月高太后去世,哲宗亲政,时局大变,苏轼被命知定州(今河北定县)。绍圣元年(1094)以讥刺先朝(神宗朝)的罪名贬官惠州(今属广东)。苏轼以言得罪,但他并未因此而沉默,就在谪居惠州的第二年,他又写下了千古传诵的名篇《荔支叹》。前十六句揭露汉唐官僚争献荔枝、龙眼的丑态,希望老天爷不要出产那些成为老百姓祸害的"尤物"。后八句指名道姓地揭露本朝官僚的"争新买宠",对在位的哲宗也暗含讽刺。全诗纵叹古今,对民间疾苦寄予了深切同情,对不顾人民死活的统治者深表愤慨。诗题本为《荔支叹》，但他从荔支说到茶，说到牡丹，可见他真是百感交集，胸中积满了愤懑，一发而不可收拾。

十里一置飞尘灰[1]，五里一堠兵火催[2]。颠坑仆谷相枕藉[3]，知是荔支龙眼来[4]。飞车跨山鹘横海[5]，风枝露叶如新采。宫中美人一破颜[6]，惊尘溅血流千载[7]。永元荔支来交州[8]，天宝岁贡取之涪[9]。至今欲食林甫

---

① 置：驿站。 ② 堠：路旁里程堡。唐代以五里为单堠，十里为双堠。 ③ 颠坑仆谷：倒在坑谷里。枕藉：尸体纵横叠压。 ④ 龙眼：俗称桂圆。以上四句写汉和帝时进贡荔枝、桂圆给人民带来的灾难。 ⑤ 鹘(hú 胡)：鹰类飞禽。这句是说车行如飞，翻山越岭像鹘鸟掠过海面一样迅速。 ⑥ 宫中美人：指杨贵妃。破颜：即笑开颜。杜牧《过华清宫》："一骑红尘妃子笑，无人知是荔支来。""知是"、"宫中"两句即从杜牧诗变化而来。 ⑦ 以上四句写唐玄宗时贡荔枝对人民的危害。 ⑧ 永元：汉和帝年号(89—105)。交州：汉武帝时所建十三州之一，当时叫交趾，辖境相当于现在的两广南部和越南北部。 ⑨ 天宝：唐玄宗年号(742—756)。岁贡：地方政府或附属国每年向朝廷进贡。涪：今属重庆。涪陵有妃子园，据说专为杨贵妃种植荔枝。

肉①,无人举觞酹伯游②。我愿天公怜赤子③,莫生尤物为疮痏④。雨顺风调百谷登⑤,民不饥寒为上瑞⑥。君不见武夷溪边粟粒芽⑦,前丁后蔡相笼加⑧。争新买宠出新意,今年斗品充官茶⑨。吾君所乏岂此物?致养口体

① 林甫:李林甫,唐玄宗时的宰相,阿谀承奉,专门迎合玄宗。 ② 觞:酒器。酹:洒酒在地以示纪念。伯游:汉和帝时的临武长唐羌(字伯游)。临武地接交州,唐羌看到输送荔枝的人死得很多,上书谏阻,汉和帝接受了他的意见,罢贡荔枝。以上四句为合写,一、四两句扣开头四句,二、三两句扣"飞车"四句,前面八句的分写到这里才点破。 ③ 赤子:老百姓。 ④ 尤物:珍贵的东西。疮痏(wěi 伟):疮伤瘢痕,借指祸害。 ⑤ 登:丰登,丰收。 ⑥ 瑞:吉祥。上瑞:最大的吉祥,极好的征兆。以上四句是汉唐贡荔枝事引起的感叹。王文诰说:"题既曰叹,自应落到此。"(《苏诗编注集成》卷三十九) ⑦ 武夷溪:在福建崇安西南,武夷山绵亘百里,武夷溪缭绕山间,此地盛产茶叶。粟粒芽:初春芽茶。 ⑧ 前丁后蔡:丁指丁谓(966—1037),字谓之,苏州长州(今江苏苏州)人,官至同中书门下平章事。蔡指蔡襄(1012—1067),字君谟,仙游(今属福建)人,官知制诰,后以龙图阁学士出知福州、泉州、杭州,精通茶事,著有《茶录》。苏轼自注说:"大小龙茶(又叫龙团)始于丁晋公,而成于蔡君谟。"笼加:笼装进贡,先后相继。 ⑨ "今年"句:苏轼自注:"今年闽中监司乞进斗茶,许之。"斗品:斗茶,指参加品评比赛的茶叶。充官茶:作进贡的茶叶。这个自注是带讥刺的,"监司乞进斗茶",责任还在监司;朝廷公然"许之",责任就在哲宗了。

何陋邪！洛阳相君忠孝家①，可怜亦进姚黄花②。

【翻译】

十里一置，五里一堠，沿途设满驿站，
车马传送，急如兵火，飞尘满天。
倒毙坑谷，尸骨重叠，不知死人多少，
皇妃知道，这是在送荔枝和龙眼。
车子翻山越岭，像鹘鸟掠过海面，
荔枝到京，枝叶含露，好似刚采摘下来。
为了赢得宫中的美人开颜一笑，
不惜尘土飞扬，鲜血喷溅千百年。
汉和帝的荔枝来自岭南交趾，
唐玄宗的荔枝取自涪陵妃子园。
至今人们还痛恨助君为恶的李林甫，
直言敢谏的唐羌，却无人举杯祭奠。

---

①“洛阳”句：洛阳相君指钱惟演，字希圣，吴越王钱俶之子，随俶归宋。真宗时附和丁谓，驱逐寇准，后又排挤丁谓以缓和社会舆论。忠孝家：钱惟演去世，谥忠懿，谥词有“以忠孝而保社稷”语，故称钱惟演出身忠孝之家。 ②姚黄花：牡丹花中的珍品。钱惟演任洛阳留守时开始向宫中进贡这种花。苏轼自注：“洛阳贡花自钱惟演始。”苏轼在《仇池笔记·万花会》中也提到这件事，并说：“有识(之士)鄙之，此宫妾爱君之意也。”

我希望老天爷怜悯平民百姓，
不要出产珍贵物品，它是人民的祸患。
风调雨顺，百谷丰登，
最大的吉祥是人民不饥不寒。
你没看见吗，武夷溪边的初春芽茶，
丁谓、蔡襄相继制成了笼装的大小龙团。
为了邀宠，想出了各种新鲜玩意儿，
今年又把评比的茶叶当做官茶进献。
我们君主所缺的难道是这些东西吗？
专门在口体上花功夫，多么鄙陋卑贱！
洛阳留守钱惟演出身忠孝之家，
而今也把名贵的牡丹进献，真是可怜！

椰子冠

据曾季貍《艇斋诗话》载，苏轼的《纵笔》诗传至京城，宰相章惇读到诗中的“报到先生春睡美”句，冷笑说，苏轼还这样快活吗？于是把他再贬儋州(今海南儋州)，这是绍圣四年(1097)，苏轼六十二岁高龄时发生的事。苏轼再贬儋州，当然主要是因为绍圣四年朝廷再次普遍加重对元祐大臣的惩处，苏辙也于同时由筠州(今江西高安)远谪雷州(今广东海康境)。海南岛盛产椰子，苏轼用椰子酿酒，用椰子壳做帽子，并写了这首诗，表现了他不以远谪为意，而以“违时”自傲的精神。

天教日饮欲全丝①，美酒生林不待仪②。

自漉疏巾邀醉客③，更将空壳付冠师。

规模简古人争看，簪导轻安发不知④。

更著短檐高屋帽⑤，东坡何事不违时！

【翻译】

为了保全我的性命，老天让我整天喝酒，

椰子树能生味美的椰子酒，用不着酿酒的仪狄。

我用头巾自己过滤，邀请酒友一起痛饮，

剩下的椰子壳，交给专做帽子的匠师。

帽子规格简单，模样古拙，大家争着观看。

---

① 全丝：保全袁丝。汉代袁盎（字丝）被命为吴国相，侄子袁种说："吴王骄横已久，你如果要严加治理，吴王不上告你，就会暗杀你。你只有整天饮酒，才能脱祸。"苏轼这里是以袁丝自喻，说老天爷为了保全我，故给我整天喝酒的机会。② 仪：仪狄，传说是夏禹时善酿美酒的人。夏禹喝了他的美酒，说："后代一定有人因酒亡国。"于是疏远仪狄，不再喝酒。③ 漉：过滤。自漉疏巾即以编织稀疏的头巾过滤酒。这是以陶潜自喻，据《宋书·隐逸传》载，陶潜每遇酒熟，就取头巾滤酒，滤毕，又把头巾戴上。④ 簪导：把帽子插戴在头发上。⑤ 短檐高屋帽：俗称东坡帽。据苏轼门人李廌的《师友谈记》载，当时的士大夫模仿东坡戴的桶高檐短帽，名叫子瞻样。

戴起来轻便安逸，感觉不到戴有帽子。
还戴有一顶边缘短，帽桶长的高帽，
东坡呵，你做的哪一件事不违背时势！

过岭二首

元符三年(1100)正月哲宗去世,徽宗继位。五月大赦,苏轼被命移居濂州(今广西合浦)。九月改舒州(今安徽安庆)团练副使,永州(今湖南零陵)安置。行至英州(今广东英德),复朝奉郎,提举成都玉局观,外州军任便居住。年底途经大庾岭,写了这两首诗。前首感叹古往今来都是直臣受害,小人当道,但历史自有公论;后首写自己不以南迁、北归为意,而小人却对自己的北归惊恐万状。

其　一

暂著南冠不到头，却随北雁与归休①。
平生不作兔三窟②，今古何殊貉一丘③。
当日无人送临贺④，至今有庙祀潮州⑤。
剑关西望七千里，乘兴真为玉局游。

【翻译】

暂戴囚犯的帽子，并未戴到死，
冬去春来，我也随鸿雁北返。
狡兔三窟，一辈子都学不会，
小人当道，古今没有什么变换。
杨凭贬官临贺，当时无人敢送，

---

①"暂著"二句：南冠，《左传·成公九年》载，晋侯见钟仪，问人说："戴南方帽子而被捆住的人是谁？"回答说："楚国囚犯。"后因以南冠作囚犯的代称。柳宗元《六言》诗："一生判却归休，谓著南冠到头。"苏轼反用柳宗元诗意。②兔三窟：狡猾的兔子有三个窝，善于避祸。③貉（hé 合）：形似狐狸的动物。一丘之貉比喻都是坏人，没有区别。④临贺：今广西贺县。《旧唐书·杨凭传》载，杨凭贬为临贺尉，没有亲友敢送行，仅徐晦至蓝田饯别。⑤潮州：今属广东。韩愈贬官潮州，宋代潮人为立庙，苏轼为作《潮州韩文公庙碑》。

韩愈远谪潮阳，至今有庙祭奠。

西望剑门，故乡远在七千里外，

乘兴一游，真要提举成都玉局观。

其　二

七年来往我何堪[①]，又试曹溪一勺甘[②]。
梦里似曾迁海外，醉中不觉到江南[③]。
波生濯足鸣空涧，雾绕征衣滴翠岚[④]。
谁遣山鸡忽惊起[⑤]，半岩花雨落毵毵[⑥]。

---

① 七年来往：苏轼于绍圣元年（1094）贬官惠州途经大庾岭，至元符三年（1100）北归经此，已整整七年。 ② 曹溪：禅宗六祖慧能传道处，源出广东曲江县东南，西流入溱水。 ③“梦里”二句：江南，指江南西路。大庾岭在南雄州和南安军交界处，过岭即为南安军，而南安军属江南西路。方回说：“此联甚佳，殊不以迁谪为意也。”（《瀛奎律髓》卷四十三）汪师韩说：“视迁谪犹醉里梦中，知其胸中别有澄定者在。”（《苏轼选评笺释》卷六） ④ 岚：山林中的雾气。 ⑤ 谁遣：谁让。这里虽是疑问句，但实际意思是指作者的足步声惊起了山鸡。 ⑥ 毵毵（sān 三）：花枝细长的样子。苏轼北归时，士大夫都以为他将重新受重用，故纪昀认为最后两句“非写景”，有“不必相猜之意”。

【翻译】

七年远谪，怎能忍受这样的摧残，
现在又来到曹溪，品尝一勺甘泉。
三年的海外生活好像醉梦一般，
酒醉未醒，不知不觉又回到江南。
碧波冲足，空谷中荡起清脆的声响，
雾气缭绕，浸湿了远行人的衣衫。
我的足步声使山鸡受惊，突然飞起，
岩花从细枝上纷纷坠落，像红色的雨点。

词

南歌子

八月十八日观潮

观潮指观钱塘江潮。大江之东，凡水入海，无不通潮，而以钱塘江潮最为天下奇观，钱塘江潮又以八月十五至十八日最为壮观。苏轼有好几篇描写钱塘江潮的诗词，这是其中较早较有名的一篇，作于熙宁五年(1072)通判杭州时。苏轼作词一般认为起于通判杭州时，这一首是可以准确系年的最早的东坡词，已开始显露出苏词豪放的本色。上阕因观潮而想象仙人正乘潮来去，下阕因潮声如雷而希望有琴师来谱写潮声。全词想象丰富，气势磅礴，用典多而贴切。

海上乘槎侣①，仙人萼绿华②。飞升元不用丹砂，住在潮头来处渺天涯。　　雷辊夫差国③，云翻海若家④。坐中安得弄琴牙，写取余声归向《水仙》夸⑤？

【翻译】

海上有人乘竹筏直上银河，
仙女萼绿华常来凡间羊权家。
可见飞升上天不需吃丹砂，
只要乘着潮势就可走遍天涯。

潮声如雷滚动，在夫差的故国，
潮水如云翻腾，在海神的老家。
席上怎能得到善抚琴的伯牙，
谱写潮声，可与《水仙操》比高下？

---

① 乘槎侣：据《博物志》卷三载，天上银河与海相通。海边有人见每年八月都有竹筏经过，于是乘上竹筏，结果到了银河。此写凡人可上天。 ② 萼绿华：据陶弘景《真诰·远象》载，仙女萼绿华，年约二十，着青衣，有姿色，每月六次到晋人羊权家。此写仙人可下凡。 ③ 辊：滚动。雷辊：形容潮声如雷滚动。夫差：春秋时吴国国君。夫差国：指杭州，杭州为吴国故地。④ 海若：北海若，传说是海神。海若家：指大海。 ⑤“坐中”二句：弄琴牙指抚琴的伯牙。传说他向成连学琴，三年不成，后随师到海上，作《水仙操》，琴声大进。事见《乐府解题·水仙操》。

蝶恋花

京口得乡书

京口，古城名，故址在今江苏镇江。熙宁七年(1074)，苏轼担任杭州通判期间，到京口等地赈饥，得家乡亲友来信，写下了这首思乡词。“雨后”三句写离人春愁，“北固”二句写京口山水，“一纸”三句点“得乡书”，最后两句不回答乡书中的问题，而以春光易逝，借酒浇愁作结，但有家难归之意已溢于言表。这种不答之答比直接回答具有更强烈的感染力量，充分抒发了他那种难以言状的思乡之情。

雨后春容清更丽，只有离人，幽恨终难洗。北固山前三面水[1]，碧琼梳拥青螺髻[2]。　一纸乡书来万里，问我何年，真个成归计？回首送春拼一醉，东风吹破千行泪。

【翻译】

雨后春天的景色更加青翠美丽，
只有那远离故乡的人
深沉的愁恨总洗不去。
北固山下三面都是水，
弧形的江面，仿佛是碧玉梳子，
苍翠的山峰，好像是美人的发髻。

万里外的家乡来了一封信，
问我哪年真的能回去？
我只有回头拼命喝酒，送春归去，
春风倒还多情，抹去我的行行泪涕。

---

① 北固山：在润州（即镇江）丹徒县北一里，山突入长江，三面环水。 ②“碧琼”句：形容环绕北固山的清澈江水像碧玉制成的梳子。青螺髻：形容北固山像美女的螺形发髻。

少 年 游

润州作，代人寄远

苏轼任杭州通判期间到常州、润州等地赈饥，久不得归，作此词。“代人寄远”只是托词，实际是作者奔波在外，为思念夫人王闰之而作。词的上阕即用回环往复的句式，表达了这种使人肝肠欲断的思念之情；下阕通过无人伴饮，风露清寒，但燕子成双成对，抒写自己的孤独和苦闷，景中含情。苏轼在词史上的最大贡献是创立了豪放词，但就作品数量而言，仍以婉约词为多，而其质量也并不亚于任何以婉约著称的词人。这首是苏轼较早的以婉约为特征的言情词。

去年相送①，余杭门外②，飞雪似杨花。今年春尽③，杨花似雪，犹不见还家。　　对酒卷帘邀明月，风露透窗纱。恰似姮娥怜双燕④，分明照、画梁斜⑤。

【翻译】

去年为你送行的时候，
杭州城门外的大雪，
像漫天飞舞的杨花。
今年的春天已经过去，
飞舞的杨花像那时的漫天大雪，
可还不见你回家。

对着酒杯，卷起窗帘，邀月共饮，
寒气袭人，原来是风露透进窗纱。
好像明月只怜爱双双栖息的燕子，
清楚地照着它们在梁上说悄悄话。

---

① 去年：苏轼是头一年十一月离开杭州去润州等地的。② 余杭门：宋代杭州城北的三座城门之一。③ 今年春尽：苏轼作这首词是次年四月。④ 姮娥：月中嫦娥，代指月。⑤ 画梁：绘有画图的屋梁。

江城子

湖上与张先同赋,时闻弹筝

苏轼任杭州通判时作。张先(990—1078)字子野,乌程(今浙江湖州)人,天圣八年(1030)进士,官至都官郎中。诗风清丽,长于作词,是北宋著名的词人。苏轼通判杭州时,张先已八十多岁,视觉听觉仍很好,两人经常唱和。关于这首词的背景,有两种说法。袁文《甕牖闲评》说,苏轼与两位身穿孝服的朋友游西湖,坐在孤山竹阁前的临湖亭上。湖心一船渐近亭前,船上有几个装束雅淡的女子,其中一位弹筝女子尤其美丽,两位客人目不转睛地看着她飘然远去。张邦基《墨庄漫录》说,苏轼与刘贡父兄弟游西湖,一女子驾船来说,因仰慕苏轼,又无法相见，听说苏轼游湖，特来献上一曲。从词的内容看，似以前说为是。词的上阕写西湖景色，下阕记湖上所遇弹筝女，有背景，有人物，富有情趣。

凤凰山下雨初晴①，水风清，晚霞明。一朵芙蕖②，开过尚盈盈③。何处飞来双白鹭④，如有意，慕娉婷⑤。

忽闻江上弄哀筝，苦含情⑥，遣谁听？烟敛云收，依约是湘灵⑦。欲待曲终寻问取，人不见，数峰青⑧。

【翻译】

凤凰山下刚刚雨过天晴，

天空晚霞红亮，湖面风凉水清。

---

① 凤凰山：在杭州城南，左近西湖，右近钱塘江，形似飞凤，故名。 ② 芙蕖：即荷花。 ③ 盈盈：丰盈美好的样子。 ④ 双白鹭：指穿白色孝服的两位客人。 ⑤ 娉婷：仪态娴雅的美女，这里指“弄哀筝”的女子。 ⑥ 苦：很，甚。苦含情即很有感情。 ⑦ 依约：仿佛。湘灵：相传舜帝二妃娥皇、女英随舜南行，死于沅、湘二水之间，成为湘水女神，后世称为湘灵。这里喻指“弄哀筝”的女子。 ⑧ “欲待”三句：钱起《湘灵鼓瑟》：“曲终人不见，江上数峰青。”苏轼化用这两句，借以写弹筝者曲子未弹完，就消失在江面上了。问取即讯问，“取”为语助词。

一朵盛开的荷花,依然那么丰盈。
哪里飞来一对白鹭,
好像充满蜜意柔情,
仰慕那仪态娴雅的美人。

忽然听见江上传来悲哀的筝声,
非常凄婉动情,不知弹给谁听。
湖上云烟消散,水天清澈,
弹筝美女,仿佛是湘水女神。
想等她弹完曲子再上前打听,
却只见湖边群峰苍翠,
再也看不到她轻盈的身影。

南乡子

送述古

陈襄(1017—1080)字述古，福州侯官(今福建福州)人。他反对王安石变法，曾要求神宗贬斥王安石、吕惠卿。神宗向他询问可用的人，他首先推荐司马光、苏轼。这引起变法派的不满，被命出知陈州，熙宁五年(1072)改知杭州。当时苏轼正担任杭州通判，两人的唱和诗很多。熙宁七年七月，陈襄改知南都，苏轼送陈襄至临平(在杭州东北百余里处)，话别后，在返回杭州的船上写下了这首词。词的上阕即写别后在归舟中回望告别之地临平镇，表现了对陈襄依依不舍之情；下阕前二句写自己因思念陈襄而夜不能寐，后三句揣测陈襄因思念自己而泪流满面，充分抒发了他们的深厚情谊。

回首乱山横，不见居人只见城①。谁似临平山上塔，亭亭，迎客西来送客行②？　归路晚风清，一枕初寒梦不成③。今夜残灯斜照处，荧荧，秋雨晴时泪不晴④。

【翻译】

回头遥望，群山纵横，

我再也望不见你，

只能依稀看见临平镇。

谁像临平山上的高塔，

既迎接西来的远客，

又目送客人继续前行？

---

①“回首”二句：山即第三句所说的临平山，城指临平镇。居人：表面指居住临平的人，实际指陈襄。“回首”、“不见”的主语是作者自己，写回望对方，是抒发行人已远，不可再见的惜别之情。②“谁似”三句：临平：杭州仁和县所属四镇之一，下临运河，为舟行北上必经之地。亭亭：高耸的样子。正因为前二句是作者回望临平而故人不可复见，所以这三句才羡慕临平山上的高塔，居高眺远，既可“迎客西来”（杭州在临平西南），又可“送客”东行北上。③“归路”二句：写自己因思念友人而夜不能寐。④“今夜”三句：揣测陈襄也因思念自己而流泪。荧荧：灯光昏暗的样子。

回来的路上晚风清凉，
初秋的寒气更使我难入梦境。
今夜昏暗灯光斜照着的地方，
秋天的夜雨虽已过去，
恐怕眼泪仍流个不停。

蝶 恋 花

密州上元

上元即元宵节，时间在正月十五日。苏轼于熙宁七年(1074)由杭州通判改知密州，十一月到任，这首词即作于次年的元宵节。杭州是繁华的都市，密州是荒凉的山城，生活环境发生了很大的变化。苏轼在《超然台记》中集中比较了这种变化：杭州有船可坐，这里只能乘车骑马；杭州州府是吴越王留下的豪华宫殿，这里的官府却很简陋；杭州湖山很美，有名闻天下的西湖，这里只有种满桑麻的田野；杭州是鱼米之乡，生活富裕，这里却要靠采野生的杞菊充饥。这首词也用对比手法描写了两地迥然不同的元宵节：上阕写杭州的元宵节灯火辉煌，明月如霜，美人如画，笙管悠扬，罗帐芬芳；下阕写密州的元宵节，山城寂寞，箫鼓粗犷，灯火稀疏，暗云垂野，一派荒凉萧条的景象。全词对比鲜明，形象生动，就像两幅相互映衬的节令风俗画。

灯火钱塘三五夜①，明月如霜，照见人如画。帐底吹笙香吐麝②，更无一点尘随马③。　寂寞山城人老也，击鼓吹箫，却入农桑社④。火冷灯稀霜露下，昏昏雪意云垂野。

【翻译】

杭州的元宵节灯火辉煌，

霜一样明亮清凉的月光，

照得歌儿舞女像画的一样。

帷帐中传来动人的乐曲，

---

① 钱塘：即杭州。三五夜：三五一十五，即正月十五日夜。 ② 笙：一种古代民间簧管乐器。香：香炉。麝（shè射）：又名香獐。雄麝脐部分泌一种麝香，是名贵的香料，也可作药。这里代指香气。 ③“更无”句：这句描写街道清洁，没有灰尘。苏味道《正月十五夜》有“暗尘随马去”句，这里反用其意。 ④“击鼓”二句：写社祭，拜神求丰年。农桑社：农村节日祭神的地方。

香炉里发出撩人的芳香。
骑马走过清洁的街道，
更无一丝尘土飞扬。

山城密州的元宵节寂寞清冷，
我也变得衰老疲惫，鬓发苍苍。
打着鼓，吹着箫，乐声粗犷，
到农村举行社祭，祈求吉祥。
稀疏冷落的灯火照着满地霜露，
四野乌云笼罩，天色昏暗，一派落雪景象。

江　城　子

乙卯正月二十日夜记梦

乙卯即熙宁八年(1075)。当时苏轼任密州知州,因思念前妻王弗,写下了这首词。王弗,眉州青神(今属四川)人,十六岁同苏轼结婚,二十七岁卒于京城,后归葬故乡。王弗也有文化,苏轼读书,她陪着终日不离开;苏轼偶有遗忘,她还能从旁提醒。她对苏轼的关心和体贴,更是无微不至。苏轼任凤翔签判,她常劝苏轼不要同那些急于亲近他的人交往,认为这种人往往出卖朋友。苏轼对这样一位好内助的病逝是很悲痛的。到他写这首词时,王弗已去世十年。十年来,他因同变法派的分歧而被迫离开朝廷,南北奔波,饱经风霜。政治上的失意和对亡妻的深切怀念，构成了这首悼亡词哀惋凄凉的基调。上阕直接抒发对亡妻的怀念和自己仕途失意的感伤之情；下阕前五句记梦，写久别重逢的情景；后三句是醒后冥想，通过设想亡妻因思念自己而肠断，来抒发自己对亡妻的怀念，更显得一往情深。

十年生死两茫茫①，不思量，自难忘。千里孤坟②，无处话凄凉。纵使相逢应不识，尘满面，鬓如霜。夜来幽梦忽还乡，小轩窗，正梳妆，相顾无言，惟有泪千行。料得年年肠断处，明月夜，短松冈③。

【翻译】

十年来我们生死相隔，音信杳茫，

即使我不去思念你，本来也难以遗忘。

你那孤零零的坟墓，远在故乡，

没有地方能够倾述我心中的凄凉。

---

①"十年"句：据苏轼《亡妻王氏墓志铭》载，王弗卒于治平二年（1065）五月，至熙宁八年（1075）苏轼写这首词时，已整整十年。②千里孤坟：据上文载，王弗葬于眉州彭山县安镇乡可龙里苏轼父母的墓旁。③短松冈：有小松树的山冈。这里指亡妻坟墓，因为古代墓旁常种松树。

纵使现在相遇，恐怕你也认不出我：
尘土满面，鬓发如霜，早变了模样。

晚上在迷离的梦中忽然回到故乡，
你正坐在小窗前打扮梳妆。
我望着你，你望着我，无话可讲，
只有行行泪水在诉说各自的悲伤。
料想那月光笼罩，小松丛生的坟墓上，
你因为思念我，痛断柔肠。

江城子

密州出猎

熙宁八年(1075)任密州知州时作。北宋国势长期积弱不振,北方和西北经常受到辽和西夏的侵扰。苏轼一贯主张加强国防,抗击边患,这首词就反映了这种爱国思想。词的上阕描写威武雄壮,风驰电掣般的出猎盛况和全城轰动、围观的热烈场面;下阕直接抒发他希望立功边疆,为国效命的壮志豪情。词风豪迈粗犷,是苏轼豪放词形成的重要标志。苏轼《与鲜于子骏书》曾谈到这首词,大意说:最近写了不少小词,虽无柳永的风味①,却也自成一家。前几天在郊外打猎,写了一首词,令东州壮士鼓掌顿足歌唱,吹笛击鼓作为节拍,非常壮观。从这封信可看出,他创作豪放词是很自觉的,就是要写得来与柳永不同,要"自成一家"。婉约词是写给歌儿舞女唱的,他的豪放词是写给"东州壮士"唱的。

老夫聊发少年狂,左牵黄②,右擎苍③。锦帽貂裘④,千骑卷平冈⑤。为报倾城随太守⑥,亲射虎,看孙郎⑦。　酒酣胸胆尚开张,鬓微霜,又何妨!持节

---

① 柳永:原名三变,字耆卿,崇安(今属福建)人,北宋著名词人。他的词长于描写羁旅离愁,城市繁华和歌妓生活,是婉约词的代表人物。 ② 黄:黄犬,此指猎犬。 ③ 擎苍:举着苍鹰。 ④ 锦帽:锦蒙帽。貂裘:貂鼠皮做的袄子。 ⑤ 骑(jì寄):一人一马的合称。 ⑥ 报:答谢。 ⑦ 孙郎:指三国时的孙权。他曾骑马射虎,马被虎咬伤,他就用戟刺虎。这里作者以孙权自喻。

云中，何日遣冯唐①？会挽雕弓如满月，西北望，射天狼②。

【翻译】

我左手牵着黄犬，右手托着苍鹰，

姑且逞逞少年人的狂放。

头戴锦蒙帽，身穿貂裘袄，

上千的随从骑着战马，

像狂风一样卷过浅浅的山冈。

为答谢全城人来看我打猎，

我要亲自射杀猛虎，

像当年的孙权一样。

酒兴正浓，心雄胆壮，

鬓发虽已花白，

---

①“持节”二句：节：符节，古代使者所持的凭信。云中：古郡名，治所在今内蒙古托克托东北。据《史记·冯唐列传》载，汉文帝时魏尚为云中太守，抗击匈奴战绩卓著，但因上报战果的数字与实际略有出入，被削职追究。冯唐劝谏文帝，认为不应这样对待武将。文帝接受了冯唐的建议，当天就派冯唐拿着符节去赦免魏尚，重新以魏尚为云中太守。苏轼这里是以魏尚自喻，希望朝廷重用自己，以便立功边郡。②天狼：星名，古人认为它是主侵犯的星。这里以天狼星喻指辽和西夏。

怎妨我驰骋疆场!
什么时候朝廷才会派遣冯唐,
带着命令,起用云中老将?
我定能把弓拉得像圆月一样,
遥望西夏和北辽,
射杀那专主侵扰的天狼。

望江南

超然台作

熙宁九年(1076)任密州知州时作。超然台在密州北城上,原已破败,苏轼到密州后加以整修,作为游玩休息的地方(详见作者《超然台记》)。词的上阕写烟雨濛濛中的密州春景,下阕抒发清明节后思乡不得,只好以品茶饮酒,吟诗赏景为娱的心情。全诗感情沉郁,意境清丽,语言质朴无华。

春未老①,风细柳斜斜②。试上超然台上看,半壕春

① 老:衰老。这是以拟人手法写春天还未完全过去。

② 斜斜:摇曳、不整齐的样子。

水一城花①。烟雨暗千家。　　寒食后②，酒醒却咨嗟③。休对故人思故国④，且将新火试新茶⑤。诗酒趁年华。

【翻译】

春天还未完全过去，
杨柳在微风中摇曳。
登上超然台眺望，
护城河春水荡漾，
密州城鲜花绚丽。
千家万户，
笼罩在蒙胧的烟雨里。

寒食节后酒醉醒来，
我不禁连声叹息。
不要因为面对老友，
就思念眉山的故居。
姑且用新起的火，

---

① 壕：城壕，护城河。② 寒食：寒食节，在清明前两日，从这天起禁火三天，故称寒食。③ 咨嗟：叹息。④ 故国：故乡、故土。⑤ 新火：因寒食节禁火，故把寒食节后新起的火称新火。新茶：初春新采的芽茶。

试煎新采的春茶吧；
趁着人还未老，
开怀饮酒，尽情吟诗。

水调歌头

丙辰中秋,欢饮达旦,大醉,作此篇,兼怀子由

丙辰,熙宁九年(1076)。达旦,一直到天明。苏轼自熙宁四年赴杭州任途中与子由别于颍州后,六年来再未见过面。熙宁七年,他罢杭州任,请求调往北方,就是为了同担任齐州(今山东济南)掌书记的苏辙更近一些。密州、齐州虽相距不远,但两年多来,他们仍无法相见。对久别的弟弟的怀念,加上政治上的失意,促使苏轼在中秋夜对月抒怀,写下了这首千古名篇。上阕写把酒问月,幻想乘风进入月宫而又怕月宫寒寂,表现了他盼望回朝而又怕朝廷难处的矛盾心情。下阕写倚枕望月唤起的离愁别绪,先是怨月无情,后又从月的盈亏得到启发,以美

好的祝愿作结。全词清旷超逸，飘飘欲仙，充满哲理，寄慨遥深，表现了理想同现实的矛盾，反映了作者长期郁结的有志难酬的苦闷。

明月几时有！把酒问青天①。不知天上宫阙②，今夕是何年③。我欲乘风归去，惟恐琼楼玉宇④，高处不胜寒。起舞弄清影，何似在人间！　　转朱阁，低绮户⑤，照无眠。不应有恨，何事长向别时圆？人有悲欢离合，

---

①“明月”二句：李白《把酒问月》：“青天有月来几时？我今举杯一问之。”苏轼用其字面，意思不尽相同。李诗为疑问句，从苏词看，当晚月光皎洁，故不应是疑问句，而是赞叹句，意思是：今晚这样美好的明月何时有过！ ② 天上宫阙(què 却)：同下文的“琼楼玉宇”，皆指月宫。阙：宫殿门前两边的楼。据段成式《酉阳杂俎》前集卷二载，翟天师同弟子赏月，弟子问月中有什么，翟让弟子按他指的方向看，都是琼楼金阙。 ③“今夕”句：古人认为天上的年代与人间不同，故有此问。 ④ 琼：美玉。琼楼玉宇：美玉般的楼阁殿宇。《坡仙集外记》载，神宗读至“琼楼玉宇”二句，感叹道：“苏轼终是爱君。” ⑤“转朱阁”二句：写月已西沉。转朱阁指月光转照到朱红色的楼阁。绮户：雕花的门窗。低绮户指月已下沉，故月光能透进门窗。

月有阴晴圆缺，此事古难全[1]。但愿人长久，千里共婵娟[2]！

【翻译】

什么时候有过这样明朗的月亮！
我端着酒杯问那茫茫的青天。
不知道天上的月宫里，
今夜中秋又属哪一年？
我想随着清风飞到月宫去，
只怕那晶莹如玉的月中宫殿，
高耸云端，我经受不住它的清寒。
我在月光下翩翩起舞，清影摇曳，
月宫虽好，哪里比得上人间！

月光照到朱红色的楼阁，
低低地射进雕花的门窗，
照着我彻夜未眠。
月亮呵，不该同人有恩怨，

---

①“人有”三句：王闿运《湘绮楼词选》称这三句为大开大阖之笔，他人所不能。离：离别。合：团聚。②婵（chán 蝉）娟：指传说中的月宫美女嫦娥，这里代指月亮。共婵娟即共赏明月。

为什么总在人们离别时又亮又圆？
人间有欢乐悲痛，团聚离散，
月亮也有阴有晴，有亏有圆，
这些事从来就难美满完全。
只希望我俩能百年长寿，
远隔千里，借一轮圆月而心心相连。

浣 溪 沙

旋抹红妆看使君

元丰元年(1078)任徐州知州时作。词前小序说:"我到徐州石潭谢雨的路上作了五首《浣溪沙》。石潭在徐州城东二十里处,潭水与泗水相通,水的升降清浊都与泗水一致。"这年春天大旱,苏轼曾去石潭祷雨;雨后又去石潭谢雨,写了这组词。这是一组风俗画,作者以清新秀丽的语言描绘了春末夏初的徐州农村风光和淳朴的农村生活,写了各种各样的农村人物。用诗歌形式写农村生活早已屡见不鲜,而以词的形式描绘农村生活,在苏轼以前还是少见的。这组词为词的题材开辟了一个新领域。这里所选的是第二首。上阕写姑娘们匆忙梳妆打扮,涌出门来看苏轼一行，以致把罗裙都踩破了。下阕写春社盛况。为了庆祝夏麦丰收，大家扶老携幼参加社日庆祝活动。乌鸢翔舞于低空，老头醉卧在道旁，一派丰收欢乐景象。

旋抹红妆看使君①，三三五五棘篱门②。相排踏破蒨罗裙③。　　老幼扶携收麦社④，乌鸢翔舞赛神村⑤。道逢醉叟卧黄昏。

【翻译】

姑娘们匆匆打扮，争看我们一行，
篱笆门前三三五五结队成群。
你推我挤，踩破了绛色罗裙。

人们扶老携幼参加社日赛神，
乌鸦老鹰在村庄上空盘旋飞行。
暮色中，老头儿在路边醉卧不醒。

---

① 旋：匆忙，临时赶急。使君：古代地方长官，此为苏轼自指。② 棘篱门：用树枝编成的篱笆门。③ 蒨（qiàn 欠）：同“茜”，可作绛色染料，此指绛红色。④ 收麦社：庆祝麦子丰收的社祭。⑤ 乌鸢：乌鸦和老鹰。赛神村：古代祭神时敲锣打鼓，迎神出庙，叫迎神赛会。这句写乌鸢想吃祭品，故在村庄上空盘旋飞翔。

永 遇 乐

彭城夜宿燕子楼，梦盼盼，因作此词

元丰元年（1078）任徐州（今江苏徐州）知州时作。徐州，古称彭城。燕子楼在徐州州府后，唐代节度使张建封之子张愔为爱妾关盼盼所建。关盼盼能歌善舞，风雅多姿。张愔去世后，她因思念旧情而不改嫁，住在燕子楼达十年之久（事见白居易《燕子楼三首序》）。这首词上阕写“夜宿燕子楼，梦盼盼”，醒来重寻不见；下阕就此抒慨，感叹“古今如梦”：今天自己为“燕子楼空”而浩叹，将来也会有人为我在徐州所建的黄楼而浩叹。这是一首怀古词，但仅用“燕子楼空”三句就说尽了张愔、盼盼旧事，具有高度的艺术概括力。上阕偏重写景，下阕偏重抒怀，充

满了怀古伤今之情。怀古而不泥于古，用典故但不为典故所束，贵神情而不重迹象，是这首词最突出的特点。

明月如霜，好风如水，清景无限①。曲港跳鱼，圆荷泻露，寂寞无人见②。紞如三鼓，铿然一叶，黯黯梦云惊断③。夜茫茫，重寻无处，觉来小园行遍④。　天涯倦客，山中归路，望断故园心眼⑤。燕子楼空，佳人何在？

---

①“明月”三句：写秋天月夜的明朗清凉。前二句为具体描写，后一句用“无限”来概括，为读者留下了充分的想象余地。 ②“曲港”三句：写月夜的寂静。“跳鱼”、“泻露”，声音很小而能被听见，正说明寂静，这是以有声反衬无声。 ③“紞（dǎn胆）如”三句：紞：击鼓声。如：语助词。铿然：金石声。黯黯：黯然伤神的样子。梦云：借楚王梦巫山神女自称“旦为朝云”事（见宋玉《高唐赋》），喻自己“梦盼盼”。这三句妙在丝毫未写梦的内容，而用“梦云惊断”一笔带过，让读者想象。 ④“夜茫茫”三句：“夜茫茫”既照应了前面的“清景无限”，又预承了下文的“重寻无处”。“觉来小园行遍”，说明他渴望寻到梦中的盼盼，却“重寻无处”，补足了黯然神伤的原因。 ⑤“天涯”三句：写厌倦在外做官，思归故乡而不可得。表面看，这三句似同全词游离，实际这一“倦”字正是全部感慨的思想基础，显然含有对时局的不满，对人生意义的怀疑。

空锁楼中燕[1]。古今如梦，何曾梦觉，但有旧欢新怨[2]。异时对黄楼夜景，为余浩叹[3]。

【翻译】

明媚的月光好似秋霜，
和爽的秋风如水一样清凉，
清幽的夜景一片茫茫。
弯弯的小河里，鱼儿在欢跳，
团团的荷叶上，露珠在摇荡，
只可惜，寂静的深夜无人观赏。
紞！三更的鼓声突然传来，
铿！落叶坠地也分外响亮，
惊破幽梦，令我黯然神伤。
走遍了小园的每个地方，

---

①"燕子"三句：这是触景（燕子楼）而伤情。用燕子楼尚存反衬佳人何在，感叹物是人非。②"古今"三句：承上启下，由怀古过渡到伤今，由感叹燕子楼转到黄楼。③"异时对"三句：这是由燕子楼联想到自己在徐州所建的黄楼，将来也有同样的命运。苏轼初到徐州，黄河泛滥，他亲率徐州军民防洪。第二年春又筑堤以防洪水再至，并建黄楼以镇水势。就在苏轼写这首词前一个月，有三十多位名士欢聚黄楼，庆祝黄楼落成。但是，万物有盛必有衰，他想到现在自己为"燕子楼空"而感叹，将来也会有人对着黄楼夜景为自己感叹。

再也找不到梦中的盼盼，
仍旧是夜色茫茫。

我流落天涯，厌倦做官，
面对回乡的山路遥望故园，
早已望眼欲穿。
燕子楼空空荡荡，
当年的美人已不可再见，
见到的只有楼中紫燕。
古往今来有如梦幻，
从来都没有梦醒过，
留下的仅是旧欢新怨。
后世人对着黄楼夜景，
也会为我长声感叹。

卜 算 子

黄州定惠院寓居作

这首词作于元丰三年(1080)贬官黄州后不久。定惠院在黄州东南,是作者初到黄州时住的地方。作者以作诗诽谤新法的罪名被捕入狱,这时刚出狱不久,惊魂未定,心境孤寂,词中反映的正是这种情绪。上阕写自己深夜不寐,独自在月下徘徊,只有与孤鸿为伴;下阕是对孤鸿的特写,实际是作者以孤鸿自喻,借物拟人,抒发了他贬官黄州,无人理解自己的苦闷,表现了他孤高自赏,不愿与世俗同流的精神。这是一首咏物词,他笔下的孤鸿,完全融进了作者的个性,而又与孤鸿本身的形象完全一致。句句双关,格调奇特,语意高妙。

缺月挂疏桐，漏断人初静[1]。谁见幽人独往来？缥缈孤鸿影[2]。　　惊起却回头，有恨无人省[3]。拣尽寒枝不肯栖，寂寞沙洲冷[4]。

【翻译】

月儿弯弯，挂在稀疏的梧桐上，
夜深人静，漏壶的水已滴光。
谁看见闲居的人在月光下独自徘徊？
只有时隐时现的孤鸿知道我的惆怅。

惊飞的孤鸿不断回头探望，
好像充满无人理解的忧伤。
她在枯枝上飞来飞去，不肯留宿，
最后回到了寂寞清冷的沙滩上。

---

①“缺月”二句：写月夜寂静，通过缺月、疏桐、漏断、人静，烘托出蒙胧、清冷的气氛，为集中描写孤鸿做好了准备。漏：计时器，靠滴水计时。漏断：水已滴尽，表示夜深。②“谁见”二句：自问自答，写只有孤鸿看见作者在月下徘徊。这是写孤鸿所见的幽人。下阕则写幽人所见的孤鸿。幽人：闲居之人。缥缈：若隐若现的样子。③省(xǐng 醒)：了解。④“拣尽”二句：传说鸿雁从不在树枝上留宿，只宿于沙滩的芦苇丛中。

水龙吟

次韵章质夫杨花词

元丰四年(1081)贬官黄州时作。章楶字质夫,福州浦城(今福建浦城)人,官至同知枢密院事。当时被命为荆湖北路提点刑狱,作了一首吟杨花的《水龙吟》寄给苏轼。苏轼和了这首词,并复信称赞章的杨花词“绝妙”,表示“本不敢继作”,但想到章在杨花开时出任提点刑狱,“四子闭门愁绝,故写其意,次韵一首寄去,亦告不以示人也。”从这封信可以看出,苏轼这首词是借杨花的“抛家傍路”,写章与家人的离别之意;同时也抒发了自己贬谪黄州的漂泊之感,因此才要求章不要把他的信和词给别人看。全词咏物逼真,意在言外,结构巧妙,情致缠绵,是苏轼咏物词的代表作。

似花还似非花，也无人惜从教坠①。抛家傍路，思量却是，无情有思②。萦损柔肠，困酣娇眼，欲开还闭③。梦随风万里，寻郎去处，又还被，莺呼起④。　不恨此花飞尽，恨西园、落红难缀⑤。晓来雨过，遗踪何在？一池萍碎⑥。春色三分，二分尘土，一分流水⑦。细看来，不是杨花，点点是离人泪⑧。

【翻译】

杨花像花，又好像不是花，

也没有人怜惜，任它飘荡。

---

① 从：任凭，听任。 ② 思（sì 似）：情思。 ③“萦损”三句：用拟人手法进一步具体描写杨花的“无情有思”。 ④“梦随风”四句：写随风飘荡的杨花正像那梦中万里寻夫的思妇，化用金昌绪《春怨》诗：“打起黄莺儿，莫教枝上啼。啼时惊妾梦，不得到辽西。” ⑤“不恨”三句：承上启下，前句承上阕无人惜杨花，后句启下阕作者惜杨花。落红即落花。 ⑥“晓来”三句：承“此花飞尽”，写零落的杨花变为破碎的浮萍。苏轼自注：“杨花落水为浮萍。” ⑦“春色”三句：承“落红难缀”，言落花多数委弃于尘土之中，少数随流水飘去。 ⑧“细看来”三句：遥接起句“似花还似非花”，认为杨花确实不是花，而是离别之人的眼泪。以“不是”衬“是”，大大加强了抒情气氛。

它脱离了柳枝，依傍路旁，
看起来像是无情之物，
细想却情思荡漾。
它被愁思萦绕，
伤了百折柔肠；
困顿朦胧的娇媚眼睛，
刚要睁开又闭上。
正像那千里寻夫的思妇，
被黄莺惊醒，离开梦乡。

我不怨杨花落尽，
只怨西园的落花，
无法重结枝头上。
早晨一阵风雨之后，
杨花的踪迹在何方？
变成了破碎的浮萍，
在池中东漂西荡。
满园春色，有的随水流去，
有的成了灰尘泥浆。
仔细看，杨花确实不是花，
而是离人泪汪汪。

水龙吟

小舟横截春江

元丰五年(1082)贬官黄州期间为思念友人——前黄州知州闾丘孝终而作。词前有小序,大意是:“闾丘孝终字公显,曾知黄州,建栖霞楼,是黄州最好的建筑。元丰五年我谪居黄州,正月十七日梦见乘小船渡过长江,在江心回头仰望赤壁上的栖霞楼,听见楼上有歌声和乐曲声,船上的人说:‘闾丘公显正在宴请客人。’醒来感到奇怪,写了这首歌曲。公显这时已经辞官,住在苏州。”词的上阕记梦,实际是通过梦境再现闾丘孝终在黄州栖霞楼风雅好客,歌乐不断的盛况,这既是对故人的思念,又含有这一切已成过去的凄凉之情。下阕为醒后语,想象归隐苏州的闾丘孝终也在怀念黄州，也在梦中见到了自己，进一步表达了作者同孝终的深厚友情。苏轼为我们刻画了一位风流太守的形象，抒发了自己对这位风流太守的思慕。全词虚实相间，空灵飘渺，自然浑成。

小舟横截春江，卧看翠壁红楼起①。云间笑语，使君高会，佳人半醉②。危柱哀弦，艳歌余响，绕云萦水③。念故人老大④，风流未减，空回首，烟波里。　推枕惘然不见⑤，但空江⑥，月明千里。五湖闻道，扁舟归去，仍

① "小舟"二句：江指长江，翠壁指竹木苍翠的黄冈赤壁，红楼指栖霞楼。 ② "云间"三句：写闾丘孝终会客。使君：对地方长官的尊称，这里指闾丘孝终。高会：盛会，盛宴。 ③ "危柱"三句：写栖霞楼上歌乐之声。危柱：拧得很紧的弦柱。 ④ 故人：指闾丘孝终。老大：年老，岁数大。据《齐东野语》卷二十《耆英诸会》载，元丰年间吴中有十老集会，其一即为朝议大夫闾丘孝终，已七十三岁。 ⑤ 惘然：若有所失的样子。 ⑥ 但：只有，仅仅。

携西子①。云梦南州，武昌东岸②，昔游应记。料多情梦里③，端来见我④，也参差是⑤。

【翻译】

我梦见乘着小船横渡长江，

躺着把赤壁上的栖霞楼欣赏。

闾丘孝终正举行盛大的宴会，

歌儿舞女已有些朦胧醉意，

盈盈笑语在空中回荡。

紧拧的弦柱发出凄恻的琴声，

绮丽的歌辞唱得余音袅袅，

回荡在云端，缭绕在水上。

想到这位老友年过七十，

仍不减当年的风流倜傥。

船渐远，枉自回头再望，

---

① “五湖”三句：以范蠡喻闾丘孝终退出官场，寄兴江湖。范蠡，春秋时越国大夫，辅佐越王勾践消灭吴国后，携带西子(即西施)乘小舟泛五湖而去。据《吴中纪闻》卷三载，“西子”暗指闾丘孝终的侍妾懿卿。 ② “云梦”二句：指黄州。云梦指云梦泽。武昌指湖北鄂城。黄州在云梦泽之南，鄂城东岸。 ③ 料：预料，料想。 ④ 端来：一定来。 ⑤ 参差：差不多，近似。

只能看见碧波浩渺,雾气茫茫。

推枕起身,心中非常怅惘,
只有明月照着千里空江。
像范蠡携西施,乘小船,泛五湖,
他已带着懿卿隐居在太湖边上。
黄州位于云梦泽南,武昌东岸,
他应记得过去在这里游玩的欢畅。
料想他也像我一般多情,
一定梦见来黄州见我,
就像我梦见他在黄州一样。

浣 溪 沙

游蕲水清泉寺，寺临兰溪，溪水西流

元丰五年(1082)贬官黄州时作。蕲(qí奇)水，在湖北浠水县，位于黄冈东。清泉寺在蕲水城门外两里处。兰溪，发源于箬竹山，溪侧多兰草，故名。这年三月，苏轼去螺师店看他买的田，途中生病，求麻桥人庞安常诊治。病好后，他们同游清泉寺，写下了这首词。上阕写景，写暮春三月兰溪雨后的景色，雅淡凄婉，景色如画。下阕即景抒情，富有哲理。表明苏轼虽身受挫折而对前途仍充满信心。全词情景、情理交融，语言清丽，读后令人振奋。

山下兰芽短浸溪，松间沙路净无泥。萧萧暮雨子规啼[1]。　谁道人生无再少，君看流水尚能西[2]。休将白发唱黄鸡[3]！

【翻译】

山下的溪边长满了嫩兰，
洁净无泥的小沙路躺在松林间。
黄昏时子规哀鸣，细雨绵绵。

谁说人生再没有青春年少？
你看，溪水也能向西流转，
何必感叹黄鸡催晓，白日催年！

---

① 萧萧：同“潇潇”，象声词，形容雨声。子规：杜鹃鸟，又名杜宇，传说是古代蜀帝杜宇变的，啼声凄切。② 君看：一作“门前”，苏轼《游沙湖》录此词作“君看”，今从之。君指庞安常。我国的江河一般皆东流，“流水尚能西”表示“人生再少”也不是不可能的。③“休将”句：白居易《醉歌》：“谁道使君不解歌，听唱黄鸡与白日。黄鸡催晓丑时鸣，白日催年酉前没。腰间红绶系未稳，镜里朱颜看已失。”这是感叹年华易逝。苏轼反其意，认为不应像白居易那样哀叹黄鸡催晓，白日催年。

洞仙歌

元丰五年(1082)贬官黄州时作。词前小序说:“我七岁时见到眉州一位姓朱的老尼姑,忘了她的名字,已九十岁。她说她曾随师父进入蜀国国主孟昶的宫中。有天非常热,孟昶同花蕊夫人晚上在摩诃池上乘凉,作一词,朱姓老尼都记得住。现在隔了四十年,朱已死很久了,没有人知道这首词,我也只记得开头两句。闲暇的时候寻思品味,难道是《洞仙歌令》吗?于是补足了这首词。”此词上阕写花蕊夫人,寥寥数语就刻画出一个贵妇人形象;下阕写孟昶同她在摩诃池上乘凉,流露出时光易逝的淡淡哀愁。

冰肌玉骨，自清凉无汗。水殿风来暗香满①，绣帘开，一点明月窥人；人未寝，攲枕钗横鬓乱②。　　起来携素手，庭户无声，时见疏星渡河汉③。试问夜如何？夜已三更，金波淡④，玉绳低转⑤。但屈指西风几时来？又不道、流年暗中偷换。

【翻译】

如冰似玉的肌骨，

自然清凉无汗。

清风吹拂摩诃池边的宫殿，

清幽的香气弥漫无边。

锦绣的窗帘被风卷起，

明媚的月光把美人窥探；

花蕊夫人还未入睡，

她靠着绣枕，

金钗横斜，鬓发松乱。

他起身，搀着她雪白的手，

---

① 水殿：摩诃池边的宫殿。② 攲枕：斜靠着枕头。攲，同“倚”。③ 河汉：银河。④ 金波：指月光。⑤ 玉绳：星名，即北斗七星中的天乙、太乙两小星，这里代指北斗。玉绳低转，言夜已深。

漫步在寂静无声的庭院。
不时看见稀疏的星星，
在白茫茫的天河闪现。
请问夜已多深？
夜已三更，
北斗低垂，月光暗淡。
屈指计算秋风何时来到，
光阴又在不知不觉中流转。

念奴娇

赤壁怀古

元丰五年(1082)贬官黄州时作。赤壁,这里指黄冈赤壁。赤壁之战的赤壁,历来众说纷纭,一般认为在湖北蒲圻县长江南岸。苏轼在《赤壁洞穴》中写道:"黄州守居之数百步为赤壁,或言即周瑜破曹公处,不知果是否?"可见苏轼并未肯定黄冈赤壁为赤壁之战的赤壁,词中的"人道是"三字也含有怀疑的意思。但他仍然把它作赤壁之战的赤壁描写,只不过是借此抒怀而已。正如清人朱日濬所说:"赤壁何须问出处,东坡本是借山川。"词的上阕主要写赤壁雄奇壮丽的景色,空间时间背景都极为广阔,为下阕怀古做好了准备。下阕从怀古归结到伤今,缅怀伟大的历史人物，抒发自己理想同现实的矛盾。全词慷慨激昂，苍凉悲壮，气势磅礴，一泻千里，最能代表苏词的豪放风格，被誉为千古绝唱。

大江东去，浪淘尽、千古风流人物①。故垒西边，人道是、三国周郎赤壁②。乱石穿空，惊涛拍岸，卷起千堆雪。江山如画，一时多少豪杰③！　　遥想公瑾当年，小乔初嫁了，雄姿英发④。羽扇纶巾，谈笑间、强虏灰飞烟灭⑤。故

---

①“大江”三句：总领全词，江山如画，英雄可敬，而“淘尽”二字与篇末功业无成的感慨也相呼应。大江：长江。淘：淘汰，冲掉。风流人物：杰出的英雄人物。 ②“故垒”三句：点赤壁。故垒：旧时营垒。周郎：即周瑜（175—210），字公瑾，吴中呼为周郎。建安十三年（208）率吴军大败曹操于赤壁。 ③“江山”二句：前句结上，后句启下，转入怀古。 ④“遥想”三句：小乔：周瑜的妻子。雄姿英发：姿态威武，才气横溢。 ⑤“羽扇纶（guān 官）巾”三句：羽毛扇和系青丝带的头巾，本为诸葛亮的装束，后多用来形容儒将装束。这里是写周瑜的风度。下阕以“遥想”二字领起，接连六句都是抒发对周瑜少年得志的仰慕。“小乔初嫁”，写他婚姻如意；“雄姿英发”，写他威武英俊；“羽扇纶巾”，写他风流潇洒；“谈笑间”，写他临战从容；“强虏灰飞烟灭”，写他战功卓著。

国神游，多情应笑我，早生华发①。人间如梦，一樽还酹江月②。

【翻译】

长江滚滚东流，
像大浪淘沙，
冲掉了千古英雄遗迹。
人们说旧营垒的西边，
正是三国周瑜大败曹操的赤壁。
零乱的岩石高耸入云，
汹涌的怒涛拍打着岸壁，
卷起无数浪花，像千万堆白雪。
美丽如画的祖国河山呵，
一时聚集了多少英雄豪杰！

回想那时的周瑜，
小乔刚刚嫁给他，
英姿飒爽，才气横溢。

---

①“故国”三句：“故国神游”是“神游故国”的倒文。故国，这是指古战场赤壁。“多情应笑我”是“应笑我多情”的倒文。华发即花发，头发花白。②酹（lèi类）：洒酒祭奠，这里有邀月共饮的意思。

手摇羽扇，头戴丝巾，
谈笑之间，强敌已灰烟飞灭。
当年的古战场令人神往，
可笑我对周瑜充满仰慕，
自已却一事无成而发已花白。
人世间真如梦幻，
不如举杯邀请江中的明月。

念 奴 娇

中 秋

元丰五年(1082)中秋苏轼在黄州赏月时作。上阕是中秋赏月引起的遐想:月中楼台亭阁晶莹壮丽,仙女们乘着鸾凤飞翔,月中山川如画,烟树历历在目,境界辽阔高洁。下阕写在月下起舞,禁不住想飞往月宫,在月宫尽情欢歌。作者当时贬官黄州,政治处境很不利,但作品的基调却是明朗的,表现了作者的开阔胸怀。词中描绘的美丽明净的月宫跟作者的现实处境形成鲜明对比,实际表现了他对理想生活的渴望。全词清旷飘逸,充满浪漫主义色彩,几乎可与他的另一首中秋词《水调歌头》(明月几时有)媲美。但是《水调歌头》还表现了对“人间”的留恋，这首词却全是对"清凉国"的向往，这是同他的政治处境进一步恶化分不开的。

凭高眺远，见长空万里，云无留迹。桂魄飞来[①]，光射处、冷浸一天秋碧。玉宇琼楼[②]，乘鸾来去[③]，人在清凉国。江山如画，望中烟树历历[④]。　我醉拍手狂歌，举杯邀月，对影成三客[⑤]。起舞徘徊风露下，今夕不知何夕[⑥]？便欲乘风，翻然归去[⑦]，何用骑鹏翼[⑧]。水晶宫里，一声吹断横笛。

【翻译】

我站在高处纵目远望，

万里长空没有一丝云迹。

明月冉冉升起，

---

① 桂魄：指月亮，传说月中有一株五百丈高的桂树。魄：月亮升起（或即落）时的光芒。 ② 玉宇琼楼：见《水调歌头》（明月几时有）注。 ③ 鸾：传说中凤凰一类的鸟。据《异闻录》载，唐玄宗游月中，见月宫有十几个穿白衣的仙女乘着白鸾舞于桂树下。 ④ 历历：分明、清晰的样子。 ⑤"举杯"二句：语出李白《月下独酌》："举杯邀明月，对影成三人。"反映了作者的孤独。 ⑥"今夕"句：见《水调歌头》（明月几时有）注。 ⑦ 翻然：飞动的样子。 ⑧ 鹏：传说中的大鸟，一飞九万里。

一碧无垠的秋空，
沉浸在清冷的月光里。
月中宫殿晶莹如玉，
仙女们乘着鸾凤飞来飞去，
生活在清凉的国土里。
遥望月中的山川树木，
清晰可数，像画图般美丽。

我不禁拍手狂歌，
举起酒杯邀请明月同醉。
明月和我，再加我的影子，
共有三位醉客。
我在风露中翩翩起舞，
不知月宫今夜是什么时节？
我想乘着清风飞回月宫去，
何必定要驾着大鹏的羽翼。
在水晶般明净的月宫里，
我要尽情歌唱，不惜吹破横笛。

临　江　仙

夜归临皋

元丰五年(1082)贬官黄州时作。临皋,在黄冈城南,濒临长江。苏轼于元丰三年到达黄州,先住在定惠院,不久迁居临皋。元丰五年东坡雪堂建成,苏轼自号东坡居士,但仍住在临皋,雪堂只是他宴会客人的地方。这首词就是他从雪堂宴客归来所作。上阕写他夜饮归来的醉态,下阕抒发他渴望自由,不愿为功名利禄奔波的心情。据叶梦得《避暑录话》上卷载,第二天黄州城中盛传苏轼昨晚挂冠江边,乘着小船长啸而去。知州徐君猷大惊,以为"州失罪人",罪责不轻,立刻赶到临皋,但苏轼还未起床,正鼾声如雷。

夜饮东坡醒复醉，归来仿佛三更。家童鼻息已雷鸣①。敲门都不应，倚杖听江声。　　长恨此身非我有②，何时忘却营营③？夜阑风静縠纹平④。小舟从此逝，江海寄余生。

【翻译】

晚上在东坡开怀畅饮，
醒了又醉，醉了又醒。
回家时好像已打三更。
家童鼾声如雷，
敲门没有人答应。
我只好靠着手杖，
倾听滔滔的江涛声。

我常常怨恨身非己有，
什么时候能忘记奔波经营？

---

① 写打鼾声，谓已熟睡。韩愈《石鼎联句序》："即倚墙睡，鼻声如雷鸣。" ② 此身非我有：指不能自己主宰自己的命运。《庄子·知北游》："汝身非汝有也，汝何得有乎道！" ③ 营营：往来忙碌的样子，此指为世俗的功名利禄奔忙。 ④ 縠(hú胡)：绉纱一类的丝织品。縠纹：形容水波波纹。

夜已深，风已停，江波平静，
我希望乘着小船离开官场，
在江河湖海消磨我的余生！

满　江　红

寄鄂州朱使君寿昌

元丰中贬官黄州时作，具体写作时间未详。朱寿昌字康叔，扬州天长（在今安徽天长）人。因寻母，以孝闻于时。苏轼贬官黄州时，他任鄂州（今湖北武汉）知州，他们间交谊较深，常有书信往来。这首词上阕写因鄂州位于长江、汉水的交汇处，而长江上游即西蜀，两人都与蜀中有瓜葛，故在黄鹤楼上观赏景物，不能不触发思乡之情。下阕由鄂州的名胜古迹，联想到祢衡、曹操、黄祖、李白、崔颢等有关人物，抒发了对被害文士的同情和对残害文士者的愤慨，实际是借他人的遭遇抒发自己因言得罪的不平。全词即景抒情，抚今追昔，抑扬顿挫，开辛（弃疾）词沉郁之风。

江汉西来①，高楼下②、葡萄深碧。犹自带、岷峨雪浪，锦江春色③。君是南山遗爱守④，我为剑外思归客⑤。对此间、风物岂无情，殷勤说⑥。　《江表传》⑦，君休读。狂楚士⑧，真堪惜。空洲对鹦鹉⑨，苇花萧瑟⑩。独笑书生争底事⑪，曹公黄祖俱飘忽⑫。愿使君、还赋谪仙诗，追《黄鹤》⑬。

---

① 江汉：长江、汉水，在武汉汇合。 ② 高楼：黄鹤楼，在武汉蛇山黄鹤矶上。 ③“犹自带”二句：四川在长江上游，岷山、峨眉山的积雪融化后流入长江；锦江为岷江支流，岷江也汇入长江，故说长江带着岷峨雪浪、锦江春色。 ④“君是”句：南山，终南山，在今陕西西安市南。遗爱：留下恩泽。朱寿昌曾任陕州通判。 ⑤“我为”句：唐人称剑门关以南的蜀中为剑外。“剑外思归客”即思归蜀中的人。 ⑥ 殷勤：非常恳切。⑦《江表传》：记载三国时吴国人物事迹的书，今已失传。⑧ 狂楚士：指祢衡，汉末人，狂放不羁，曾大骂曹操，曹操把他送给刘表，刘表又送给黄祖，结果被黄祖杀害。事见《后汉书·祢衡传》。 ⑨“空洲”句：祢衡死后埋在汉阳沙洲上，因他生前写有著名的《鹦鹉赋》，故称鹦鹉洲。 ⑩ 萧瑟：风吹草木发出的声音，也用来形容孤寂凄凉。 ⑪ 争底事：为什么事而争。 ⑫“曹公”句：指残害文士的人也很快死了。 ⑬“愿使君”二句：使君指朱寿昌。谪仙诗指李白诗，贺知章称李白为谪仙人。《黄鹤》指崔颢《黄鹤楼》诗。李白登黄鹤楼读崔颢诗，感叹自己无法赶上，后又模仿作《登金陵凤凰台》、《鹦鹉洲》等诗篇。

【翻译】

长江、汉水从西边滚滚流来，
黄鹤楼下的江水像葡萄一样碧绿。
还带着岷山、峨眉积雪化成的浪花，
洋溢着锦江上的春天景色。
你曾是终南山下受人敬爱的通判，
我今是想回到剑门山南的思乡客。
面对这里的风土人物，怎能无动于衷？
请听我恳切地诉说。

你不要再读《江表传》吧，
狂放的祢衡真令人惋惜。
对着空荡荡的鹦鹉洲，
只有苇花相伴，非常萧索。
我笑祢衡，不知在争什么，
曹操、黄祖不也同样死去！
但愿你还是像李白那样赋诗吧，
努力写出《黄鹤楼》一样的名作。

满庭芳

词前有小序，大意是说："元丰七年（1084）四月一日，我将离开黄州，移居汝州（今河南临汝），向东坡雪堂的两三位邻居告别。恰好李仲览自江东来告别[①]，于是写了这首词赠他。"词的上阕感叹自己无家可归，贬官黄州已经很久，父老们都劝自己不要离开东坡雪堂。下阕记他同黄州父老的对话，"人生底事"二句是黄州父老的问话，也是苏轼借父老之口自抒感慨。以下

① 李仲览：李翔字仲览，富川（今属广西）县学的学生。苏轼老友杨元素起知富川，听说苏轼将去高安看望苏辙，于是派李仲览邀请苏轼绕道富川（事见王质《东坡先生雪堂记》）。苏轼未走此路。

都是作者的答词，他表示因为是朝廷命令，不得不去汝州贬所，但将来一定要回黄州长住，故托当地父老为他看护好雪堂。全词用家常话语表现了他同黄州父老的深厚情谊，抒发了依依不舍的离别之情。

归去来兮，吾归何处？万里家在岷峨[①]。百年强半[②]，来日苦无多。坐见黄州再闰[③]，儿童尽、楚语吴歌[④]。山中友，鸡豚社酒[⑤]，相劝老东坡。　　云何，当此去[⑥]？"人生底事[⑦]，来往如梭？""待闲看秋风，洛水清波[⑧]。好在堂前细柳，应念我、莫剪柔柯[⑨]。仍传语，江南父老，时与晒鱼蓑。"

---

① 岷峨：指四川境内的岷山、峨眉山。 ② 强半：过半。当时苏轼四十九岁，"百年强半"只是大约数字。 ③ 再闰：苏轼于元丰三年二月到达黄州，元丰七年离开黄州，其间元丰三年闰九月，元丰六年闰六月。 ④ 楚语吴歌：战国时，黄州所在地属楚国，三国时属吴国，所以说儿童的语言都变成了吴楚口音。 ⑤ 豚：小猪。社酒：古代社日祭神要欢聚饮酒。⑥"云何，当此去"："当此去云何"的倒文，在离别时说了些什么。 ⑦ 底事：何事，为什么。 ⑧ 洛水：今河南洛河，源于陕西，流经洛阳，在巩县入黄河。汝州离洛阳很近。表面说要去欣赏洛水清波，实际是说不得不赴汝州。 ⑨ 柯：枝条。

【翻译】

回去呵回去，
可我到哪里落脚？
我家迢迢万里，远在岷峨。
我已年近五十，
未来的日子已不多。
两个闰年都在黄州度过，
孩子们语音尽变，
满口是楚语吴歌。
山中热情的朋友，
社日摆上佳肴美酒，
都劝我终老东坡。

在这离别的时候，
我们谈了些什么？
“为什么人生一世，
要东奔西走，来往如梭？”
“我要去洛水悠闲地观赏，
清凉的秋风，明澈的碧波。
雪堂前的柳树枝细叶嫩，
请为我看护，莫让人砍斫。
并转告大江南岸的父老，
不时为我晒晒渔蓑。”

满庭芳

元丰八年(1085)由南都(今河南商丘)返回阳羡(今江苏宜兴)途中作。词前小序说:“我谪居黄州五年,将赴临汝,作《满庭芳》一篇告别黄州父老。已经到了南都,蒙皇上恩典,允许我回阳羡居住,于是再作一首。”苏轼对由谪居黄州改为谪居汝州,心情是很矛盾的。他在给王文甫的信中说:“想要求依旧居住黄州。但想到罪名很大而惩处很轻,皇上的恩德非常深厚,不得不去汝州。考虑了几天,已下决心了。”但是在赴汝州的途中,他的决心又动摇了。他向神宗上书,说他在阳羡有田产,要求在阳羡居住。神宗对苏轼的要求处理得很及时,立即批准,但诏旨下达时，他已到了南都。于是他立即掉转船头，返回阳羡，并写了这首词。上阕抒发他回阳羡的喜悦和对神宗的感激之情，但已掩盖不住“君恩未报”的悲凉心绪。下阕调子更低沉，借“天女”看似轻松的问话，抒发了自己久戏人间，穷愁潦倒，一事无成的深沉感慨。个别句子略嫌直露（如“老去君恩未报”），但从全词总体看，仍堪称含蓄蕴藉，慷慨悲凉，富有余味。特别是下阕，表现了作者丰富的想象力，借天女责备，群仙讥笑以抒慨，比作者直接发议论，具有更强的艺术效果。

归去来兮，清溪无底，上有千仞嵯峨①。画楼东畔②，天远夕阳多③。老去君恩未报，空回首、弹铗悲

---

①“清溪”二句：据《元丰九域志》载，宜兴境内有君山、运河、太湖、阳羡溪。“清溪”指阳羡溪，“无底”形容溪深。“千仞嵯峨”形容君山高峻。八尺为仞。嵯峨：高峻貌。②画楼：对自己阳羡住宅的美称。③“天远”句：语意双关，感情很复杂。表面是写景，实际是说自己离神宗虽远，却得到了他很多的温暖和恩惠。但“夕阳”二字，又使人想到“夕阳无限好，只是近黄昏”，暗含“放归阳羡”后，就只有“归耕没齿（到死）”，不会再有什么恩惠了。

歌[1]。船头转，长风万里，归马驻平坡[2]。　　无何[3]，何处有？银潢尽处[4]，天女停梭[5]。问："何事人间，久戏风波？"顾谓同来稚子[6]："应烂汝腰下长柯[7]。"青衫破，群仙笑我，千缕挂烟蓑。

【翻译】

回去呵，我要去的阳羡，

下有清澈的深溪，

上有高峻的青山。

快要落山的太阳照红了，

---

① 弹铗悲歌：《史记·孟尝君列传》载，冯谖投奔好客的孟尝君，被安置在客舍。十多天后孟尝君打听冯谖情况，回答说冯谖弹剑而歌："长铗归来乎，食无鱼。"苏轼即用此典。铗即剑。 ② 驻平坡：驻又作"注"，苏轼《百步洪》有"骏马下注千丈坡"句，苏辙《诗疾五事》也有"战马注坡"语，都是形容快马疾驶，不可停留。这里是形容他盼归阳羡的急切心情。 ③ 无何：指无何有之乡，《庄子·逍遥游》幻想出来的理想境界。 ④ 银潢：即银河。 ⑤ 天女：即织女，传说是天帝孙女，故又称天孙、天女，长年织云锦。 ⑥ 稚子：幼子、幼童。 ⑦ "应烂"句：应：揣测之词。柯：斧柄。据《述异记》载，晋人王质伐木入山，见数人下棋，王质旁观，下棋人给一个像枣核的东西让王含着，就不感到饥饿。过了一会，下棋人问王"何不去"，王质起身，见斧柄已烂尽；回到家中。同时的人早已去世。苏轼用此典，继续申说"久"字。

住宅东面遥远的天边。

年已半百，还未报答皇上的恩德。

回首往事，不禁悲歌弹剑。

掉转船头，乘长风破万里浪。

就像快马下坡一般。

无何有之乡究竟在哪里？

我来到银河尽头，

织女停下梭子埋怨：

“为什么不顾风狂浪险，

长久嬉戏在人间？”

掉头又问同行的童子：

“你腰间的斧柄，

恐怕早已腐烂。”

一群仙女齐声笑我，

穿的青衫像蓑衣一样，

千丝万缕，破烂不堪。

八声甘州

寄参寥子

元祐四年(1089)知杭州时作。参寥子,北宋诗僧,姓何,初名昙潜,后名道潜,于潜(今浙江杭州)人,与苏轼友谊很深,著有《参寥子集》。神宗去世,本为纠正王安石变法的某些弊端提供了机会,但司马光不分青红皂白,尽废新法,这不仅给新党以口实,而且在旧党内部引起激烈争吵。苏轼在新旧两党的夹击中被迫离开朝廷,出任杭州知州。此词上阕即以比兴手法感叹神宗去世后的大好形势为旧党断送,表示自己已不愿卷入这些是非之争。下阕回叙同参寥子的旧情,表示自己决不违背当年向参寥许下的早退之约。全词沉郁顿挫,感慨遥深,看似闲谈的语言，反映出作者极其沉重和矛盾的心情。

有情风万里卷潮来，无情送潮归①。问钱塘江上，西兴浦口，几度斜晖②？不用思量今古，俯仰昔人非。谁似东坡老，白首忘机③。　记取西湖西畔，正春山好处，空翠烟霏④。算诗人相得，如我与君稀⑤。约他年东还海道，愿谢公雅志莫相违⑥。西州路，不应回

---

①“有情”二句：以钱塘江潮为比兴，实际描绘了元祐初年的整个政治形势。有情、无情，来潮、退潮的对比，寄予了无限感慨。②“问钱塘”三句：钱塘江旧称浙江，源于浙、皖、赣交界处的莲花山，在杭州闸口以下入杭州湾。西兴浦口即西兴渡，在杭州萧山西十二里处。这三句写钱塘江上、西兴渡口的落日景象，实际抒发了“夕阳无限好，只是近黄昏”的深沉感慨。③忘机：消除机心，即对潮来潮去，日起日落，宦海浮沉，都不以为意。④“记取”三句：回忆熙宁年间任杭州通判时，与参寥相识，同游西湖。据惠洪《冷斋夜话》，周紫芝《竹坡诗话》所载，两人相识在“东坡倅钱塘时”。⑤“算诗人”二句：苏轼知徐州，参寥曾去访问；苏轼知湖州，参寥曾同行；苏轼贬黄州，“参寥子不远千里从予于东坡”（苏轼《参寥泉铭》）。⑥“约他年”二句：谢公指谢安，东晋孝武帝时宰相。他早年不肯做官，被迫做官后仍准备尽快从海道东还，继续过隐居生活，但未如愿。苏轼以谢安自比，对参寥子表示自己不会违背归隐之约。

首，为我沾衣①。

【翻译】

多情的海风万里迢迢卷来巨潮，
又无情地把潮水送回。
请问钱塘江上，西兴浦口，
出现过多少次夕阳的余辉？
用不着细想古今历史，
俯仰之间已经物是人非。
谁能像我年老的东坡，
白发苍苍，恬淡无为？

记得我们在西湖西畔初识，
正春山景美，空明苍翠，烟雨霏霏。
像你我这样情投意合，
诗人中真是微乎其微。

---

①“西州路”三句：西州路在金陵（今江苏南京）台城西面。谢安从广陵（今江苏扬州）病危回京，过西州门，为未能归隐非常后悔。谢安死后，他所器重的羊昙从不过西州门，一次羊昙大醉后走到西州门，悲痛不已，大哭而去。这里作者以羊昙比参寥，表示自己决不会因为隐居未能如愿而让朋友伤心，实际是表示自己一定要归隐。

我曾像谢安一样约许归隐，
希望美好的志愿莫违背。
不应让你像西州路上的羊昙，
再为我未能如愿而伤悲。

蝶 恋 花

这首词上阕写春末夏初景色，虽然“燕子飞时”二句较为舒展，但基调是感伤忧郁的，蕴含着春光易逝的叹息。下阕写墙外行人的单相思，写他为墙内佳人的归去而烦恼，表现出一种寂寞失意的情绪。这首词不知作于何时，只知作者晚年贬官惠州（今广东惠州）期间，曾叫随行的侍妾朝云唱这首词，每当她唱到“枝上柳绵吹又少”两句时，总是泪满衣襟。而她又特别爱唱这首词，直至病危仍不断唱。联系作者当时的处境，这两句确实最能表达好景不长的感慨。可见这首词不单是普通的伤春言情之作，它寄寓了作者仕途失意，有志难酬的惆怅。初读这首词，上下阕之间似乎没有内在联系，故前人有“后半手滑”之讥（先著《词洁》）。其实上阕写春光易逝，正是为了写下阕的佳人难再得；上阕“绿水人家绕”的“人家”，已为下阕写墙里佳人作好了铺垫。可见作者是经过精心构思和巧妙布局的，不存在手滑笔走的问题。小词最忌词语重复，但这首词“墙里”、“墙外”往复使用，反而更加缠绵悱恻，妙趣横生。下阕纯用叙事手法，却能写出微妙的心理变化，并富有理趣。

花褪残红青杏小，燕子飞时，绿水人家绕①。枝上柳绵吹又少，天涯何处无芳草②！　　墙里秋千墙外道，墙外行人，墙里佳人笑。笑渐不闻声渐悄，多情却被无情恼。

---

①“花褪”三句：通过写景交代时令（春末夏初），地点（人家）。“绕”一作“晓”。通吟全章似以“绕”字为胜，燕子绕舍而飞，绿水绕舍而流，行人绕舍而走，而通篇无“晓”景。②“枝上”二句：柳花将尽，芳草无边，表面看景色宜人，实际暗含春光已一去不返的深沉感慨。

【翻译】

红花凋谢，杏子初结，又青又小，
紫燕轻飞，房舍为绿水环抱。
枝上的柳花被风吹得越来越少，
无边无际，到处都是丰茂的芳草。

墙里秋千高挂，墙外是条小道，
墙外行人听见墙里佳人嬉笑。
笑声渐小，墙里静悄悄，
天真无邪的佳人哪里知道，
多情的行人正为你烦恼。

文

省试刑赏忠厚之至论

这是嘉祐二年(1057)苏轼参加礼部考试的应试文章。文章初步阐明了苏轼平生遵循的以仁政治国,即"以君子长者之道待天下,使天下相率而归于君子长者之道"的思想,具体内容就是要赏罚分明,但又强调宁可错赏而不可误罚,同时又从根本上指出赏罚的局限性,只有以"君子长者之道"风化天下,才称得上"忠厚之至"。当时欧阳修主持考试,梅尧臣协助办理具体事务,此文深得欧、梅二人赏识。欧阳修本欲录为第一,只因怕是自己的学生曾巩所作,为避嫌疑,才录为第二名。梅尧臣称此文"有孟轲之风"。这不仅是因为文章的内容符合欧、梅等人的政治主张；更是因为宋初文坛深受晚唐五代浮艳文风的影响，朝廷正致力于恢复两汉三代朴实的文风，但旧弊未除，新弊复作，一些求深务奇的文章又出现了。在这种情况下，这篇语言质朴，无所藻饰，以孟子文风、西汉文辞为宗师的文章，正好与欧阳修等人大力提倡的古文革新要求相一致。

尧、舜、禹、汤、文、武、成、康之际①，何其爱民之深，忧民之切，而待天下以君子长者之道也！有一善，从而赏之，又从而咏歌嗟叹之，所以乐其始，而勉其终。有一不善，从而罚之，又从而哀矜惩创之②，所以弃其旧，而开其新。故其吁俞之声③，欢忻惨戚④，见于《虞》、《夏》、《商》、《周》之书⑤。

成康既没⑥，穆王立⑦，而周道始衰，然犹命其臣吕

---

①“尧舜”句：所列八人皆夏、商、周三代及其以前的贤明君主。②惩创：惩罚过错，警戒将来。③吁：不以为然的感叹声。俞：表示赞同的声音。④忻（xīn 欣）：同“欣”，欢乐。戚：忧愁、悲伤。⑤《虞》、《夏》、《商》、《周》之书：指《尚书》中的《虞书》、《夏书》、《商书》、《周书》。⑥没：同“殁”，死。⑦穆王立：周昭王南巡死后，立子姬满为穆王。这时春秋已五十年，周朝开始衰微。

侯而告之以祥刑[①]。其言忧而不伤，威而不怒，慈爱而能断，恻然有哀怜无辜之心，故孔子犹有取焉。传曰："赏疑从与，所以广恩也；罚疑从去，所以谨刑也[②]。"

当尧之时，皋陶为士[③]。将杀人，皋陶曰："杀之"，三。尧曰"宥之"，三[④]。故天下畏皋陶执法之坚，而乐尧用刑之宽。四岳曰："鲧可用[⑤]！"尧曰："不可！鲧方命圮族[⑥]。"既而曰："试之！"何尧之不听皋陶之杀人，而从四岳之用鲧也？然则圣人之意，盖亦可见矣。《书》曰："罪疑惟轻，功疑惟重。与其杀不辜，宁失不经[⑦]。"呜呼！尽之矣。

可以赏，可以无赏，赏之过乎仁；可以罚，可以无罚，

---

① 吕侯：即甫侯，周穆王时的司寇。穆王"用吕侯之言，训畅夏禹赎刑之法。吕侯称王之命而布告天下，史录其事作《吕刑》"（《尚书·吕刑》孔颖达疏）。祥刑：善于用刑。 ② 传：解说经义的文字。 ③ 皋陶：尧时任狱吏（士）。 ④"将杀人"至"宥之三"：欧阳修曾问苏轼此典出何处，苏轼说见于《三国志·孔融传》注。欧阳修查后没有，又问苏轼，苏轼回答说："曹操灭袁绍，以袁绍妻赐其子丕，孔融说：昔武王伐纣，以妲己赐周公。操惊问见何经，融曰：以今日之事观之，意其如此。尧、皋之事，某（我）亦意其如此。" ⑤ 四岳：四方诸侯之长。鲧（gǔn 滚）：禹的父亲。 ⑥ 方命：违命。圮族：残害同族。 ⑦ 引语见《尚书·大禹谟》。不经：不合乎常规。

罚之过乎义[1]。过乎仁，不失为君子；过乎义，则流而入于忍人[2]。故仁可过也，义不可过也。古者赏不以爵禄，刑不以刀锯。赏以爵禄，是赏之道行于爵禄之所加，而不行于爵禄之所不加也。刑以刀锯，是法之威施于刀锯之所及，而不施于刀锯之所不及也。先王知天下之善赏不胜赏，而爵禄不足以劝也；知天下之恶不胜刑，而刀锯不足以裁也。是故疑则举而归之于仁，以君子长者之道待天下，使天下相率而归于君子长者之道，故曰：忠厚之至也。

《诗》曰："君子如祉，乱庶遄已；君子如怒，乱庶遄沮[3]。"夫君子之已乱，岂有异术哉？制其喜怒，而不失乎仁而已矣！《春秋》之义，立法贵严，而责人贵宽。因其褒贬之义，以制赏罚，亦忠厚之至也。

【翻译】

唐尧、虞舜、夏禹、商汤、周文王、周武王、周成王、周康王当政的时候，他们爱护百姓的感情多么深厚，为百姓分忧的心情多么急切，他们以君子长者的忠厚之道来

---

① 义：作"宜"解。裁制事物，使其合宜的意义。过乎义即不合宜。 ② 忍人：残忍的人。 ③ 祉：喜。遄已、遄沮：很快停止、终止。引语见《诗经·小雅·巧言》。

对待天下臣民。谁做了一件好事，随即奖赏他，接着又歌颂赞扬他，用这种办法对他的良好开端表示高兴，同时勉励他善始善终。谁做了一件坏事，随即惩罚他，接着又对他表示怜悯和警告，用这种办法帮助他抛弃旧的错误，开始新的生活。所以那时百姓的感叹应答的声音和喜怒哀乐的情绪，都表现在《虞书》、《夏书》、《商书》、《周书》等史书上。

周成王、周康王死后，周穆王当政，周朝的王道逐渐开始衰微，但他还叫他的大臣吕侯作《吕刑》，告诉他要善于审慎用刑。穆王的话忧苦但不哀伤，威严但不暴怒，慈爱而又果断，样子很悲痛，还有哀怜无罪的人的同情心，所以孔子对他还有所肯定。经传上说："奖赏时如有怀疑，宁可给与奖赏，以此遍施恩德；惩罚时如有怀疑，应该免去惩罚，以此审慎用刑。"

唐尧当政的时候，皋陶掌管刑法。将要杀人时，皋陶三次说"杀掉他"，唐尧三次说"宽大他"。所以天下的人惧怕皋陶执法强硬，而喜欢唐尧用刑宽和。四岳说："可以使用鲧。"唐尧说："不行。鲧违命残害同族人。"接着他又说："试试他吧！"为什么尧帝不让皋陶杀人，而采纳四岳用鲧的建议呢？既是这样，那么圣人的用心，也差不多可以明白了。《尚书》说："罚罪有疑难之处就从轻，奖功有疑难之处就从重。与其错杀无罪的人，宁可犯不合常规的错误。”唉，已经说透这个道理了！

如果可以奖赏，也可以不奖赏，那么奖赏了就超过了仁的要求；如果可以惩罚，也可以不惩罚，那么惩罚了就超出了义的准则。过分仁爱，仍可称为君子；超出义的准则，就成残忍的人了。所以仁是可以超过的，但义却不能违背。古时候，奖赏不用爵位俸禄，施刑不用刀锯这些残酷刑具。如果用封官加禄奖赏，那么奖赏的作用就只局限在爵位俸禄所及的范围内，而在爵位俸禄所不及的地方就行不通。如果施刑使用刀锯，那么刑法的威力也只局限在刀锯所及的地方，而在刀锯不及之处就行不通。古代帝王懂得天下的好事奖赏不完，爵位俸禄不足以鼓励；天下的罪恶惩罚不完，刀锯不足以制裁。所以，赏罚有怀疑时就全部以仁爱为宗旨，用君子长者宽厚仁爱的风度对待天下百姓，使天下的人争着效法君子长者的忠厚之道。所以说这就是“忠厚到了极点”。

《诗经》说：“君子如果喜欢任用贤人，祸乱可能很快停止。君子如果怒斥小人，祸乱可能很快终止。”君子制止祸乱，哪还有特别的办法呢？控制百姓的喜怒而又不失于仁爱罢了。《春秋》的主旨是制定法规以严为贵，对人的责求以宽为贵。依据《春秋》褒扬、贬责的大义来控制赏罚，也是忠厚到极点了。

上梅直讲书

梅直讲，即梅尧臣（1002—1060），字圣俞，宋诗的开山祖师，在诗坛上享有盛名。因当时任国子监直讲（国立大学教官），故称梅直讲。宋仁宗嘉祐元年（1057），苏轼参加进士考试，梅尧臣、欧阳修对苏轼的应试文章《刑赏忠厚之至论》非常赞赏①。这封信是嘉祐二年苏轼考取进士后，写给梅尧臣表示谢意的。信的开头感叹周公居富贵却不为贤才、亲人理解，孔子处贫贱但天下贤才能与他共乐，这是以孔子暗比梅尧臣，以孔子门徒自比，表现了作者安贫守道的志

① 参看《省试刑赏忠厚之至论》题解。

向和以相知为乐的喜悦心情;接着叙述自己从小对欧、梅二公的倾慕,喜爱他们的人品、文章,现在受到他们的奖拔;结尾再次称颂梅尧臣安贫乐道的精神,表示自己愿意聆听他的教诲。文章劈头纵论历史、品评古人,离题既远又近,可谓下笔不凡。全文笔调欢快,淋漓酣畅,快乐之情洋溢笔端。

某官执事①:轼每读《诗》至《鸱鸮》,读《书》至《君奭》,常窃悲周公之不遇②。及观《史》,见孔子厄于陈、蔡

① 某官:这是文稿中对官职的代称,这里当为国子监直讲。执事:供使令的办事人。古代书信中常用来称呼对方,表示自己不敢直接向对方陈述,只敢向他的办事人陈述,以示尊敬。 ②"轼每读"三句:《诗》即《诗经》。《鸱鸮(chī xiāo 痴肖)》:《诗经·豳(bīn 宾)风》中的篇名,旧说周公讨伐武庚、管叔、蔡叔,周成王怀疑他别有图谋,于是周公写了这首诗表白自己。《书》即《尚书》,记述上古历史和典章制度等。《君奭(shì 势)》,《尚书》篇名。君:尊称。奭:召(shào 少)公的名。周武王死后,召公和周公共同辅佐年幼的成王,召公怀疑周公有篡位的野心,于是周公写了《君奭》献给召公,为自己申辩。周公:姓姬,名旦,周武王的弟弟,周成王的叔父,西周初年著名政治家。因采邑在周(今陕西岐山北),故称周公。

之间[1]，而弦歌之声不绝。颜渊、仲由之徒[2]，相与问答。夫子曰："'匪兕匪虎，率彼旷野[3]。'吾道非耶？吾何为至此？"颜渊曰："夫子之道至大，故天下莫能容。虽然，不容何病？不容然后见君子。"夫子犹然而笑曰[4]："回！使尔多才，吾为尔宰[5]。"夫天下虽不能容，而其徒自足以相乐如此。乃今知周公之富贵，有不如夫子之贫贱。夫以召公之贤，以管、蔡之亲[6]，而不知其心，则周公谁与乐其富贵？而夫子之所与共贫贱者，皆天下之贤才，则亦足与乐乎此矣！

轼七八岁时，始知读书。闻今天下有欧阳公者[7]，其为人如古孟轲、韩愈之徒[8]；而又有梅公者[9]，从之游而

① "及观"二句：《史》即《史记》。陈、蔡：周王朝的两个诸侯国。陈：今河南开封以东，至今安徽亳州以北一带。蔡：今河南上蔡县和新蔡县一带。 ② 颜渊、仲由：孔子弟子。颜渊名回，字子渊。仲由字子路。 ③ "匪兕"二句：语出《诗经·小雅·何草不黄》·匪同"非"。兕（sì 寺）：犀牛。率：遵循。引申为沿着，奔忙。 ④ 犹然：又作"油然"，轻松、温和的样子。 ⑤ 才：同"财"。宰：管理，管家。 ⑥ 管、蔡：管叔和蔡叔，都是周武王的弟弟。管叔名鲜，蔡叔名度。武王去世后，成王年幼，周公旦摄政，二人不服，和武庚一起叛乱，被周公平定，管叔被杀（一说自杀），蔡叔被放逐。 ⑦ 欧阳公：指欧阳修。 ⑧ 孟轲：即孟子，名轲，字子舆，战国时儒家学派代表人物。韩愈（768—824），字退之，唐代著名文学家。 ⑨ 梅公：指梅尧臣。

与之上下其议论。其后益壮，始能读其文词，想见其为人，意其飘然脱去世俗之乐而自乐其乐也。方学为对偶声律之文①，求升斗之禄②，自度无以进见于诸公之间。来京师逾年③，未尝窥其门④。今年春，天下之士，群至于礼部⑤，执事与欧阳公实亲试之，轼不自意获在第二。既而闻之，执事爱其文，以为有孟轲之风，而欧阳公亦以其能不为世俗之文也而取焉。是以在此，非左右为之先容⑥，非亲旧为之请属⑦，而向之十余年闻其名而不得见者⑧，一朝为知己。退而思之，人不可以苟富贵，亦不可以徒贫贱，有大贤焉而为其徒，则亦足恃矣⑨！苟其侥一时之幸，从车骑数十人，使闾巷小民聚观而赞叹之，亦何以易此乐也！

传曰："不怨天，不尤人。"盖"优哉游哉，可以卒

---

① 对偶声律之文：指诗、赋等讲究对仗、声韵的文体。当时的科举考试要考试诗赋。 ② 升斗之禄：指俸禄微薄的小官。禄：古代官吏的薪水。 ③ 京师：指北宋京城汴京（今河南开封）。 ④ 窥其门：指登门拜访。 ⑤ 礼部：宋代中央官署，主管科举、教育、礼制等事务。 ⑥ 先容：先作介绍，先通关节。 ⑦ 请属：请求，嘱托。属同"嘱"。 ⑧ 向：过去，先前。 ⑨ 恃：凭恃，依仗，这里有靠以自立的意思。

岁①”。执事名满天下，而位不过五品，其容色温然而不怒，其文章宽厚敦朴而无怨言，此必有所乐乎斯道也。轼愿与闻焉！

【翻译】

直讲梅公：每当我读《诗经》读到《鸱鸮》篇，读《尚书》读到《君奭》篇，常常私自悲叹周公没有遇到知己。到浏览《史记》，知道孔子被困在陈国、蔡国之间，而他的琴声歌声仍不停歇，还和颜渊、仲由等门徒相互摆谈。孔子说：“‘不是犀牛，不是老虎，却奔忙在那广阔的田野上。’我追求的道错了吗？我为什么落到这种境地？”颜渊回答说：“先生的道太大，所以天下没有什么地方能够容纳它；即使这样，不能容有什么不好呢？不能容然后才更能表示您是君子啊！”孔子温和地笑着说：“颜回！如果你有许多钱财，我愿意做你的管家。”虽然天下不能容孔子，而他的学生足以跟他这样一起快乐地生活。所以我现在才懂得周公的荣华富贵，还不如孔子的贫困微贱。以召公这样的贤才，以管叔、蔡叔这样的亲人，都不

① “传曰”至“卒岁”：传指《左传》。前两句引语出自《论语·宪问》。后两句引语见《左传·襄公二十一年》引《诗经·小雅·采菽》(今本《诗经》仅有“优哉游哉”一句)。优哉游哉：悠闲自得的样子。

理解周公的心，那么周公还能跟谁一起享受他的荣华富贵呢？而和孔子共处贫贱的人，都是天下的贤才，也就足以对此感到快乐了！

我七八岁时，才开始懂得读书。那时就听说当今天下有个欧阳公，他的人品像古代的孟子、韩愈这一类人。还有个梅公，跟欧阳公交游，和他一起斟酌讨论他们的主张。后来，我更大一些了，开始能读二公的文章词赋，从中想象他们的为人，猜想他们非常潇洒，能够摆脱尘世快乐，而自得其乐。当时我正在学习写诗作赋，想以此求得少许俸禄，自己觉得不配登门受到他们的接待。所以我来京城一年多，还未曾登门拜望他们。今年春天，天下的读书人都汇聚到礼部，您和欧阳公亲自考试我们。我确实没有料到能考取第二名。不久才听说，您喜欢我的文章，认为有孟子的文风，而欧阳公也因我能不作同于世俗的文章而录取我。所以在这件事上，不是你们周围的人先为我作介绍，也不是亲朋旧友替我求情、托付，而是我过去十多年里只听到大名而不能见到的人，一下把我当做知己。回过头来想想这一切，觉得人不该苟安于富贵，也不该枉自处在贫贱中，如果有伟大的圣贤而能做他们的学生，那也足够借以自立了！如果侥幸一时，做了大官，有数十人的车马跟随，让街头巷尾的市民百姓围观赞叹，又哪能代替相知的快乐呢！

《左传》说："不怨恨天，不责备人。"大概因为"优闲自得，才能愉快地度完岁月"。您的名声传遍天下，但官位不过五品；您的容貌温和，没有怒气；您的文章宽宏厚道，敦实质朴，没有怨言。这一定是您乐于孔子之道的缘故，我也很想听听这种道呵！

教战守策

策，古代臣子向皇帝陈述政见、进献谋略的一种文体。宋仁宗嘉祐六年(1061)苏轼应制科考试，作《进策》二十五篇，包括《策略》、《策别》、《策断》三部分，本文是《策别》中的一篇。北宋中叶以后，宋王朝西北边境受到辽和西夏的严重威胁，随时都有遭到侵扰的可能；宋王朝又安于所谓百年无事的太平局势，麻痹大意，萎靡不振；同时对辽和西夏采取贿赂政策，有求必应，致使国家财政越来越困难，实力越来越弱。苏轼清醒地认识到当时的严峻现实，认为战争不可避免，明确指出“知安而不知危”、“能逸而不能劳”是当时的最大隐患，这就是全文的中心论点。文章首先摆出论点，然后引用正反两方面的史实加以论证，再用个人养生之道比喻说明国家防御之策，接着根据形势阐明战争的必然性，最后提出教民战守的具体方案。全文逻辑严密，面面俱到；运用对比和比喻说理，精警透彻，是一篇具有很强现实性和针对性的优秀政论文。

夫当今生民之患，果安在哉①？在于知安而不知危，能逸而不能劳。此其患不见于今②，而将见于他日，今不为之计③，其后将有所不可救者。

昔者先王知兵之不可去也④，是故天下虽平，不敢忘战。秋冬之隙，致民田猎以讲武⑤。教之以进退坐作之方，使其耳目习于钟鼓、旌旗之间而不乱⑥，使其心志安

---

① 果：究竟。安在：何在，在哪里。 ② 见，同“现”，表现。 ③ 为之计：为此设想对策。 ④ 先王：指古代帝王。兵：军备。去：去掉，废弃。 ⑤ “秋冬之隙”二句：古时秋冬农闲的时候，召集百姓打猎，讲习武事。见《周礼·夏官·大司马》。致：使……至，即召集。 ⑥ “教之以”二句：据《周礼·夏官·大司马》载，古代军队进（攻）退（守）坐（跪）作（起）都用旗鼓指挥。

于斩刈、杀伐之际而不慑[①]。是以虽有盗贼之变，而民不至于惊溃。及至后世，用迂儒之议，以去兵为王者之盛节；天下既定，则卷甲而藏之[②]。数十年之后，甲兵顿弊[③]，而人民日以安于佚乐[④]。卒有盗贼之警[⑤]，则相与恐惧讹言[⑥]，不战而走[⑦]。开元、天宝之际[⑧]，天下岂不大治？惟其民安于太平之乐，豢于游戏、酒食之间[⑨]，其刚心勇气，消耗钝眊[⑩]，痿蹶而不复振[⑪]。是以区区之禄山一出而乘之，四方之民，兽奔鸟窜，乞为囚虏之不暇[⑫]，天下分裂，而唐室固以微矣[⑬]。

盖尝试论之：天下之势譬如一身。王公贵人，所以

① 心志：精神和意志。刈（yì 易）：割，此作“杀”讲。慑（shè 摄）：害怕。 ② 甲：铠甲。卷甲：指把武器装备收藏起来。 ③ 顿：同“钝”，不锋利。弊：破败。 ④ 佚（yí 夷）乐：享乐。 ⑤ 卒：同“猝”，突然。 ⑥ 相与：互相，彼此。讹（é 俄）言：谣言。 ⑦ 走：跑，逃跑。 ⑧ 开元、天宝：都是唐玄宗李隆基的年号，号称大治时期。 ⑨ 豢（huàn 患）：养，这里是“沉溺”、“享受”的意思。 ⑩ 钝：迟钝。眊（mào 冒）：衰老。 ⑪ 痿蹶（wěi jué 委厥）：形容精疲力竭。 ⑫ “是以”四句：禄山：即安禄山，天宝年间为范阳节度使，起兵叛唐，史称“安史（思明）之乱”，内战延续七八年之久，唐王朝从此趋向衰落。乘：乘这个机会。据《资治通鉴》二百一十七卷载，安禄山叛军“所过州县，望风瓦解。守令或（有的）开门出迎，或弃城窜（逃）匿（躲），或为所（被他们）擒戮（杀害），无敢拒之者”。 ⑬ 固：本来，此作“就”解。以：因此。

养其身者①，岂不至哉②？而其平居常苦于多疾。至于农夫小民，终岁勤苦，而未尝告病。此其故何也？夫风雨、霜露、寒暑之变，此疾之所由生也。农夫小民，盛夏力作，而穷冬暴露③，其筋骸之所冲犯④，肌肤之所浸渍⑤，轻霜露而狎风雨⑥，是故寒暑不能为之毒。今王公贵人，处于重屋之下⑦，出则乘舆⑧，风则袭裘⑨，雨则御盖⑩。凡所以虑患之具，莫不备至。畏之太甚，而养之太过，小不如意，则寒暑入之矣。是故善养身者，使之能逸而能劳，步趋动作，使其四体狃于寒暑之变⑪，然后可以刚健强力，涉险而不伤。夫民亦然。今者治平之日久，天下之人，骄惰脆弱，如妇人孺子，不出于闺门⑫。论战斗之事，则缩颈而股栗⑬；闻盗贼之名，则掩耳而不愿听。而士大夫亦未尝言兵，以为生事扰民，渐不可长⑭。此不亦畏之太甚而养之太过欤！

---

① 所以：用来……的东西。② 至：周到。③ 穷：极。穷冬：极冷的冬天。④ 冲犯：指冒着霜露。⑤ 浸渍（zì 自）：指被水浸泡。⑥ 轻：轻视。狎（xiá 匣）：亲近，也有轻视的意思。⑦ 重（chóng 虫）屋：楼房。⑧ 乘舆：坐车。⑨ 袭：穿上，披上。裘：皮衣。⑩ 御：用。盖：伞。⑪ 狃（niǔ 扭）：习惯。⑫ 闺门：指妇女居室的门。⑬ 股：腿。栗：颤抖。⑭ 渐不可长：指不可滋长坏事坏风气，防微杜渐的意思。渐：事物发展中刚露出的苗头或趋势。

且夫天下固有意外之患也。愚者见四方之无事，则以为变故无自而有，此亦不然矣。今国家所以奉西北之虏者，岁以百万计①。奉之者有限，而求之者无厌，此其势必至于战。战者，必然之势也。不先于我，则先于彼；不出于西，则出于北。所不可知者，有迟速远近，而要以不能免也②。天下苟不免于用兵，而用之不以渐，使民于安乐无事之中，一旦出身而蹈死地③，则其为患必有不测。故曰：天下之民，知安而不知危，能逸而不能劳。此臣所谓大患也。

臣欲使士大夫尊尚武勇，讲习兵法；庶人之在官者④，教以行阵之节；役民之司盗者⑤，授以击刺之术。每岁终则聚于郡府，如古都试之法⑥，有胜负，有赏罚。而行之既久，则又以军法从事。然议者必以为无故而动民，又挠以军法，则民将不安。而臣以为此所以安民也。

---

①“今国家”二句：西，指西夏；北，指辽国（契丹）。虏：古代汉族对敌人轻蔑的称谓。据史载，宋仁宗庆历年间，每年向辽国献纳二十五万两银子，三十万匹绢；向西夏献纳银、绢、茶等价值二十五万五千两银。百万：虚数，言其多。 ② 要以：总归，大略。 ③ 出身：投身，献身。蹈，踏上，引申为“奔赴”。死地：指战场。 ④ 庶人：平民百姓。在官者，指在官府服役的人。⑤ 役民：服兵役的平民。司盗者：负有缉捕盗贼责任的人。⑥ 古都试之法：汉代定期集合官兵于都城，讲习武事。这是从春秋时期流传下来的。

天下果未能去兵，则其一旦将以不教之民而驱之战。夫无故而动民，虽有小恐，然孰与夫一旦之危哉①？

今天下屯聚之兵，骄豪而多怨，陵压百姓而邀其上者，何故？此其心以为天下之知战者，惟我而已。如使平民皆习于兵，彼知有所敌，则固以破其奸谋，而折其骄气。利害之际②，岂不亦甚明欤！

【翻译】

人民现在的隐患究竟在哪里呢？就在于只知道眼下的安全而不懂得将来的危险，只能够安逸享乐而受不了辛劳磨炼。它带来的祸害在现在还没有表现出来，但在将来一定会出现。如果至今还不针对这种情况采取措施，那么以后必将产生不可挽救的局面。

从前，古代帝王懂得不能放弃军备，所以尽管天下太平无事，也不敢忘记备战。每当秋冬两季农闲的时候，总是召集百姓打猎，借此机会训练打仗，教他们懂得进攻、退守、跪倒、起立等基本方法；使他们的耳目习惯于作战时钟鼓发出的号令和战旗的指挥，而不至于慌乱；使他们的意志能面对残酷的砍杀而不畏惧。因此，

---

① 孰与：（比起）……何如（如何）。 ② 际：界限，二者的关系。

即使有盗贼侵扰的灾变，人民也不至于惊慌逃溃。然而到了后代，却采用迂腐儒生的意见，把放弃战争当成帝王的美好节操；天下安定之后，就收拾武器存放起来。几十年以后，武器损坏殆尽，人民也一天天安于享乐生活。如果突然传来盗贼进犯的警报，于是大家都感到恐惧，谣言四起，不抵抗就逃跑了。唐王朝开元、天宝时代，天下难道不是治理得很好吗？只是因为当时的人们满足于太平无事的安乐，沉溺在游玩嬉戏、酒饱肉足的享乐生活里，他们的刚强意志和英勇气概，都在这种生活中消磨无遗，因而萎靡不振。所以小小的安禄山突然乘机起兵叛乱，四面八方的老百姓就都像野兽飞鸟一样到处逃窜，好像求做囚犯俘虏都怕来不及似的，天下四分五裂，唐王朝也就因此衰落下来。

让我们试着研讨一下这个问题：国家的形势就像一个人的身体。那些王公贵人，他们用来保养身体的东西，难道不是尽善尽美的吗？但他们平时的生活却常常陷于多病的苦恼。至于那些农民百姓，成年累月勤劳苦作，但却未曾说有什么病。这是什么原因呢？风霜雨露、寒冷暑热的变化，是疾病产生的根源。那些农民百姓，烈日炎炎的盛夏还要努力耕作，风霜凛冽的隆冬也不得不暴露在田野，他们的筋骨抵御着风霜，肌肤浸泡在雨露里，使得他们轻视风霜，习惯雨露，因此寒暑的变化不能侵害他们。如今王公贵人们，住在楼房里，出门就乘车，起风就披上皮袄，下雨就打伞。凡是可以用来预防病患的工具，无不应有尽有。这样过分惧怕风霜雨露，过分地保护身体，稍不如意，寒暑就会侵入体内，导致疾病。因此，真正善于保养身体的人，就使身体既能适应舒适的生活又能承受艰苦的劳动，常常劳动锻炼，让四肢习惯于冷热寒暑的变化，这样才能使身体结实、健壮、有力量，涉足恶劣艰险的环境而不会受到伤害。对老百姓来说也是这个道理。如今天下大治太平的时间长了，天下的人变得骄奢懒惰而又脆弱，就像妇女小孩，成天不出闺门。一谈起打仗的事情，他们就缩起脖子，两腿发抖；一听见盗贼的名字，就遮住耳朵不愿听。而士大夫们也不曾谈论军备，认为这是无事生非，扰乱民心，不该开这样的头。这不也是畏惧得太厉害而保养得太过分了吗？

况且天下本来就有意想不到的灾难发生。愚蠢的人看见四方太平无事，就认为灾变无从产生，这也是不对的。现在国家用来贡奉西方北方敌人的财物，每年以百万两银计。我们贡奉财物的能力是有限的，而敌人的要求却没有满足，这样的形势必定会导致战争。战争是必然的趋势。不是我们开始先打，就是他们开始先打；不在西边发生，就在北边发生。我们不能确知的，只是战争发生的早迟和开战地点的远近,总归战争是免不了的。如果天下免不了打仗,而用兵又不采取逐步训练的方式,让老百姓长期处在安乐无事的环境中,一下子要他们挺身而出奔赴战场,那么它所产生的祸患一定很难预料。所以说:当今天下的百姓,只知道眼下的安全而不懂得将来的危险,只能够安逸享乐而受不了辛劳磨炼。这就是我所说的当今天下的最大隐患。

我想让士大夫们都崇尚英武勇敢的精神,讲授练习作战方法;在官府服役的平民,教他们军事操练;追捕盗贼的在役百姓,教他们击刺方法。每年年底把这些人集中到州府,就像古代聚会比武的制度那样,有胜负的分别,有奖罚的不同。这样实行久了,就可以按军队法规进行操练。但是,一定有人议论说这是无缘无故惊扰百姓,又用军法来困扰他们,百姓会不安定的。不过,我认为这正是使老百姓安宁的好办法。如果天下确实不可能没有战争,那么就总有一天要驱使没有受过训练的老百姓去打仗。就算无缘无故惊动百姓,即使有些小小的恐慌,但比起一旦爆发战争而毫无准备的危险,哪种情形好一些呢?

现在国家驻扎在各地的军队,之所以骄横豪强而招来很多怨恨,欺压百姓而又要挟上司,是什么原因呢?这是因为他们自认为天下懂得用兵打仗的,只有自己罢了。如果让平民百姓都练习打仗,这些人知道还有对手,那就一定能破除他们欺上压下的诡计,打击他们骄横嚣张的气焰。这种利害关系,难道还不十分明显吗?

决 壅 蔽

决:疏决、疏通。壅:壅塞。蔽:蒙蔽。这篇文章就是论述如何疏通蔽塞之政的,是嘉祐六年(1061)苏轼应制科考试时所奏《进策》二十五篇之一。苏轼首先提出政治清明的理想,那就是无冤无诉,能够下情上达,要求天子和臣民就像心与手一样“同忧患”、“共缓急”。接着历数当时贿赂成风,下情不能上达,所谓严明的法律不过成了小人争权夺利的工具,以及吏事繁杂,百官怠惰,小人乘机为非作歹等种种腐败现象。最后针对现实,提出“省事励精”的改革主张。“省事”就是要朝廷少管琐细事务,大胆用人;“励精”就是提倡办事以身作则,雷厉风行,吃苦耐劳。作者对下层官吏的揭露是尖锐的，但未能揭示造成这些腐败现象的根源在于宋王朝官僚制度本身。全文论点鲜明，论据确凿，层次清晰；比喻生动，文笔流畅，富有启发意义，堪称一篇优秀的政论文。

所贵乎朝廷清明而天下治平者，何也？天下不诉而无冤①，不谒而得其所欲②。此尧舜之盛也③。其次不能无诉，诉而必见察④；不能无谒，谒而必见省⑤。使远方之贱吏，不知朝廷之高；而一介之小民⑥，不识官府之难。而后天下治。今夫一人之身，有一心而两手而已，疾痛苛痒⑦，动于百体之中⑧，虽其甚微不足以为患，而手随至。夫手之至，岂其一一而听之心哉？心之所以素爱其身者深，而手之所以素听于心者熟⑨，是故不待使令而卒然以自至⑩。圣人之治天下，亦如此而已。百官之众，四海之广，使其关节脉理⑪，相通为一。扣之而必闻，触之

---

① 诉：诉讼，即打官司。② 谒：请求进见。③ 尧舜：唐尧和虞舜。盛：盛大，兴旺，此指太平盛世。④ 见察：被弄明白。⑤ 见省：被了解，引申为了解处理。⑥ 一介：一个。⑦ 疾痛苛痒：疾病的疼痛，疥疮的痛痒。苛，同"疴"，疥疮。⑧ 百体：指身体各个器官。⑨ 素：平素，向来。⑩ 卒：同"猝"。以：同"已"。⑪ 脉理：脉络。

而必应。夫是以天下可使为一身，天子之贵，士民之贱，可使相爱。忧患可使同，缓急可使救①。

今也不然，天下有不幸，而诉其冤，如诉之于天；有不得已，而谒其所欲，如谒之于鬼神。公卿大臣不能究具详悉，而付之于胥吏②。故凡贿赂先至者，朝请而夕得；徒手而来者，终年而不获。至于故常之事③，人之所当得而无疑者，莫不务为留滞④，以待请属⑤。举天下一毫之事⑥，非金钱无以行之。

昔者汉唐之弊，患法不明，而用之不密，使吏得以空虚无据之法而绳天下⑦，故小人以无法为奸。今也法令明具，而用之至密，举天下惟法之知⑧。所欲排者，有小不如法，而可指以为瑕⑨。所欲与者⑩，虽有所乖戾⑪，而可借法以为解。故小人以法为奸。今天下所为多事者，

---

① 缓急：偏义复合词，缓字无意义。 ② 胥吏：指官府中办理文书的小吏。 ③ 故常之事：平常习见的事情，按常规该办的事情。 ④ 务：务必，必定。 ⑤ 请属：请求，嘱托，指拉关系、行贿赂。 ⑥ 举：全，整个。 ⑦ 空虚无据之法：空洞的、无法作为依据的法律条文。绳：约束。 ⑧ 惟法之知：只知道法律。苏轼主张法治要与人治结合，反对死搬法律条文。 ⑨ 瑕：玉石上的小斑点。这儿指毛病、罪恶。 ⑩ 与：通“举”，举荐，与上文排（斥）相对。 ⑪ 乖戾：背离，违背。此指违法乱纪。

岂事之诚多耶？吏欲有所鬻而不得①，则新故相仍②，纷然而不决，此王化之所以壅遏而不行也③。

昔桓文之霸④，百官承职，不待教令而办。四方之宾至，不求有司⑤。王猛之治秦⑥，事至纤悉⑦，莫不尽举，而人不以为烦。盖史之所记⑧：麻思还冀州⑨，请于猛，猛曰："速装，行矣。"至暮而符下⑩，及出关⑪，郡县皆已被符。其令行禁止而无留事者，至于纤悉，莫不皆然。苻坚以戎狄之种至为霸王⑫，兵强国富，垂及升平者⑬，猛之所为，固宜其然也。

今天下治安，大吏奉法，不敢顾私，而府史之属招权鬻法⑭，长吏心知而不问，以为当然。此其弊有二而已：

---

① 鬻：卖。即下文的"鬻法"。② 仍：重叠，指案件积压。③ 王化：王道教化，此指朝廷政令。壅遏：堵塞。④ 桓文：齐桓公、晋文公。春秋时先后为一时的霸主。⑤ 有司：古代设官，各有所司(掌管)，故称官吏为有司。据《左传·襄公三十一年》载，晋文公专设宾馆，有关人员各司其职，故不需临时请求有关官吏解决。⑥ 王猛：字景略，前秦国王苻坚的丞相。治国有方，坚决果断。⑦ 纤悉：琐屑详尽。⑧"盖史之所记"：以下所记见《晋书·载记》第十四《苻坚下》附《王猛传》。⑨ 麻思：广平(今河北鸡泽县)人，流寓关右。因母亲去世，请求回冀州(今河北一带，此指广平)。⑩ 符：官府下发的公文。⑪ 关：指函谷关。⑫ 苻坚：字永固，前秦国主，本是氐族领袖。他统一了北部中国，与东晋对抗，所以说他成了霸王。⑬ 垂：接近。⑭ 府史：在官府办事的小官。

事繁而官不勤，故权在胥吏。欲去其弊也，莫如省事而厉精。省事莫如任人，厉精莫如自上率之。

今之所谓至繁，天下之事，关于其中①，诉者之多，而谒者之众，莫如中书与三司②。天下之事，分于百官，而中书听其治要。郡县钱币制于转运使③，而三司受其会计④。此宜若不至繁多。然中书不待奏课以定其黜陟⑤，而关与其事，则是不任有司也。三司之吏，推析赢虚，至于毫毛，以绳郡县，则是不任转运也。故曰省事莫如任人。

古之圣王爱日以求治⑥，辨色而视朝⑦，苟少安焉而至于日出，则终日为之不给。以少而言之，一日而废一事，一月则可知也；一岁，则事之积者不可胜数也。故欲事之无繁，则必劳于始而逸于终，晨兴而晏罢。天子未退，则宰相不敢归安于私第⑧；宰相日昃而不退⑨，则百

---

① 关于其中：同下文的“关与其中”，即参与其事，或从中总揽的意思。关：关涉，参与。 ② 中书：中书省，宋代掌管宣奉命令、兴创改革、任免职官等的中央官署。三司：掌管盐铁、度支、户部的中央财政机关。 ③ 制于：被控制管理。转运使：主管财赋、漕运的地方官。 ④ 会计：财政的计算及出纳等事。 ⑤ 奏：申奏。课：考课、考察功过的鉴定文字。黜：退，指降职罢官。陟：进，指提职升官。 ⑥ 爱日：爱惜时光。 ⑦ 辨色：指天刚亮，黎明时分。 ⑧ 私第：指家中。 ⑨ 日昃(zè仄)：太阳偏西，日过正午。

官莫不震悚尽力于王事①,而不敢宴游。如此,则纤悉隐微,莫不举矣。天子求治之勤,过于先王②,而议者不称王季之晏朝③,而称舜之无为④;不论文王之日昃⑤,而论始皇之量书⑥。此何以率天下怠耶!臣故曰厉精莫如自上率之,则壅蔽决矣。

【翻译】

朝廷清明,天下太平所珍贵的是什么呢?那就是天下没有诉讼,没有冤屈,不用请求谒见就能够得到自己想得到的。这是唐尧虞舜的太平盛世。其次是虽不能做到没有诉讼,但诉讼就一定能被明察公断;虽不能做到没有请求,但有请求一定能被了解处理。能使远方的卑贱小吏不觉得朝廷高高在上,一个普通老百姓不感到进见官府困难。做到这些以后,天下也就治理好了。一个人的身体,有一颗心两只手罢了。疾病的疼痛,疥疮的骚痒,牵动身体的各个部分,虽然微不足道,不至于成

① 震悚:震恐惊惧。 ②“天子”二句:指宋仁宗赵祯,此二句是恭维仁宗的话。 ③ 王季:即季历,周文王的父亲,据说他常常忙得来中午不吃饭。晏:晚。 ④ 无为:无为而治。⑤ 文王:周文王。据《尚书·无逸》载,周文王从早到晚都在忙碌。 ⑥ 量书:称书。秦始皇时,文字写在竹简上,他每天要处理一百二十斤以上的竹简才休息。见《史记·秦始皇本纪》。

为灾患，但手却随之而到，去遏止痛痒。手难道每次都是听心的指挥么？心一向非常爱惜身体，手也素来习惯听心的指挥，因此手才会不等到心的指使命令，就一下子自动到达需要它的地方。圣人治理天下，也不过如此罢了。众多的官吏，广阔的五湖四海，使得它们的每一个关节，每一条脉络都相互通畅而能统一，敲一下必定能听见，触动一下必定有反应。因此，可以使整个天下像一个人的身体。高贵如天子，卑贱如百姓，都可以使他们相亲相爱。有了忧患，可让他们共同承担，有了急事，可让他们相互援救。

现在却不是这样。天下的人有不幸的事而申冤，就像对天申诉一样；有迫不得已的事而请求满足他们的一点愿望，就像是向鬼神请求一样。公卿大臣不能详细了解情况，就把事情交给办理文书的小吏。因此，凡是贿赂先到的，朝晨的请求晚上就可以得到实现；空手而来的，就整年也实现不了。至于按规矩应该办理的事情，人们无疑应当得到的利益，莫不被拖延搁滞，以便等到别人来请求嘱托。整个天下一丝一毫的小事，没有钱就无法办到。

过去汉唐两朝的弊端，祸患在于法纪不明，而又执法不严，使官吏们能以空洞的、不能作为凭据的法律来约束天下，所以小人才以天下没有真正的法律而为非作歹。如今法令详明完备，而执法非常严密，整个天下只知道按法办事。如果是自己想排斥的人，即使稍有一点不合法的地方，就可以指为瑕疵；如果是自己想举荐的人，即使违法乱纪，也可以凭借曲解法律为他开脱。因此小人又靠玩弄法律条文而为非作歹。如今天下诉讼之事多得很，难道事情本身确实很多吗？官吏们想出卖法律，接受贿赂，还没有达到目的，就新案旧案相积压，乱纷纷的不作裁决。这就是官府政令壅塞阻遏，不能实行的原因。

过去齐桓公、晋文公那样的霸主当政，大小官吏履行他们的职责，也不需要等待上面的命令才办理；各地宾客到来，临时不需请求有关部门解决。王猛治理前秦，不论事情怎样琐屑详细，无不一一举办，但人们并不觉得繁杂。据史书记载：麻思因母亲去世请求回冀州，向王猛请假，王猛说："快点整理行装，走吧！"傍晚时公文已下达。到出关时，各有关郡县都已接到公文。有令即行，有禁即止，没有滞留未办的事，一直到细小的事情，无不如此。苻坚从戎狄后裔成为前秦霸主，军队强大，国家富裕，几乎达到天下太平，王猛的所作所为，本来就应该使他这样。

如今天下大治太平，大官僚遵守法纪，不敢考虑私利，但官府办事的僚属却招揽权力，不顾法律，收受贿赂。在上的官长心里明白却不闻不问,认为理所当然。这种弊端有两方面的原因:事务繁杂,而官僚们又不勤于政事,因此权力就落在那些衙门小吏手里。想要革除这个流弊,没有比减少官署事务,让他们振作精神更好的了。要减少事务,没有比用人更重要;要振作精神,没有比上面带头更有用。

现在所谓最繁杂的,从中总揽天下大事,诉讼和请谒的人络绎不绝的机构,都比不上中书省和盐铁、度支、户部三司。天下万事,由各个官署分别管理,而中书省只了解处理治国的大政要务。州县财政税收由转运使管理,三司只受理财政收支方面的大计。这样好像应该说事情不至于繁多了。可是,中书省不等申奏考课而直接决定官吏的升降,参与其事,这就是不用常设的有关官员。三司的官吏推算分析盈余亏损,算得太细,以此来约束州县,这就是不用转运使了。因此说减少事务不如用人。

古代圣王为求国家大治而爱惜光阴,天刚亮就上朝听政,如果贪图片刻的安逸,等到日出才上朝,那就会整天因此时间不够用。少说一点,一天有一件事未办,一个月下来就可想而知了,一年下来,积压的事情就数不清了。因此,想要事情不至太繁杂,那就一定要辛苦在前,逸乐在后,早上朝而晚罢朝。天子还没有退朝,宰相就不敢擅自回到家中休息；宰相太阳偏西时还没退朝，各级官吏就无不小心翼翼为国事尽心尽力，而不敢擅自宴饮游玩。要是这样，那不管怎样细小琐碎的事，没有处理不好的。当今天子寻求国家大治那么辛劳勤苦，远远超过古代贤王，但论政的人不称颂王季的励精图治，却偏偏赞扬舜帝的无为而治；不称颂周文王勤于政事，而只说秦始皇以规定的工作量为限。为什么向天下人提倡怠惰呢？因此我说振作精神不如从上面做起，那么壅蔽之政就疏通了。

留 侯 论

嘉祐六年(1061)苏轼应制科考试所献二十五篇《进论》之一。张良,字子房,帮助刘邦反秦灭项(羽),建立汉朝的关键人物。封于留(今江苏徐州),故称留侯。全文紧紧围绕一个"忍"字,结合历史事实,论证了张良之所以能够帮助刘邦建立丰功伟业,在于他能够"忍小忿而就大谋"。文章首先用桥上老人授书张良的故事进行阐发,把人们"以为鬼物"的事,解释得合情合理,除去了这个传说的神秘色彩。接着用楚王伐郑、勾践灭吴、楚项战争作为旁证,征引史实若即若离,忽放忽收,舒卷自如。最后以感叹张良状貌不称其志气结尾,收笔余味无穷。全文中心突出，纵横自如，是一篇雄辩有力的史论。

古之所谓豪杰之士者，必有过人之节。人情有所不能忍者，匹夫见辱①，拔剑而起，挺身而斗，此不足为勇也。天下有大勇者，卒然临之而不惊②，无故加之而不怒。此其所挟持者甚大，而其志甚远也。

夫子房受书于圯上之老人也③，其事甚怪；然亦安知其非秦之世有隐君子者，出而试之？观其所以微见其意者，皆圣贤相与警戒之义，而世不察，以为鬼物，亦已过矣。且其意不在书。当韩之亡，秦之方盛也，以刀、锯、鼎、镬待天下之士④，其平居无罪夷灭者⑤，不可胜数，虽有贲、育⑥，无所复施。夫持法太急者，其锋不可犯，而其

---

① 见：被。 ② 卒：同"猝"。 ③ 圯（yí 宜）上：桥上。圯上老人：指黄石公。据《史记·留侯世家》载，张良在下邳（今江苏睢宁）一桥上散步，有个自称黄石公的老人故意把鞋扔到桥下，叫张良捡起来给他穿上，张良都一一照办了。老人便让张良五天后一早到桥上相见。前两次张良迟到，受到老人责备。第三次张良不到半夜就守候在桥上，老人非常高兴，送给张良《太公兵法》一书，告诉他读了这本书，可做帝王师。 ④ 刀、锯、鼎、镬（huò 获）：都是古代刑具。鼎：用于烹煮的器物，有足。镬：无足的鼎。 ⑤ 夷：铲平。夷灭：杀戮，消灭。特指灭族。 ⑥ 贲、育：孟贲和夏育。古代传说中的两个勇士，力大过人。

势未可乘。子房不忍忿忿之心，以匹夫之力，而逞于一击之间①。当此之时，子房之不死者，其间不能容发，盖亦已危矣。千金之子，不死于盗贼，何者？其身之可爱，而盗贼之不足以死也。子房以盖世之才，不为伊尹、太公之谋②，而特出于荆轲、聂政之计③，以侥幸于不死，此圯上老人之所为深惜者也。是故倨傲鲜腆而深折之④，彼其能有所忍也，然后可以就大事，故曰："孺子可教也！"

楚庄王伐郑，郑伯肉袒牵羊以逆，庄王曰："其君能下人，必能信用其民矣。"遂舍之⑤。勾践之困于会稽，而

---

①"子房"三句：据《史记·留侯世家》载，张良原是韩国贵族，韩国被秦国消灭后，张良倾家荡产寻得一力士，二人共同行刺秦始皇。因行刺时百二十斤重的铁椎误打在副车上，没有成功。张良从此开始了隐姓埋名的逃亡生活。 ②伊尹：商朝开国功臣。名伊，尹是官名。太公：周朝开国功臣，即吕尚。 ③荆轲、聂政：都是战国时著名刺客。前者为燕太子丹刺杀秦王，失败亡身。后者为韩卿严遂刺杀秦相侠累。事迹均见《史记·刺客列传》。 ④倨（jù 踞）傲鲜腆（xiǎn tiǎn 险忝）：倨：傲慢。鲜腆：没有礼貌的样子。 ⑤"楚庄王"至"遂舍之"：事见《左传·宣公十二年》。郑伯：郑襄公，郑国国君。肉袒：露出臂胸，表示屈服。逆：迎接。

归臣妾于吴者，三年而不倦①。且夫有报人之志，而不能下人者，是匹夫之刚也。夫老人者，以为子房才有余而忧其度量之不足，故深折其少年刚锐之气，使之忍小忿而就大谋。何则？非有平生之素②，卒然相遇于草野之间，而命以仆妾之役，油然而不怪者，此固秦皇之所不能惊，而项籍之所不能怒也③。

观夫高祖之所以胜④，而项籍之所以败者，在能忍与不能忍之间而已矣。项籍唯不能忍，是以百战百胜，而轻用其锋；高祖忍之，养其全锋以待其毙，此子房教之也。当淮阴破齐，而欲自王，高祖发怒，见于

① “勾践”三句：事见《国语·越语下》。春秋时吴国打败越国，越王勾践带领臣子范蠡等在吴国做了三年奴仆，吴王夫差以为勾践已经屈服，就让他们回到越国。后来勾践终于率领越人报了亡国之仇。会(kuài快)稽：今浙江绍兴。 ② 素：向来，往常。此指素交，即老关系、老交情。 ③ 项籍：项羽，名籍，秦末农民起义领袖。秦亡后，自立为西楚霸王，与刘邦争天下。后为刘邦打败，自刎于乌江(今安徽和县东北)。 ④ 高祖：汉高祖刘邦，字季，又称沛公，西汉王朝的建立者。

词色①。由此观之，犹有刚强不忍之气。非子房其谁全之？

太史公疑子房以为魁梧奇伟②，而其状貌乃如妇人女子，不称其志气。呜呼！此其所以为子房欤！

【翻译】

古人所说的英雄豪杰，必定有超过常人的节操。人们的感情不能忍受的事情，比如普通人遭受侮辱，就会拔出剑来挺身相斗，这是算不上勇敢的。天下真正的勇士，突然面对意想不到的事情也不会震惊，无缘无故加以侮辱也不会激怒，这是因为他们怀抱的理想和志向都非常远大。

张良从桥上老人那儿接受《太公兵法》一书，这事看上去十分奇怪。可是，又怎么知道老人不是秦朝的隐

---

①“当淮阴”四句：淮阴，指韩信，封侯于淮阴（今属江苏），故称淮阴侯。韩信初属项羽，后归附刘邦，是刘邦手下的重要谋臣。刘邦建立汉朝后，韩信因被告发与人谋反，被吕后杀害。据《史记·淮阴侯列传》载，刘邦被项羽围困在荥阳时，韩信夺得齐地，他派人请求刘邦，要自立为假王。刘邦大怒，张良、陈平踩刘邦的足，提醒他不要得罪韩信。刘邦立即转怒为“喜”，说韩信平定了诸侯，就该真正称王，为什么要称假王呢！于是派人立韩信为王。 ② 太史公：即司马迁。曾做太史令（掌管图书典籍的史官），故称太史公。

士，出来试探张良的呢？观察老人隐约表露用意的做法，都含有圣贤之间相互提醒劝诫的意思。人们不懂得这点，却把老人看做鬼怪，也就言过其实了。而且老人的用意并不在于送书。当韩国灭亡，秦国正强盛的时候，秦国用刀、锯、鼎、镬等刑具镇压普天下的人，那些平日没有半点罪过却遭到杀戮的人家，数都数不清。即使有像孟贲、夏育那样的勇士，也没有施展自己的本事的地方。持法太峻急的统治者，他们的锋芒不可触犯，那种形势不可利用。张良抑制不住内心的愤恨，凭个人的力量，逞强于一次刺杀活动。当时，张良没死，但已经临近死亡的边缘，也够危险了！富贵人家的子弟，不会同强盗拼死，为什么呢？因为他们自身珍贵，不值得为强盗而死。张良有压倒一世的才华，却不像伊尹、太公那样制定安邦治国的谋略，只是采取荆轲、聂政一样的行刺手段，因为侥幸才免于一死，这就是桥上老人替他深深惋惜的地方。因此老人才做出傲慢无礼的样子，想狠狠挫伤他的少年刚锐之气。如果张良能有忍受的度量，那么以后就可以完成大事业，所以老人感叹说："年轻人是可以教导的啊！"

楚庄王进攻郑国，郑国国君反而袒衣露体，带着羊子等礼物迎接他，楚庄王说："郑国国君能够屈居人下，一定能够可靠地统治他的臣民。"于是舍下郑国离去了。

越王勾践被吴王夫差围困在会稽，反而归顺吴国，到吴国做奴仆，三年如一日。有向人报仇的志气，但又不肯暂时屈居人下，不过是普通人的刚强而已。桥上老人认为张良才华有余，但担心他的度量不够大，因此才狠狠挫伤他的少年刚锐之气，使他能够克制小的愤怒而成全大的计谋。为什么这样说呢？他们平生并没有交往，只是突然在野外相遇，老人却命令张良做奴仆做的事情，而张良那么顺从自然，不以为怪，这就是秦始皇不能使他震惊，项羽不能让他激怒的原因。

考察刘邦胜利，项羽失败的原因，就在于能够忍耐和不能够忍耐而已。项羽只是由于不能忍耐，所以尽管百战百胜，却轻率地用其锋芒锐气；刘邦能够忍耐，养精蓄锐，等待项羽衰弊的时机消灭他。这都是张良教他的。当韩信攻破齐国，企图自立为王的时候，刘邦大怒，表现在言词和脸色上。由此看来，刘邦还不能忍耐，有刚强之气。要不是张良，谁能够保全刘邦呢？

太史公猜想张良一定身材魁梧、姿态奇伟，而张良的相貌却像个妇人、女子，与他的志气完全不相配。我认为这正是张良之所以成为张良的地方呵！

贾谊论

这是嘉祐六年(1061)苏轼应制科考试所献二十五篇《进论》之一。贾谊(前200—前168),西汉洛阳人,著名政论家、辞赋家。汉文帝初年,召为博士,官至太中大夫。因受旧臣周勃、灌婴排斥,出为长沙王太傅。后为梁怀王太傅。怀王坠马而死,他郁郁自伤,不久去世,年仅三十二岁。贾谊在政治上主张削弱诸侯势力,巩固中央集权,抗击匈奴,重农积粟,有一定进步性。本文论述贾谊平生悲剧的根源在于他“不能自用其才”,不能“忍”和“待”,急于得到君主赏识,一旦不行,就悲痛忧伤,一蹶不振;也不善处穷,志大量小,才有余而识不足。苏轼把贾谊的悲剧归结成“性格悲剧”，有一定道理，但过于忽视权贵旧臣排挤贾谊这个决定性因素，就略觉偏颇，不能完全服人。

非才之难，所以自用者实难。惜乎，贾生王者之佐①，而不能自用其才也！

夫君子之所取者远②，则必有所待；所就者大，则必有所忍。古之贤人，皆负可致之才，而卒不能行其万一者，未必皆其时君之罪，或者其自取也。

愚观贾生之论③，如其所言，虽三代何以远过④？得君如汉文⑤，犹且以不用死，然则是天下无尧舜，终不可有所为耶？仲尼圣人⑥，历试于天下⑦，苟非大无道之

---

① 贾生：指贾谊。汉代习惯称儒者为“生”。 ② 所取者：追求的目标，指功名事业。下“所就者”与此同意。就：成就，完成。 ③ 愚：作者自谦之称。论：言论，此指贾谊的文章。 ④ 三代：指夏、商、周三代。 ⑤ 汉文：汉文帝刘恒（前202—前157），前180—前157在位。吕后死后，周勃等平定诸吕之乱，他以代王入为皇帝，实行“以民为本”的政策，减轻赋役、刑罚，农业生产得到很大恢复和发展。历史上把他和汉景帝统治的时期并称为“文景之治”。 ⑥ 仲尼：即孔子，名丘，字仲尼。 ⑦ “历试”句：孔子为了让各诸侯国实行自己的政治主张，不辞辛劳，带领门徒游说各国。历：普遍。试：尝试。

国，皆欲勉强扶持，庶几一日得行其道①。将之荆，先之以冉有，申之以子夏②。君子之欲得其君，如此之勤也。孟子去齐，三宿而后出昼，犹曰："王其庶几召我③。"君子之不忍弃其君，如此其厚也。公孙丑问曰："夫子何为不豫？"孟子曰："方今天下，舍我其谁哉？而吾何为不豫④？"君子之爱其身，如此其至也。夫如此而不用，然后知天下果不足与有为，而可以无憾矣。若贾生者，非汉文之不能用生，生之不能用汉文也。

夫绛侯亲握天子玺而授之文帝⑤，灌婴连兵数十万，

---

① 庶几：表示可能和希望。下文"王其庶几召我"中的"庶几"与此同。 ②"将之荆"三句：事见《礼记·檀弓上》。之：去。荆：即楚国。冉有、子夏：都是孔子的门徒。 ③"孟子去齐"三句：事见《孟子·公孙丑下》。孟子见齐王不行王道，便辞官准备离开齐国，但他希望齐王醒悟后能召自己回去，所以在齐国边境昼（今山东临淄）等待了三天，才离开齐国。④"公孙丑"至"而吾何为不豫？"：公孙丑，孟子的弟子，引语见《孟子·公孙丑下》。实际上这里向孟子问话的是充虞（孟子的弟子），作者误记了，豫：喜悦。 ⑤"夫绛侯"句：事见《史记·孝文本记》。绛侯：即周勃（？—前169），随刘邦起义，军功卓著，封于绛（今山西曲沃县），故称"绛侯"。汉初又协助刘邦平定叛乱，深得刘邦器重。吕后时，官至太尉（全国最高军事长官），但军权仍为诸吕控制。吕后死，他与陈平、灌婴等刘邦旧臣定计，消灭诸吕，立刘恒为汉文帝，任右丞相。玺（xǐ徙）：皇帝玉印。

以决刘、吕之雌雄①，又皆高帝之旧将②，此其君臣相得之分，岂特父子骨肉手足哉？贾生，洛阳之少年，欲使其一朝之间，尽弃其旧而谋其新，亦已难矣。为贾生者，上得其君，下得其大臣，如绛、灌之属，优游浸渍而深交之③，使天子不疑，大臣不忌，然后举天下而唯吾之所欲为，不过十年，可以得志。安有立谈之间④，而遽为人痛哭哉⑤！观其过湘为赋以吊屈原，萦纡郁闷，趯然有远举之志⑥。其后卒以自伤哭泣，至于夭绝⑦，是亦不善处穷者也。夫谋之一不见用，则安知终不复用也？不知默默

① "灌婴"二句：事见《史记·灌婴列传》。灌婴（？—前176），随刘邦转战有功，封颍阴侯。迎立文帝后任太尉，不久任丞相。连兵数十万：指与刘氏诸王联兵诛吕。 ② 高帝：即汉高祖刘邦。 ③ 优游：优哉游哉，从容不迫的样子。浸渍：形容逐渐渗透（搞好关系）。 ④ 立谈：站着谈话，形容时间短暂，此处有交浅言深的意思。 ⑤ "而遽"句：指贾谊《治安策》所说："臣窃惟事势，可为痛哭者一，可为流涕者二，可为长太息者六。" ⑥ "观其"三句：贾谊在朝中受到绛侯、灌婴等旧臣排挤，出为长沙王太傅，他听说长沙地势地下，气候潮湿，认为难以长寿，加之他遭贬不得意，在渡湘水时，写下一篇哀悼屈原而实以自悼的《吊屈原赋》。萦纡：缭绕。趯同"跃"。趯然：跳跃的样子。远举：高飞，一般多指远隐，但这里是指志大，形容贾谊有大干一番事业的志向，与下文写贾谊量小以至夭折对比。 ⑦ "其后"二句：指贾谊为梁怀王太傅，怀王坠马而死，贾谊自伤哭泣，岁余而死。夭绝：夭折，早死。

以待其变，而自残至此。呜呼！贾生志大而量小，才有余而识不足也。

古之人，有高世之才，必有遗俗之累①。是故非聪明睿智不惑之主，则不能全其用。古今称苻坚得王猛于草茅之中，一朝尽斥其旧臣而与之谋②。彼其匹夫略有天下之半，其以此哉！愚深悲生之志，故备论之。亦使人君得如贾生之臣，则知其有狷介之操③，一不见用，则忧伤病沮④，不能复振。而为贾生者，亦谨其所发哉⑤！

【翻译】

不是有才能的人难得，而是能够运用自己才能的人实在难得。多么可惜，贾生有辅助帝王的才能，自己却不能运用这种才能！

君子追求的目标十分遥远，就一定会有等待的时候；他们要实现的理想非常伟大，就一定有必须忍耐的地方。古代的贤人，怀有能够实现抱负的才能，结果却

---

① 遗俗：被世俗（人）遗弃，即不合时宜。累：负担，牵累。② "古今"二句：苻坚、王猛见《决壅蔽》注。其旧臣：指仇腾、席宝。因王猛倍受苻坚宠信，引起仇、席不满。苻坚大怒，贬斥仇、席。事见《晋书·王猛传》。③ 狷介：狷急耿介。操：节操，此指性格。④ 沮：沮丧。⑤ 谨：谨慎小心，引申为"注意"。所发：所作所为，即发挥自己的才能。

不能实现万分之一的理想,不一定都是当政君主的过错,有的是他们自己造成的。

我读贾生的文章,正如他说的那样,即使夏、商、周三代,怎么超得过他所处的时代?遇上汉文帝那样的贤君,还因为不被皇帝重用郁闷而死,既是这样,那么天下没有尧、舜那样的贤君,就最终不能有所作为了吗?孔子是圣人,在各诸侯国一一尝试,想要实行他的主张,如果不是太无道的国家,他都想勉强尽力扶持,期望有朝一日能够实现他的理想。孔子将到楚国去,让冉有先去阐述自己的想法,再让子夏去重申一遍。君子想得到君主的理解,就是这样不辞辛劳的。孟子准备离开齐国时,等待了三个夜晚才最后离去,还说:"希望齐王能召我回去。"君子不忍心抛弃他的君王的感情,就是这样深厚。公孙丑问孟子:"您为什么不高兴呢?"孟子答道:"当今天下,除了我还有谁呢?我为什么还会不高兴?"君子珍爱自己,达到了这样的境地。如果这样还不能受到重用,然后才认定天下果然不能有所作为,就可以没有什么遗憾了。像贾生这样的人,不是汉文帝不能用他,而是他不能为汉文帝所用。

绛侯周勃亲自拿着天子的玉印,把它给了汉文帝;灌婴联合数十万军队,以此决定刘、吕两族谁胜谁负。他们二人又都是高帝刘邦的旧将,这种相互投合的君臣情分，难道只是父子、兄弟之间的一般骨肉之情吗？贾生，一个洛阳少年，却想使汉文帝在很短的时间内，完全放弃旧的一套，来谋求新的措施，这也就很难了。作为贾生，应该努力做到在上得到君主的信任，在下得到大臣的拥护，如绛侯、灌婴这类老将，应当从容不迫、循序渐进地与他们成为莫逆之交，这样才能使天子不怀疑，使大臣不妒嫉，然后就能在整个天下做我想做的事情，不出十年，就可以实现自己的志向。哪有短暂交谈的时候，就突然为汉文帝痛哭流涕的道理呢？读贾生渡湘水时写的《吊屈原赋》，知道他心中郁闷萦绕，有腾空高飞的志向。后来终为怀王坠马而死悲痛哭泣，以至夭折早逝，这也是不善于对待暂时的困境。自己的主张一时未被采纳，就怎么知道最后也不会被采纳呢？贾生不懂得默默等待时局的变化，自己糟蹋自己到了这种地步。唉！贾生真是志向远大却气量狭小，才华有余却缺乏远见卓识呵！

古代的君子，有高于世人的才华，一定也有被世俗遗弃的牵累。因此，如不是聪明智慧、不被蒙惑的国君，就不能成全他们的才用。古今称说苻坚在草野之中得到王猛这样的贤人，一下就全部斥退他的旧有臣僚，而与王猛共商天下大计。苻坚以一个平民身份能够夺取半个天下，大概就是因为重用王猛吧！我为贾生有志不聘而深深悲伤，所以才详细论说贾生的悲剧。也想使得到贾生这类谋臣的皇帝，懂得他们有狷急耿介的品格，一旦不被重用，就非常忧伤颓废，不能再振作起来。而像贾生这样的人，也要注意发挥自己的才能。

喜雨亭记

宋仁宗嘉祐六年（1061）十二月，苏轼出任凤翔府（今陕西凤翔）签书判官，第二年年初开始修建官舍。当时正逢春旱，老百姓非常忧虑，但三月下了大雨。修在官舍北面的亭子恰好这时落成，苏轼就给亭子取名“喜雨”，并写下这篇文章。文章开门见山，从亭的命名着笔，接着记述修亭得雨的经过和人们久旱逢雨的欢庆场面，再通过问答说明雨对百姓生活的重要性，最后以对雨的赞歌收笔。文中极力渲染人们“久旱逢甘雨”的欢乐，充分体现出苏轼“民以食为天”的民本思想，反映了作者与百姓同忧共乐的感情。全文结构谨严，脉络清晰，如剥茧抽丝。

语言轻快活泼，文笔淋漓酣畅，充分表现了作者的喜悦心情，极富感染力。

亭以雨名，志喜也①。古者有喜则以名物，示不忘也。周公得禾，以名其书②；汉武得鼎，以名其年③；叔孙胜狄，以名其子④：其喜之大小不齐，其示不忘一也。

余至扶风之明年⑤，始治官舍，为亭于堂之北，而凿池其南，引流种木，以为休息之所。是岁之春，雨麦于岐山之阳⑥，其占为有年⑦。既而弥月不雨，民方以为忧。

---

① 志：记。 ②“周公”二句：据《尚书·周书·微子之命》载，唐叔（周成王的同母弟弟）得到一种“异禾”（两株苗合生一穗），把它献给周成王，周成王叫唐叔献给周公（周成王的叔父），于是周公作《嘉禾》，宣扬天子的命令。《嘉禾》原文已失传，今存《尚书》中仅有篇名。 ③“汉武”二句：汉武，汉武帝刘彻。年：指皇帝纪元年号。据《汉书·武帝纪》载，汉武帝于元符七年（前116）夏六月在汾水上得一宝鼎，因而把年号改为“元鼎元年”。 ④“叔孙”二句：叔孙，叔孙得臣，春秋时鲁国人。据《左传·鲁文公十一年》载，北方少数民族入侵鲁国，鲁文公派叔孙得臣抗击，大胜，并活捉了敌方首领侨如。为了表功于后世，叔孙得臣把自己的儿子宣伯改名为侨如。 ⑤ 扶风：即凤翔府。 ⑥ 雨（yù 玉）：动词，下雨。雨麦，麦如雨下，指播种麦子。下文“雨珠”、“雨玉”与此相同。岐山：在凤翔县东北。 ⑦ 占（zhān 沾）：占卜。有年：丰年。

越三月乙卯乃雨①，甲子又雨②，民以为未足；丁卯大雨③，三日乃止。官吏相与庆于庭，商贾相与歌于市④，农夫相与忭于野⑤，忧者以乐，病者以愈⑥，而吾亭适成。

于是举酒于亭上，以属客而告之曰⑦："五日不雨可乎？"曰："五日不雨则无麦。""十日不雨可乎？"曰："十日不雨则无禾。"无麦无禾，岁且荐饥⑧，狱讼繁兴，而盗贼滋炽。则吾与二三子⑨，虽欲优游以乐于此亭，其可得耶？今天不遗斯民，始旱而赐之以雨，使吾与二三子，得相与优游而乐于此亭者，皆雨之赐也。其又可忘耶？

既以名亭，又从而歌之。歌曰：使天而雨珠，寒者不得以为襦⑩；使天而雨玉，饥者不得以为粟⑪。一雨三日，伊谁之力⑫？民曰太守⑬，太守不有。归之天子，天子曰不⑭。归之造物，造物不自以为功。归之太空，太空冥冥，不可得而名。吾以名吾亭。

---

① 越三月：过了三月。乙卯：指三月八日。 ② 甲子：三月十七日。 ③ 丁卯：三月二十日。 ④ 商贾(gǔ 古)：买卖，指商人。 ⑤ 忭(biàn 辨)：高兴，欢欣。 ⑥ 愈：病好转。 ⑦ 属客：向客人敬酒。 ⑧ 荐：屡次，连续。 ⑨ 二三子：代指大家。 ⑩ 襦：短袄。 ⑪ 粟：古代也叫禾、谷，今北方通称"谷子"。这里泛指粮食。 ⑫ 伊：发语词，无意义。 ⑬ 太守：当时凤翔府太守是宋选。 ⑭ 不：同"否"。

【翻译】

用“雨”来命名亭子，是为了记下一件喜事。古时候有喜事，就用它来给事物命名，表示永不忘记。周公得到两株苗合生一穗的谷子，就把自己的文章取名《嘉禾》；汉武帝得到一个宝鼎，就用它命名年号；叔孙得臣打败了敌人，就用敌方首领的名字作为自己儿子的名字：这些喜事大小不一，但用它们命名事物，表示永不忘记，是一致的。

我到凤翔府的第二年，开始修建官舍。在正堂北面修了个亭子，在亭子南面凿了个水池，引水种树，把那儿作为休息处所。这年春天，在岐山南面撒下麦种，占卜的结果是个丰收年成。不久却整月不下雨，老百姓正为此十分担忧。到了三月八日才下雨，三月十七日又下了雨，但老百姓觉得雨水还不够。三月二十日下了大雨，三天才停。官吏们相互在府庭中庆贺，商人们共同在集市上歌唱，农民一起在田野里欢笑。忧虑的人们因此喜上眉头，患病的人因此康复痊愈，而我的亭子也刚好在这时落成。

于是，我在亭上摆酒庆祝，一面敬客，一面对他们说：“如果再过五天不下雨行吗？”回答是：“再过五天不下雨，麦子就没有收成了。”“再过十天不下雨行吗？”回答是：“再过十天不下雨，谷子就没有指望了。”既无麦子又无谷子，将连年饥荒，刑狱诉讼接连不断，盗贼滋生猖獗，那么我和大家即使想在这亭上悠闲自得地游乐，可能吗？如今老天爷不遗弃百姓，旱象刚开始，就用雨水赐福我们，使我和大家能够一起在这亭上悠闲地游乐，都是雨水的恩赐。这一切能忘记吗？

给亭子命名后，接着又歌唱赞美雨说：假如老天掉下珍珠，受冻的人也不能够用它做衣服；假使老天落下宝玉，挨饿的人也不能够用它做粮食充饥。一场雨三天不断，是谁的力量？百姓说是太守，太守不据为己有。归功天子，天子说不是这样。归功造物主，造物主也不以为是自己的功劳。归功太空，太空幽深渺茫，摸不着，说不清。我就用“喜雨”二字来给我的亭子命名。

邵茂诚诗集叙

邵茂诚简况已见文中。这篇叙作于熙宁七年(1074),当时苏轼与王安石政见不合,出任地方官,郁郁不得志。因此,苏轼在叙中结合邵茂诚的身世遭遇,淋漓尽致地表达了“文人固穷”、“穷而后工”的思想。这一思想早在战国时屈原就已表露过,韩愈、欧阳修也专门阐发过。但是,谈得最集中,最动感情的恐怕还是苏轼这篇叙。文中首先感慨人们的理想同现实往往是矛盾的;接着指出文人尤其如此,多因文章心劳神竭,未老先衰,盛气忤物,无罪遭罚;而邵茂诚更是集贫困、短命、无子、失意、多病等各种不幸于一身。很明显,苏轼虽然是在为朋友的不幸悲伤叹息，但实际上包含着他自己的辛酸和不幸。特别是“盛气以忤物”，“无恶而得罪”二语，正好是苏轼对自己的个性和命运的概括。苏轼把这一切都归之于“天命”，当然是唯心的，但“诗穷而后工”的观点，却深刻道出了生活实践对文艺创作的决定作用，即没有真切的生活体验，是写不出好作品的。

贵贱夭寿，天也。贤者必贵，仁者必寿，人之所欲也。人之所欲，适与天相值①，实难。譬如匠庆之山，而得成虡，岂可常也哉②！因其适所值，而责之以常然③，此人之所以多怨而不通也。

至于文人，其穷也固宜。劳心以耗神，盛气以忤物④，未老而衰病，无恶而得罪，鲜不以文者⑤。天人之相值既难，而人之自贱如此⑥，虽欲不困，得乎！

茂诚讳迎⑦，姓邵氏，与余同年登进士第，十有五年

---

① 适：恰恰，正好。相值：相当。 ②“譬如”三句：匠庆即梓庆，《庄子·达生篇》中的人物。之：往，去到。虡：通“鐻”，悬挂钟磬的木架。成虡：现成的虡。苏轼举此以说明如愿以偿的事情很少。 ③ 责：要求。常然：经常如此。 ④ 忤：违逆。⑤ 鲜(xiǎn 险)：少。 ⑥ 贱：残害。 ⑦ 讳：旧时对帝王将相和尊者长者不敢直称其名叫讳。

而见于吴兴孙莘老之座上①，出其诗数百篇。余读之，弥月不厌。其文清和妙丽，如晋宋间人。而诗尤可爱，咀嚼有味②，杂以江左、唐人之风③。其为人笃学强记④，恭俭孝友，而贯穿法律，敏于吏事。其状弱不胜衣⑤，语言气息仅属⑥。余固哀其任众难以瘁其身⑦，且疑其将病也。逾年而茂诚卒。又明年，余过高邮⑧，则其丧在焉。入哭之，败帏寒灯，尘埃萧然，为之出涕太息。夫原宪之贫，颜回之短命⑨，扬雄之无子⑩，冯衍之不遇⑪，皇甫士

---

① "与余"二句：苏轼于嘉祐二年(1057)春进士及第，过十五年，即为熙宁五年(1072)。吴兴：今属浙江。孙莘老：名觉，早年与王安石为知交，后反对新法，出任地方官，当时任湖州知州。苏轼任杭州通判时，曾去湖州见他。 ② 咀嚼：比喻阅读、品味名篇。 ③ 江左：旧时称江东为江左。南朝宋、齐、梁、陈的统治地区都在长江东部地区，故称南朝为江左。 ④ 笃：深厚。 ⑤ 弱不胜衣：衰弱得连衣服都承受不起的样子。 ⑥"语言"句：说话断断续续，上气不接下气。属：连接。 ⑦ 难(nàn 烂)：灾难。瘁(cuì 粹)：毁坏。 ⑧ 高邮：今属江苏。 ⑨"夫原宪"二句：原宪字子思，孔子弟子。颜回二十九岁头发尽白，早死。二人事见《史记·仲尼弟子列传》。 ⑩"杨雄"句：杨雄(前53—后18)，字子云，西汉著名思想家、文学家、语言学家。"无子"，事见《汉书·杨雄传》颜师古注。 ⑪ 冯衍：东汉人，仕途屡遭不幸。事见《后汉书·冯衍传》。

安之笃疾①,彼遇其一而人哀之至今。而茂诚兼之,岂非命也哉!余是以录其文,哀而不怨,亦茂诚之意也。

【翻译】

贫贱富贵,夭折长寿,都决定于天命。贤能的人必定富贵,仁爱的人必定长寿,不过是人们的愿望而已。人们的愿望恰能与天命相一致,实在很难得。比如匠庆去到山里,果然就得到现成的鐻,这样的事情哪能经常遇上呢?因为人们的愿望刚好与老天的安排一致,就要求经常如此,这就是人们之所以有许多怨恨而不通达的原因。

至于说到文人,他们经常处于困境,本来是该得的。他们爱动脑筋而精神耗竭,感情冲动而冒犯他人,年纪不大但衰弱多病,没有恶行但罪名缠身,很少不是因为文章的缘故。老天的意志和人们的愿望既然这样难以一致,而文人又这样自己伤害自己,即使想不处困境,但可能吗?

茂诚姓邵名迎,和我在同一年进士及第。十五年后,我们才在吴兴孙莘老家里再见。他拿出他写的几百

① “皇甫”句:皇甫谧字士安,晋人,以著书为务,后得风痹病,仍手不释卷。《晋书》有传。

首诗给我看,我读了整整一个月毫不感到厌烦。他的文章清新和润,高妙美丽,很像晋宋间人写的。而他的诗尤其可爱,咀嚼品评,余味无穷,兼有南朝、唐人的风格。他这个人学问深厚,知识渊博,恭谨卑谦,孝道友爱,精通法律,办事敏捷。他身体虚弱,说话上气不接下气。我确实同情他承受了各种艰难,伤害了自己的身体,并且担心他将会病倒。一年之后茂诚就死了。又过了一年,我路经高邮,他的灵柩停在那里。我进入灵堂哀吊他,帏帐破败,孤灯清冷,尘埃满屋,十分萧条。我禁不住为他流泪叹息:原宪贫困,颜回命短,扬雄无子,冯衍不遇,皇甫士安重病缠身,他们仅仅碰上一个灾难,人们就为他们哀伤至今。而茂诚遭受了这全部灾难,难道不是命中注定的吗?我因此收集整理了他的诗,哀伤而不怨恨,这也是茂诚的意思。

超然台记

熙宁七年(1074)年底苏轼由杭州通判改任密州知州，第二年冬在密州修葺废台，取名“超然”，写下这篇记。文章首段正面阐述凡物皆有可观、皆有可乐的道理，表达自己无往而不乐的精神。次段说明人们从“求福辞祸”的愿望出发，反而得到“求祸辞福”的结果，一是因为人的欲望无限，但可以满足人的欲望的东西有限；二是求福辞祸、取美去恶的选择，本身就是一个痛苦的斗争过程；三是在这种选择中，人心“游于物之内”，必然受物的支配和蒙骗，所以往往得到相反的结果。第三段先叙由杭到密生活环境的巨大变化，以及自己在艰苦的环境中怎样超然自处，优然自乐；再写修葺旧台和登台眺望的感慨；最后具体写超然台上游息宴饮的快乐。末段寥寥数语点出台名“超然”的由来。苏轼作记好发议论。全文前半完全驾空议论，后半才记叙、写景、抒情，逐渐说到超然台，然而全篇洋溢“超然”之情，文章构思很独特。全文说理透彻，文思温润，议论宏伟，铺叙华丽，从思想到文风，都深受《庄子》影响。

凡物皆有可观。苟有可观，皆有可乐，非必怪奇伟丽者也。铺糟啜醨①，皆可以醉，果蔬草木，皆可以饱。推此类也，吾安往而不乐②？

夫所为求福而辞祸者，以福可喜而祸可悲也。人之所欲无穷，而物之可以足吾欲者有尽。美恶之辨战乎中③，而去取之择交乎前，则可乐者常少，而可悲者常多，是谓求祸而辞福。夫求祸而辞福，岂人之情也哉！物有以盖之矣④，彼游于物之内，而不游于物之外。物非有大小也，自其内而观之，未有不高且大者也。彼其高大以

① 铺(bǔ 卜)：食。糟：滤酒后剩下的渣滓，即酒糟。啜：饮。醨(lí 力)：淡酒。 ② 安往：去哪里。 ③ 中：胸中，心中。 ④ 盖：掩盖，蒙蔽。

临我，则我常眩乱反复①，如隙中之观斗，又焉知胜负之所在？是以美恶横生②，而忧乐出焉，可不大哀乎！

余自钱塘移守胶西③，释舟楫之安，而服车马之劳④；去雕墙之美⑤，而蔽采椽之居⑥；背湖山之观，而适桑麻之野⑦。始至之日，岁比不登⑧，盗贼满野，狱讼充斥；而斋厨索然，日食杞菊⑨。人固疑余之不乐也。处之期年⑩，而貌加丰，发之白者，日以反黑⑪。余既乐其风俗之淳，而其吏民亦安予之拙也。于是治其园圃，洁其庭宇，伐安丘、高密之木⑫，以修补破败，为苟全之计。而园之北，因城以为台者旧矣⑬；稍葺而新之⑭，时相与登览，放意肆志焉⑮。南望马耳、常山⑯，出没隐见⑰，若近若远，庶几有隐君子乎⑱？而其东则卢山，秦人卢敖之所

---

① 眩乱：迷惑，看不清。 ② 横生：乱生，充斥。 ③ 钱塘：指杭州。胶西：今山东胶县、高密一带，宋时属密州。这里代指密州。 ④ 服：从事。 ⑤ 去：离开。雕墙：代指墙上有雕刻、彩绘的华美居室。 ⑥ 蔽：掩蔽，躲进。采：栎木。采椽：以栎木为房椽，形容房屋简陋。 ⑦ 适：往。 ⑧ 岁比：连年。登：收成。 ⑨ 杞：枸杞。菊：菊花。这里代指野菜。 ⑩ 期（jī基）年：一周年。 ⑪ 反：同“返”。 ⑫ 安丘：今山东潍坊。 ⑬ 因：沿。 ⑭ 葺（qì气）：修整，修理。 ⑮ 放意肆志：形容尽情游玩。肆：放。 ⑯ 马耳、常山：二山名，都位于密州城南面。 ⑰ 见：同“现”。 ⑱ 庶几：或许，大概。揣测之词。

从遁也①。西望穆陵②，隐然如城郭③，师尚父、齐桓公之遗烈④，犹有存者。北俯潍水⑤，慨然太息，思淮阴之功，而吊其不终⑥。台高而安，深而明，夏凉而冬温。雨雪之朝，风月之夕，余未尝不在，客未尝不从。撷园蔬⑦，取池鱼，酿秫酒⑧，瀹脱粟而食之⑨。曰：乐哉游乎。

方是时，余弟子由适在济南，闻而赋之⑩，且名其台曰“超然”。以见余之无所往而不乐者，盖游于物之外也。

【翻译】

任何事物都有可供观赏的地方。如果可供观赏，那么都可使人快乐，不一定要怪异、新奇、雄伟，瑰丽的东西。吃酒糟，饮淡酒，都可以醉；果子、蔬菜、杂草、树叶，

---

①“而其东”二句：卢山，在密州城东，原名“故山”。战国末年秦始皇召燕国人卢敖为博士，让他求仙。卢敖求仙不成，逃往故山隐居，故山因此叫“卢山”。遁：隐逃。 ②穆陵：关名，在今山东临朐县南大岘山上，春秋时属齐国。 ③郭：外城。 ④师尚父：周代齐国始祖。姜姓，吕氏，名望。辅佐周武王灭商有功，封于齐。俗称姜太公。 ⑤潍水：今潍河。 ⑥“思淮阴”二句：见《留侯论》注。 ⑦撷（xié 协）：采摘。 ⑧秫（shú 熟）酒：糯米酒。 ⑨瀹（yuè 月）：煮。脱粟：糙米，只去皮壳未加精制的米。 ⑩“方是时”三句：当时苏辙任齐州掌书记。济南：今山东历城。赋之：指苏辙作《超然台赋》。

都可以充饥。依此类推，我在哪里不快活呢？

人们所以要追求幸福，避开灾祸，因为幸福可使人欢喜，而灾祸却使人悲伤。但是人们的欲望无穷无尽，而能够满足我们的欲望的东西是有限的。如果美好和丑恶的争辩在胸中激荡，选取和舍弃的选择在眼前交织，那么能使人快活的东西就很少了，而令人悲哀的事就很多。这就成为追求灾祸，不要幸福了。追求灾祸，不要幸福，难道是人们的心愿吗？任何事物都有掩盖着的一面，这些人局限在事物之中，而不能自由驰骋在事物之外。事物本来是没有大小的，从它内部来观察，没有不又高又大的。高大的事物横在我们面前，我们就常会眼花缭乱，反复不定，就像在缝隙中观战，又怎么知道胜负属于哪方呢？所以心中充满美好和丑恶的争辩，忧愁也就由此产生了。这不令人非常悲哀吗！

我从杭州调移到密州任知州，放弃了乘船的舒适快乐，受着坐车骑马的奔波劳累；离开华美的居室，住进简陋的屋舍；远离杭州湖光山色的美景，来到桑麻丛生的荒野。我刚到密州的时候，连年没有收成，盗贼遍野，诉讼充斥；厨房里空荡无物，每天都以野菜充饥。人们一定以为我没有快乐，可我在这里住了一年后，面貌更加丰润，白发也一天天变黑了。我既喜欢这里风俗的淳朴，这里的官吏百姓也习惯了我的笨拙无能。于是我开始治理果园菜圃，打扫庭舍屋宇，从安丘、高密两地砍来树木，用来修补破败的房屋，以便勉强度日。园子北面，沿着城墙筑起的高台已经残破不堪，于是稍加整修，让它焕然一新。我不时和大家一起登台观览，在那儿尽情游玩。在台上向南望，马耳、常山时隐时现，有时似乎很近，有时又似乎很远，或许那儿有隐居的君子吧？台的东面就是卢山，那是秦国人卢敖隐逃的地方。向西望是穆陵关，隐隐约约像一道城墙，还保存着姜太公、齐桓公留下的英雄业绩。北面潍水环绕，我禁不住感慨叹息，想起当年淮阴侯韩信的丰功伟绩，为他未能善终悲伤。这台虽然高，但却非常安稳；台上居室幽深，而又明亮，夏天凉爽，冬天温暖。无论是雨落雪飘的早晨，还是风清月白的晚上，我都在这里，朋友们也都跟随着我。我们采摘园中蔬菜，捕捞池中鲜鱼，酿酒煮饭，一面吃一面赞叹：多么快活的游乐啊！

这个时候，我的弟弟子由恰好在济南做官，他听说这件事，写了一篇赋，并且给这个台子取名“超然”。以说明我之所以无往而不乐，大概就是我能逍遥于物外吧！

日　　喻

宋神宗元丰元年(1078)苏轼任徐州知州时作。北宋前期,承袭唐代科举制,以考试诗赋取士。王安石变法后,改为以考试经术取士,助长了当时学者空谈义理,不重实学的风气。此文的目的就在于指出以经术取士的这种弊端。作者同时也指出了以诗赋取士的流弊,即只注重诗赋等“杂学”,而忽视了“明道”的更高要求。文章的基本观点是“道可致而不可求”,即客观事物的规律只能通过长期实践,自然而然地达到,而不可能通过“达者告之”,一下子就求得。苏轼所谈的“道”虽然基本上属于儒家之道的范畴,但文中阐述的“求道”的方法和过程,有其合理的一面，含有辩证思想。文中“眇者识日”、“北人没水”两个寓言性的比喻，都富有创造性，把抽象的道理说得生动具体、明白易懂，给人以深刻的启迪。

生而眇者不识日①，问之有目者。或告之曰：“日之状如铜盘。”扣盘而得其声，他日闻钟，以为日也。或告之曰：“日之光如烛。”扪烛而得其形②，他日揣籥③，以为日也。

日之与钟、籥亦远矣，而眇者不知其异，以其未尝见而求之人也。道之难见也甚于日④，而人之未达也⑤，无以异于眇。达者告之，虽有巧譬善导，亦无以过于盘与烛也。自盘而之钟，自烛而之籥⑥，转而相之⑦，岂有既乎⑧？故世之言道者，或即其所见而名之，或莫之见而意之⑨，皆求道之过也。然则道卒不可求欤？苏子曰：“道

---

① 眇（miǎo 秒）：一只眼瞎。眇者：泛指瞎子。 ② 扪（mén 门）：抚摸。 ③ 揣籥（yuè 月）：摸着籥。籥：状如笛子的乐器。 ④ 道：指儒家传统的政治思想、学术思想以及道德规范等，是一个内涵极为丰富的概念。译文中不另译。 ⑤ 达：通达，通晓。 ⑥“自盘”二句：之：动词，到。译文中引申为“联想到”。 ⑦ 转：辗转。相（xiàng 象）：形容，比喻。 ⑧ 既：尽，完。 ⑨ 意：同“臆”，臆测，猜测。

可致而不可求①。”何谓“致”？孙武曰：“善战者致人，不致于人②”子夏曰：“百工居肆，以成其事，君子学以致其道③。”莫之求而自至，斯以为“致”也欤④！

南方多没人⑤，日与水居也，七岁而能涉，十岁而能浮，十五而能没矣。夫没者岂苟然哉？必将有得于水之道者。日与水居，则十五而得其道；生不识水，则虽壮，见舟而畏之。故北方之勇者，问于没人，而求其所以没，以其言试之河，未有不溺者也。故凡不学而务求道，皆北方之学没者也。

昔者以声律取士，士杂学而不志于道；今也以经术取士，士知求道而不务学。渤海吴君彦律⑥，有志于学者也，方求举于礼部⑦，作《日喻》以告之。

---

① 苏子：作者自称。致：使……（自）至（到）。 ②“孙武”句：孙武，春秋时齐国军事家，所著《孙子兵法》有丰富的朴素唯物主义和辩证法因素，是我国最早最杰出的军事著作。文中引语见《孙子兵法·谋攻篇》。 ③“子夏”句：子夏，孔子的弟子。引语见《论语·子张》。肆：作坊。 ④ 斯以为致：即“以斯为致”。 ⑤ 没（mò末）人：能潜水的人。 ⑥ 渤海：郡名，今山东阳信县。吴君彦律：吴琯，字彦律。苏轼任徐州知州时，吴彦律任该州正字（官名，负责校正书籍），与苏轼时有唱和。 ⑦ 礼部：见《与梅直讲书》注。

【翻译】

生下来就眼瞎的人没有见过太阳，向看得见的人打听太阳的形状。有人告诉瞎子说："太阳就像个铜盘。"瞎子敲敲铜盘，听到了它发出的声响，有一天瞎子听见钟声，就把钟当成了太阳。还有人告诉瞎子说："太阳光就像蜡烛燃烧的光。"瞎子摸摸蜡烛，记住了蜡烛的形状。有一天瞎子摸到一支笛子，就把笛子当成了太阳。

太阳与钟和笛子比起来相差也太远了，但瞎子不明白它们的差异，因为瞎子不曾见过这些东西，只是求人告诉他们罢了。道比太阳更难于看见，而人不能通晓明白道，跟瞎子不能认识太阳没有什么不同。靠通晓道的人告诉什么叫道，即使比喻巧妙而又善于引导，也没法超过铜盘和蜡烛的比方。从盘子联想到钟，从蜡烛联想到笛子，辗转形容下去，难道有个完吗？所以说当今谈论道的人，有的仅是就自己的一孔之见来阐发说明，有的什么也没见过就凭空猜测，这都是错误的求道方法。既是如此，那么道最终都不可求得吗？我的回答是："道可致而不可求。"什么叫做"致"呢？孙武说："善于打仗的人能使敌人归顺自己，而不被敌人左右。"子夏说："各种工匠只是在作坊里完成他们的工作，君子却在工作学习中接近道。"不去特意寻求，而是自然而然地达到，这就叫做"致"吧！

南方有很多能潜水的人，因为他们天天跟水相处，所以七岁就能从水中走过，十岁就能游泳，十五岁就能潜水了。他们能潜水难道是偶然的吗？这一定是他们已经谙熟了水性。如果天天和水在一起，十五岁就能掌握水性；如果生下来从未见过江河的水，即使到了壮年，见了船也会害怕的。因此北方那些勇敢的人，向长于潜水的人请教，想懂得潜水的道理，再照着潜水人的话在河里试着潜水，没有不被淹着的。所以凡是不认真学习实践而专门求人告诉他道的人，都与那些学潜水的北方人一样。

过去凭考试讲究声韵格律的诗赋来录用读书人，读书人就学得很杂，而不立志求道；现在凭经学考试录用读书人，读书人就只知求“道”，而不注重实学。渤海郡的吴彦律，是有志于实学的人，正求荐举到礼部参加考试，我就写了《日喻》告诫他。

文与可画《筼筜谷偃竹》记

文与可，名同，字与可，北宋著名画家，尤长于画竹，与苏轼为世交，与苏辙为儿女亲家。筼筜(yún dāng 云当)谷，在今陕西洋县西北，因谷中盛产竿粗节长的筼筜竹得名。偃竹，倒伏而生的竹子。《筼筜谷偃竹》是文与可送给苏轼的一幅画。元丰二年(1079)正月，文与可病逝。这年七月苏轼在湖州(今浙江湖州)曝晒书画时，看到与可的这幅遗作，抑制不住内心的悲痛，抚今追昔，写下这篇怀念亡友的文章。苏轼在文中回忆了他和与可的日常交往以及一些生活琐事，生动地再现了文与可的音容笑貌。如“发函得诗，失笑喷饭”八字，就极为传神。作者真切地表达了他们之间深挚的友情，字里行间，充满对他们过去友谊的眷恋。同时，文中总结了文与可，也是苏轼自己关于绘画的艺术见解。其中，“胸有成竹”说涉及艺术构思问题，“少纵则逝”涉及灵感在艺术创作中的作用问题，“手心相应”强调实践在艺术创作中的重要性，以及怎样在有限的篇幅中创造无限的意境和气势等，都是重要的文艺理论问题。文中的精辟阐述至今对我们也有很大启发，所以本文也堪称一篇优美的文艺随笔。全文疏密得当，娓娓动人，确如行云流水一般。

竹之始生，一寸之萌耳①，而节叶具焉；自蜩腹蛇蚹②，以至于剑拔十寻者③，生而有之也。今画者乃节节而为之，叶叶而累之，岂复有竹乎④？故画竹必先得成竹

① 萌：植物的芽。 ② 蜩（tiáo 条）腹蛇蚹（fù 付）：蜩：蝉子。蜩腹：指蝉子后腹上的横纹。蚹：蛇腹下帮助爬行的横鳞。蜩腹蛇蚹比喻竹笋，因竹笋表面紧包着一层层形状与之相似的箨（tuò 拓）（俗称“笋壳”）。 ③ 寻：八尺。 ④“今画者”三句：米芾《画史》说，苏轼作墨竹，从地一直画至顶，一笔呵成，并不逐节分画。累：堆砌。

于胸中，执笔熟视，乃见其所欲画者，急起从之[①]，振笔直遂[②]，以追其所见，如兔起鹘落，少纵则逝矣[③]。与可之教予如此。予不能然也，而心识其所以然。夫既心识其所以然，而不能然者，内外不一[④]，心手不相应，不学之过也[⑤]。故凡有见于中，而操之不熟者，平居自视了然，而临事忽焉丧之[⑥]，岂独竹乎？子由为《墨竹赋》以遗与可曰[⑦]："庖丁，解牛者也，而养生者取之[⑧]；轮扁，斫轮者也，而读书者与之[⑨]。今夫夫子之托于斯竹也，而予以为有道者则非耶？"子由未尝画也，故得其意而已。若予

① 从：追随，跟从，引申为"捕捉"。 ② 遂：完成。 ③ 少：同"稍"。 ④ 内外：内指心里想的，外指手上画的。 ⑤ 学：学习，此指画竹实践。 ⑥ 忽焉：恍忽，把握不住的样子。 ⑦ 遗（wèi 卫）：赠送。 ⑧ "庖丁"三句："庖丁解牛"这个寓言故事出自《庄子·养生主》，讲庖丁因为十分了解牛的筋骨脉络结构，宰牛不仅快而且不伤刀，游刃自如。梁惠王看了他宰牛后，从中悟出要顺应自然的养生之道来。庖：厨工。丁：厨工的名字。养生者，指梁惠王。 ⑨ "轮扁"三句："轮扁斫（zhuó 浊）轮"出自《庄子·天道》，讲齐桓公在堂上读书，轮扁从堂下经过，说齐桓公读的书不过是古人留下的糟粕。桓公听了十分生气，轮扁便以自己造车轮为例，说明学习做一件事要靠实践和经验，即使是自己的子孙后代，口授也是没有用的。桓公认为他说得有理，很赞赏。轮：指造车轮的工匠。扁：匠人的名字。斫：砍。与（yù 玉）：动词，赞同。

者，岂独得其意，并得其法①。

与可画竹，初不自贵重。四方之人，持缣素而请者②，足相蹑于其门③。与可厌之，投诸地而骂曰④："吾将以为袜！"士大夫传之，以为口实⑤。及与可自洋州还，而余为徐州⑥。与可以书遗余曰："近语士大夫：'吾墨竹一派，近在彭城⑦，可往求之。'袜材当萃于子矣⑧。"书尾复写一诗，其略曰："拟将一段鹅溪绢⑨，扫取寒梢万尺长⑩。"予谓与可："竹长万尺，当用绢二百五十匹。知公倦于笔砚，愿得此绢而已！"与可无以答，则曰："吾言妄矣，世岂有万尺竹哉！"余因而实之，答其诗曰："世间亦有千寻竹，月落庭空影许长。"与可笑曰："苏子辩矣⑪！然二百五十匹绢，吾将买田而归老焉！"因为所画《筼筜

---

① 并得其法：苏轼画墨竹的方法出自文同，画苑中，常以文、苏并称，苏轼的画跟文同的画一样受人珍视。 ② 缣素：丝织品，都叫绢。洁白的叫素，带黄色的叫缣，古人用来写字作画。 ③ 蹑：踩。 ④ 诸："之于"二字的合音字。 ⑤ 口实：话柄。 ⑥"及与可"二句：文与可于熙宁八年(1075)任洋州(今陕西洋县)知州，熙宁十年冬回到京师。苏轼于熙宁十年四月知徐州，元丰二年(1079)三月离任。 ⑦ 彭城：即徐州。 ⑧ 萃：丛生的草，引申为汇聚。 ⑨ 鹅溪：地名，在今四川省盐亭县西北，出产名绢，十分珍贵，唐、宋时常作贡品。 ⑩ 寒梢：指竹竿。竹子与松柏、梅花共称"岁寒三友。" ⑪ 辩：善辩，口才好。

谷偃竹》遗予，曰："此竹数尺耳，而有万尺之势。"筼筜谷在洋州，与可尝令予作《洋州三十咏》，《筼筜谷》其一也①。予诗云："汉川修竹贱如蓬②，斤斧何曾赦箨龙③。料得清贫馋太守，渭滨千亩在胸中④。"与可是日与其妻游谷中，烧笋晚食，发函得诗，失笑喷饭满案。

元丰二年正月二十日，与可没于陈州⑤。是岁七月七日，予在湖州曝书画⑥，见此竹，废卷而哭失声。

昔曹孟德祭桥公文，有"车过"、"腹痛"之语⑦，而予亦载与可畴昔戏笑之言者，以见与可于予亲厚无间如此也。

---

① "与可尝令"二句：今存苏轼集中有《和文与可洋州园池三十首》，下面所引《筼筜谷》是其中之一。 ② 汉川：汉水。此指洋州。汉川经过洋州。 ③ 斤：斧头一类的砍刀。赦：免罪，放过。箨龙：竹笋。 ④ 渭滨：陕西渭水边上。《史记·货殖列传》有"渭川千亩竹"语，此借渭滨以喻洋州。 ⑤ "元丰"二句：文同于元丰元年十月任湖州知州，从开封出发赴任，至陈州宛丘驿时病逝。 ⑥ 曝：晒。 ⑦ "昔曹孟德"二句：桥公指桥玄，对青年时代的曹操（字孟德）多有奖助。桥玄曾与曹操约言：他死了之后，曹操路经他的坟墓如不以鸡、酒相祭，那么"车过三步，腹痛勿怪"。这是玩笑语，但若不是至亲好友，也不会开这种玩笑。事见《三国志·五帝纪》裴注。

【翻译】

竹笋刚开始生出的时候,只是一寸多长的嫩芽,但竹节和竹叶都具备了。从蝉肚蛇皮一样的竹笋,长成几丈高,像剑一样挺拔的竹子,天生就有竹节和竹叶。如今画竹的人,却一节一节地勾勒竹节,一叶一叶地堆砌竹叶,哪里还有活灵活现的竹子呢?所以画竹一定要事先在心中有个完整的竹子形象,握着笔,反复认真审视,才能把握住要画的竹子形象,然后立即起笔捕捉它,奋笔径直画成,以此再现心中想见的形象。这个过程就像兔子刚跑出来,鹘鸟就急速落下来抓它,稍一放松,一切都会消逝。与可就是这样教我画竹的。我还不能做到这种程度,但心里懂要这样画竹的道理。既然心里懂得这样做的道理,但又不能这样做,想的和做的不一致,心和手不能相互配合,是没有实践造成的缺陷。因此,每每心里有正确的认识,做起来却不熟练,平常自以为很明白了,临到具体做事就恍恍惚惚地把握不住,哪里仅是画竹才这样呢?子由曾作《墨竹赋》赠给与可,其中写道:“庖丁,是个宰牛的人,但梁惠王却从他那里悟得了延年益寿的道理;轮扁,是个造车轮的人,但齐桓公却赞成他说的读书道理。你寄托在画竹上的,我认为是竹子的生长规律,不是吗?”子由不曾作画,因此只是懂得与可的画意罢了。至于我呢,岂止懂得他的画意,同时也懂得了他的画法。

与可画的竹子，本来并不自以为珍贵，但四面八方拿着绢来请他画竹的人，在他门前都脚踩脚了。与可对此感到讨厌，把那些绢扔在地上骂道："我将用它们做袜子！"士大夫传开去，成了话柄。到与可从洋州返回京城时，我正做徐州知州。与可写信给我说："我告诉士大夫们说：'我们墨竹画派，最近在徐州，可以去那儿求画。'做袜子的材料应当汇集到你那儿去了！"信末还写了一首诗，有这样两句："准备在一段鹅溪绢上，画出万尺长的寒竹。"我对与可说："竹子万尺长，应当用二百五十匹绢画，我知道你懒于动笔墨，不过想得这些绢而已。"与可无从回答，就说："我的话夸张了，世上哪有万尺长的竹子呢？"我于是证实有，回答他的诗说："世上也有这样长的竹子，月落时的庭中竹影也许有这么长。"与可笑着说："你说倒会说，但二百五十匹绢不会给您，我要用来买田养老了。"于是与可把他画的《筼筜谷偃竹》送给我，说道："这竹子不过几尺长而已，但有万尺长的气势。"筼筜谷位于洋州，与可曾叫我作《洋州三十咏》，《筼筜谷》诗是其中一篇。我的诗写道："汉水的长竹像蓬草一样多得很，斧头哪会放过那些竹笋？想来清贫口馋的文太守，渭水边上的千亩竹笋已被你吃尽。"与可这天和他的妻子在山谷中游玩，正煮竹笋吃晚饭，打开信看见我的诗，不禁大笑，嘴里的饭喷得满桌都是。

元丰二年正月二十日，与可在陈州病逝。这年七月七日，我在湖州晒书画，看见与可这幅《筼筜谷偃竹》，不禁放下画失声痛哭起来。

过去曹孟德悲悼桥公的文章里，有“车过三步，腹痛勿怪”的话，而我也记下与可过去开玩笑的话，以表明与可对我也是这样亲密无间。

方山子传

方山子，姓陈名慥（zào 皂）字季常。宋仁宗嘉祐七年（1062），他的父亲陈希亮任凤翔府知州，苏轼任签书判官，与陈季常结为好友。本文写于元丰三年（1080）苏轼贬官黄州时，字里行间流露出作者对方山子蔑视富贵的精神的赞扬，以及对他的隐居生活的向往，暗含作者怀才不遇的思想感情，与当时被贬官的心境一致。本文虽为“传”，但并不一一叙述人物生平事迹，而是采用倒叙手法，简略写到方山子游侠、隐居等几件寻常小事。作者善于突出人物性格特征，所以写游侠使人感到豪气逼人，写隐居让人觉得沉静如水，人物面貌毕肖神似，表现出作者用白描手法勾勒人物形象的高超艺术技巧。

方山子，光、黄间隐人也①。少时慕朱家、郭解为人②，闾里之侠皆宗之③。稍壮，折节读书④，欲以此驰骋当世，然终不遇。晚乃遁于光、黄间⑤，曰岐亭⑥。庵居蔬食，不与世相闻。弃车马，毁冠服，徒步往来山中，人莫识也。见其所著帽，方屋而高⑦，曰："此岂古方山冠之遗像乎⑧！"因谓之方山子。

余谪居于黄，过岐亭，适见焉，曰："呜呼！此吾故人陈慥季常也，何为而在此？"方山子亦矍然问余所以至此者⑨。余告之故，俯而不答，仰而笑，呼余宿其家，环堵萧然，而妻子奴婢皆有自得之意。余既耸然异之⑩，独念方

---

① 光、黄：光州和黄州。光州在今河南省潢川县。 ② 朱家、郭解：都是汉初著名游侠。朱家，专门救人之急，曾藏匿、营救豪士数百人。刘邦即位，追捕原项羽部将季布，他曾用计使季布脱险。郭解，为人以德报怨，救人从不居功，后被朝廷杀害。二人事迹均见《史记·游侠列传》。 ③ 闾里：乡里。 ④ 折节：改变以往的节操（志向）。 ⑤ 遁（dùn 盾）：逃隐，此指隐居。 ⑥ 岐亭：镇名，在今湖北省麻城。 ⑦ 屋：帽顶。 ⑧"此岂"句：方山冠：汉代祭祀时乐师舞女戴的帽子，唐、宋时多为隐士所戴。遗像：遗制，译作"规格"、"样式"。 ⑨ 矍（jué 决）然：惊讶相看的样子。 ⑩ 耸然：惊奇的样子。

山子少时，使酒好剑，用财如粪土，前十有九年，余在岐下①，见方山子从两骑，挟二矢，游西山，鹊起于前，使骑逐而射之，不获，方山子怒马独出②，一发得之。因与余马上论用兵及古今成败，自谓一世豪士。今几日耳，精悍之色，犹见于眉间，而岂山中之人哉？

然方山子世有勋阀③，当得官，使从事于其间，今已显闻。而其家在洛阳，园宅壮丽，与公侯等④。河北有田，岁得帛千匹，亦足以富乐。皆弃不取，独来穷山中，此岂无得而然哉？

余闻光、黄间多异人，往往阳狂垢污⑤，不可得而见，方山子傥见之欤⑥？

【翻译】

方山子是光州、黄州一带的隐士。他年轻时景仰朱家、郭解的人品，乡里的侠士都非常崇拜他。年龄大一点后，他改变了原来的志向，开始用心读书，决心通过读书在世上施展他的才华，但始终没有得到成功的机会。

---

① 前十有九年：指嘉祐七年苏轼任凤翔府签书判官时。岐下：代指凤翔，凤翔境内有岐山。 ② 怒马：使马怒而奔驰。 ③ 勋阀：功勋业绩。古代官宦人家大门外立两柱，用来张贴功榜，左柱称“阀”，右柱称“阅”。 ④ 等：等同，相类似。 ⑤ 阳狂：又作“佯狂”，假装疯癫。 ⑥ 傥（tǎng 淌）：假设之词，或许。

晚年他就隐居在光州、黄州交界处，一个名叫岐亭的地方，住草棚，吃菜食，不和世人交往。他抛弃了车马，毁掉了原来的衣帽，在山中步行往返，山里人没有谁了解他。有人看见他戴的帽子，帽顶呈方形高高耸起，就说："这难道不是古代方山冠遗留下来的样式！"因此称他为方山子。

我贬官到黄州居住，路过岐亭，恰巧在那儿碰见方山子。我说："哎！这是我的老朋友陈慥陈季常嘛，为什么在这里？"方山子也惊讶地望着我，问我来到这里的原因。我把原委告诉他，他低着头，没有答话，接着抬头笑笑，叫我上他家留宿。他家里四壁徒立，但妻子孩子仆人都显得心满意足。我很吃惊，觉得非常奇怪。回想起方山子年轻时嗜酒任性，喜欢击剑，花钱如粪土的情景。十九年前，我在凤翔岐山，看见方山子带着两个骑士，挟着两支箭，在西山游玩。前面有只喜鹊离地而起，方山子呵令骑士追上去射它，但没有射中。方山子打着怒马独自奔上前去，一箭就射中了。于是他和我骑在马上谈论用兵打仗，以及古往今来的成功和失败，自称是一代英豪。到现在才多久呢，精明强悍的气色仍在眉宇间闪露，他难道会是山中的普通人吗？

然而，方山子家代代功勋卓著，应该得到官职。如果他在官场谋事，现在已经声名显赫了。他的老家在洛阳，园宅雄壮富丽，和公侯人家一样气派。在黄河北面还有田产，每年可得上千匹绸缎，也足够过上富裕快活的日子了。可他全都放弃不要，一人来到这贫困的山中，这难道不是心有所得才这样的吗？

我听说光州、黄州一带有很多奇异的人，常常假装疯癫，浑身污垢，但不容易碰见。方山子或许见过吧？

答李方叔书

原题为《答李端叔书》。据清人王文诰《苏诗总案》卷二十，当为《答李方叔书》。李廌，字方叔，李宪仲（与苏轼同年进士及第）之子，苏门六君子之一①。这封信写于神宗元丰三年（1080）十二月苏轼贬官黄州期间。一年前，苏轼因受人指责作诗诽谤朝廷，被捕入狱，蒙受不白之冤，最后贬官黄州。在众人诋毁苏轼的时候，李方叔却非常关心苏轼，多次写信问候。苏轼因不肯连累他人，对李方叔的信也一再推诿

① 苏门六君子：指北宋文学家黄庭坚、秦观、晁补之、张耒、陈师道和李廌。他们都出于苏轼门下，当时都有文名。

不答，但终因盛情难却，写了这封回信。“信笔书意”是这封信最突出的特点，抒发了作者贬官黄州期间对当年“妄论利害”的后悔，对世态炎凉的感慨，以及忧谗畏讥、纵情山水的感情。虽然苏轼说李方叔对他的赞赏都是过誉之词，虽然他否定了三十多年来的“故我”，但这都不过是含蓄的牢骚而已。文笔表面平静，是“痛定思痛”之作，但饱含作者难言的愤懑和愁苦，感人至深。

轼顿首再拜①：闻足下名久矣②。又于相识处往往见所作诗文③，虽不多，亦足以仿佛其为人矣④。寻常不通书问，怠慢之罪，犹可阔略⑤；及足下斩然在疚，亦不能以一字奉慰⑥。舍弟子由至，先蒙惠书，又复懒不即答，

---

①“轼顿首”句：顿首、再拜，古代礼节。顿首，即叩头。再拜，拜两次。常用在信的开头或结尾，表示尊敬。 ② 足下：书信中对对方的尊称。 ③ 相识处：相互认识的人，指朋友。 ④ 仿佛：好像。引申为大概了解。 ⑤ 阔略：疏略，不计较，有宽恕、原谅的意思。 ⑥“及足下”二句：斩同“崭”。崭然：悲痛哀伤的样子。在疚：居丧。后文“节哀强食”也说明当时李方叔有亲人去世。以一字奉慰：以一字奉献安慰，指写信慰问。

顽钝废礼①，一至于此。而足下终不弃绝，递中再辱手书②，待遇益隆，览之面热汗下也。足下才高识明，不应轻许与人③，得非用黄鲁直、秦太虚辈语④，真以为然邪？不肖为人所憎⑤，而二子独喜见誉⑥，如人嗜昌歜羊枣⑦，未易诘其所以然者⑧。以二子为妄则不可，欲遂以移之众口，又大不可也。

轼少年时，读书作文，专为应举而已。既及进士第⑨，贪得不已，又举制策⑩，其实何所有？而其科号为"直言

---

①"舍弟"四句：舍弟，在别人面前对自己弟弟的谦称。元丰三年，苏辙带着苏轼的妻子及两个孩子，从应天府（今河南商丘）来到黄州。蒙：蒙受，承受。惠：赐。都是敬词。顽钝：愚顽钝拙。②递：古代传递书信的驿车。辱：谦词，承蒙。③许与：赞许。与：赞同。④黄鲁直：黄庭坚（1045—1105），字鲁直，号山谷道人，北宋著名诗人、书法家，能词。出于苏轼门下，而与苏轼齐名，并称"苏黄"。在宋代诗坛影响很大，开创了江西诗派。秦太虚：即秦观（1049—1100），字太虚，号淮海居士，北宋著名词人。多写男女情爱，也有感世伤身之作。颇得苏轼赏识。⑤不肖：不贤，不好，自谦之词。⑥见誉：加誉，给以赞美。⑦嗜：喜好，嗜好。昌歜（chù 触）：一种生在沼泽中的植物，浓香。《吕氏春秋·遇合》有"文王嗜昌歜"语。羊枣：小黑枣。《孟子·尽心下》有"曾晰嗜羊枣"语。曾晰，孔子弟子。⑧诘：问。⑨"既及"句：苏轼于嘉祐二年（1057）进士及第，年仅二十二岁。⑩"又举"句：嘉祐五年欧阳修推荐苏轼参加"直言极谏"科的制策考试。

极谏”，故每纷然诵说古今①，考论是非，以应其名耳。人若不自知，既以此得，因以为实能之。故读读至今②，坐此得罪几死③。所谓齐虏以口舌得官④，真可笑也。然世人遂以轼为欲立异同，则过矣。妄论利害，搀说得失⑤，此正制科人习气。譬之候虫时鸟⑥，自鸣自已，何足为损益？轼每怪时人待轼过重，而足下又复称说如此，愈非其实。

得罪以来，深自闭塞。扁舟草屦⑦，放浪山水间，与樵渔杂处。往往为醉人所推骂，辄自喜渐不为人识。平生亲友，无一字见及；有书与之，亦不答，自幸庶几免矣。足下又复创相推与，甚非所望。

---

① 纷然：众多的样子，这里形容说个不停。 ② 读读(náo挠)：象声词，形容谈论争辩的声音。 ③ 坐：由于，因。此特指办罪的缘由。 ④“所谓”句：事见《史记·刘敬传》。刘敬原姓娄，齐国人，投奔刘邦后改姓刘。他奉刘邦之命去匈奴侦察，回来报告说匈奴不可击。刘邦大怒，说：“齐虏(指刘敬)以口舌得官，今乃妄言沮(阻止)吾军。”刘邦把刘敬关起来，攻打匈奴，果然大败。这里苏轼自比刘敬，表面说自己以口舌得官，实际含有自己说了老实话也被捕入狱的意思。 ⑤ 搀说：抢着说。 ⑥ 候虫时鸟：按气候时令活动的虫鸟。 ⑦ 屦(jù据)：麻、葛等制成的鞋。

木有瘿，石有晕，犀有通，以取妍于人①，皆物之病也。谪居无事，默自观省②，回视三十年以来所为，多其病者。足下所见，皆故我，非今我也。无乃闻其声不考其情，取其华而遗其实乎③？抑将又有取于此也？此事非相见不能尽。自得罪后，不敢作文字。此书虽非文，然信笔书意，不觉累幅，亦不须示人，必喻此意。岁行尽，寒苦，惟万万节哀强食，不次④。

【翻译】

轼叩头再拜：听到你的大名很久了。又常常在朋友那儿看到你写的诗赋文章，虽然不多，也足够大概了解你的为人。平常没能致信问候，懒散轻慢之罪，还可以宽恕，到先生哀痛愁闷地居丧的时候，我也没有写一封信告慰，就不能宽恕了。弟弟子由到我这里来，承蒙你先给我写信，我又怠惰，没有立即回信，愚顽钝拙不懂礼节，一直到了这种地步。但你始终都不因此鄙弃我，驿车再次带来你的亲笔信，对我更加厚重，我看了信禁不

---

①“木有瘿”四句：瘿：肉瘤，这里指长在树上的木瘤。晕：石头上光泽模糊的晕圈。犀：犀牛角。段成式《酉阳杂俎》：“犀角通者是其病。”妍：美。取妍于人：指以病态美取悦于人。②省（xǐng醒）：察看，检查。③华：同“花”。④次：动词，按次序排列，即一一罗列。

住脸红汗流。你才识高明，不应轻易赞许别人，莫非是因为听了黄鲁直、秦太虚等人的话，就真的认为我值得赞扬吗？我是被人讨厌的人，而他们二人偏偏喜欢称赞我，这就像有人喜欢嚼昌歜吃黑枣，不容易问清楚他为什么这样。认为他俩乱赞许人当然不行，但就想让大家跟着他俩这样说，那就更不应该了。

我年轻时，读书作文章，只是为了参加科举考试而已。已经通过进士考试，贪个没完，又参加制策考试，其实哪有什么本事！而考试的科目号称"直言极谏"，因此就常常喋喋不休地谈论古今，考察评判谁是谁非，以便适应"直言极谏"这个名称罢了。人们苦于不能自己了解自己，既然凭"直言极谏"得官，于是就认为自己确实能够直言极谏。因此我才唠唠叨叨地争辩到今天，由此获罪，几乎被处死。这就是刘邦所说的"娄敬凭嘴巴游说就做了官"，真是可笑啊！然而人们因此认为我想标新立异，那就错了。狂妄自大地谈论利害，争先恐后地评判得失，这正是参加制科考试的人的不良习气，就像那些时叫时停的虫鸟，怎么会产生影响呢？我常常奇怪人们把我看得太重，而你又再次这样称赞我，就更加不合实际了。

获罪以来，我深深地把自己封锁起来。我常常乘着小船，穿着草鞋，在山水间游荡，混杂在渔父柴夫当中，往往被喝醉酒的人推挤谩骂，我非常高兴渐渐不被人认识了。平生的亲戚朋友，没有一个字问到我；我给他们写信，他们也不答复。我自己庆幸或许可以避免再获罪了。不料先生又再次开始赞赏我，根本不是我所希望的。

树上的木瘤，石上的晕圈，有孔的犀牛角，用这些取悦于人，都是事物的病态。贬官闲居无事，我常常默默地反省，回顾自己三十年以来的所作所为，有很多毛病。你见到的我，都是过去的我，不是现在的我。你莫不是听到我的虚名就不考察我的实情，取其表面而弃其实际吧？还是准备效法我的缺点呢？凡事不见面是说不清的。自从获罪以后，不敢再写诗作文，这封信虽然不算文章，但任笔书写胸臆，不知不觉已经成篇了。不能把它给人看，你一定要明白这个意思。将近年终，非常寒冷，希望你千万抑制哀痛，强迫多吃一点，不一一述及了。

赤壁赋

写于元丰五年(1082)贬官黄州期间,这篇赋首先描写月夜泛舟大江的美好景色和饮酒赋诗的舒畅心情,这种貌似爽心惬意的生活暗含着环境的悲凉和前程的渺茫。接着通过"如怨如慕"、"如泣如诉"的箫声,很自然地引出主客间关于人生意义的辩论——实际都是作者的独白,是他陷于深沉的苦闷而又力求解脱的矛盾心情的表露。文章以主客狂饮,酣睡达旦作结,戛然而止,余味无穷。"举杯浇愁愁更愁",结尾处的"喜而笑",也掩藏着作者难以排解的愁苦。文中关于变与不变的阐述,虽然染上一种虚无色彩,但自含有辩证因素,反映出作者思想上的矛盾。这是一篇文赋，保留了传统赋体的对话特点，同时大量使用散句，行文挥洒自如，奔放豪迈；情、景、理水乳交融，景中含情，情中寓理；全文波澜起伏，由喜而悲，转悲为喜，但始终喜中含悲，悲中见喜，具有很高艺术水平。

壬戌之秋①，七月既望②，苏子与客泛舟，游于赤壁之下③。清风徐来，水波不兴。举酒属客，诵《明月》之诗，歌《窈窕》之章④。少焉，月出于东山之上，徘徊于斗、牛之间⑤。白露横江，水光接天。纵一苇之所如⑥，凌万顷之茫然⑦。浩浩乎如冯虚御风⑧，而不知其所止；飘飘乎如遗世独立，羽化而登仙⑨。

---

① 壬戌：即宋神宗元丰五年。 ② 既望：阴历每月十五叫望，既望是十六日。 ③ 赤壁：黄冈赤壁。参见《念奴娇》（“大江东去”）题解。 ④ “诵《明月》”二句：《明月》之诗，指《诗经·陈风·月出》篇。《窈窕（yǎotiǎo 咬条上声）》之章：指《月出》诗的第一章，这章有“月出皎兮，佼人僚兮，舒窈纠（jiǎo 绞）兮”的诗句。“窈纠”同“窈窕”。 ⑤ 斗、牛：南斗星和牛宿星。 ⑥ 一苇：用一片苇叶比喻小船。所如：所往。所：代指要去的地方。 ⑦ 凌：凌驾，渡越。万顷：形容江面浩渺无边。 ⑧ 浩浩乎：水势浩荡的样子，冯：同“凭”，冯虚，即凌空。御：驾御。 ⑨ “羽化”句：道教把飞升成仙叫做羽化，认为成仙者身生羽翼，变化飞行。

于是饮酒乐甚，扣舷而歌之。歌曰：“桂棹兮兰桨，击空明兮溯流光。渺渺兮予怀①，望美人兮天一方②。”客有吹洞箫者③，倚歌而和之。其声呜呜然，如怨如慕，如泣如诉，余音袅袅④，不绝如缕⑤，舞幽壑之潜蛟，泣孤舟之嫠妇⑥。

苏子愀然⑦。正襟危坐⑧，而问客曰：“何为其然也？”

客曰：“‘月明星稀，乌鹊南飞⑨，’此非曹孟德之诗乎？西望夏口，东望武昌，山川相缪⑩，郁乎苍苍⑪，此非

---

①“桂棹”三句：桂：桂树。棹：划船用具，也代指船。兮：语气词，相当于“啊”。空明：指明彻的江水。溯：逆流而上。流光：船向前行，照在江面的月光好像向后流去。渺渺：悠远渺茫的样子。 ② 美人：指自己思慕的人。一说有隐喻君王的意思。 ③ 洞箫：单管直吹的箫。 ④ 袅袅(niǎo 鸟)：形容箫声悠远缠绵。 ⑤ 缕：细丝。 ⑥ 嫠(lí 离)妇：寡妇。 ⑦ 愀(qiǎo 巧)然：忧愁悲伤的样子。 ⑧ 危坐：端坐。 ⑨“月明”二句：见曹操(字孟德)《短歌行》诗。 ⑩“西望”三句：夏口：在今湖北武汉。武昌：今湖北鄂城县。缪(liáo 聊)：同“缭”，缭绕，盘绕。 ⑪ 郁乎苍苍：形容草木茂盛，葱郁苍翠。

孟德之困于周郎者乎①？方其破荆州②，下江陵③，顺流而东也，舳舻千里④，旌旗蔽空，酾酒临江⑤，横槊赋诗⑥，固一世之雄也，而今安在哉？况吾与子渔樵于江渚之上⑦，侣鱼虾而友麋鹿⑧；驾一叶之扁舟，举匏樽以相属⑨。寄蜉蝣于天地⑩，渺沧海之一粟⑪。哀吾生之须臾，羡长江之无穷。挟飞仙以遨游，抱明月而长终。知不可乎骤得，托遗响于悲风。”

苏子曰：“客亦知夫水与月乎？逝者如斯⑫，而未尝往也；盈虚者如彼⑬，而卒莫消长也。盖将自其变者而观之，则天地曾不能以一瞬；自其不变者而观之，则物与我皆无尽也，而又何羡乎！且夫天地之间，物各有主；苟非吾之所有，虽一毫而莫取。惟江上之清风，与山间之明月，耳得之而为声，目遇之而成色，取之无禁，用之不竭，

---

①“此非”句：指赤壁之战。 ② 荆州：今湖北、湖南一带。汉献帝建安十二年(208)，曹操攻打荆州。这年八月，荆州刺史刘表卒。九月，刘表次子刘琮投降曹操。 ③ 江陵：今属湖北。曹操攻占荆州后，又在当阳长坂坡打败刘备，向江陵进兵，然后沿江东进。 ④ 舳舻(zhú lú 逐卢)：前后相连的船。 ⑤ 酾(shī 尸)酒：斟酒。 ⑥ 槊：长矛。 ⑦ 渚：江中小沙洲。 ⑧ 麋(mí 迷)：鹿的一种。 ⑨ 匏(páo 袍)樽：葫芦做的酒杯。 ⑩ 蜉蝣：一种生存期极短的虫。 ⑪ 一粟：一粒米。 ⑫ 逝者如斯：语出《论语·子罕》：“子在川上曰：‘逝者如斯夫！不舍昼夜。’”斯：这，此指江水。 ⑬ 彼：那，指月亮。

是造物者之无尽藏也，而吾与子之所共食①。”

客喜而笑，洗盏更酌，肴核既尽，杯盘狼籍②。相与枕藉乎舟中③，不知东方之既白。

【翻译】

元丰五年秋天，七月十六日，我和朋友们在赤壁山下的江上划船游玩。清凉的江风徐徐吹来，江面上水波平静。我端酒敬客，吟诵起《月出》诗中的《窈窕》一章。不一会儿，月亮从东边山上升起，在南斗星和牛宿星之间徘徊。苍茫的水露横贯江面，月光反射的明亮江面好像与天际相连。我们任随苇叶似的小船自由飘荡，掠过无边无际的茫茫江面。多么广阔浩瀚，我们就像在空中乘风飞驰，不知道小船会飘到什么地方！多么飘然恍惚，我们好像已经遗弃了人世，独自立于太空，长上了翅膀，飞升成了神仙！

于是，我们一面喝酒，一面敲着船舷唱歌，真是快乐极了！歌词是：“桂木做的船啊，兰木做的桨，拍打着透明的江水啊，在月光闪烁的江面逆流而上！我的思念多么渺茫啊，遥望美人，远在他方！”有个吹洞箫的朋友，随

---

① 食：一作“适”，享用。 ② 狼籍：又作“狼藉”，纵横散乱的样子。 ③ 枕藉：枕头和垫褥，此用为动词，意谓躺卧。

着歌声吹着。那呜呜的箫声，像哀怨，又像思慕；像哭泣，又像倾诉，余音悠扬宛转，像轻柔的细丝缠绵不断。这箫声能使深谷里的蛟龙随之起舞，孤舟上的寡妇为之哭泣。

我听后很悲伤，整了整衣裳，端端正正地坐着，问朋友说："为什么这样呢？"

朋友回答道："'月明星稀，乌鹊南飞'，这不是曹孟德的诗句吗？从这儿往西望是夏口，往东望是武昌，山水缭绕，一片苍茫，这不正是曹孟德被周瑜困败的地方吗？当曹操攻破荆州，占据江陵，沿长江东下的时候，战船千里相连，战旗遮天蔽日，来到江边斟酒畅饮，横执长矛吟诵诗篇，确实堪称一代英豪，而如今又在哪里呢？何况我和你只不过在江中打鱼，在沙洲上砍柴，跟鱼虾作伴，以麋鹿为友，驾着一叶小船，端着酒杯互相劝酒。我们在天地间寄托着蜉蝣一样短促的生命，渺小得如苍海一粟，叹息人生转瞬即过，羡慕长江无穷无尽。我们希望挽着仙人遨游太空，和明月一起永存。但我懂得这些都是不能马上得到的，才把这种心情通过箫声托付给悲凉的秋风。"

我说："你也懂得江水和月亮包含的道理吗？消逝的东西就像这长流的江水，实际不曾消逝；时圆时缺的东西就像月亮，终究没有损益。如果从它们变化的一面观察,那么天地万物确实连一眨眼的工夫都不能存在;如果从它们不变的一面观察,那么万物和我们都无穷无尽,那又羡慕它们什么呢?况且天地之间,万事万物都各有各的主宰,如果不是我所有的,即使很小的东西也不要取用。只有江上的清风与山间的明月,耳朵听到它就是声音,眼睛看见它就是颜色,享用它们没有人禁止,也永远不会用尽,是大自然无穷无尽的宝藏,是我和你共同享受的东西。"

朋友高兴地笑起来。我们洗了酒杯,重新斟上酒。菜和水果都吃完了,酒杯菜盘乱堆着。我们互相靠着睡在船里,不知不觉东方已经发白了。

后赤壁赋

苏轼在写《赤壁赋》三个月以后的初冬十月，重游黄冈赤壁，写下了这篇小赋。虽然前、后两篇赋都写赤壁，但各自的特点却很鲜明。上次的活动限于船中，这次则主要在岸上。前篇写月白风清的秋光，字字秋色；后篇写“霜露既降，木叶尽脱”的气象，句句冬景。前篇环境恬静明朗，后篇气氛寂寞冷落。前篇主要谈玄说理，后篇侧重叙事写景。前篇旷逸乐观，展示了开朗的胸怀；后篇虚无飘渺，寄寓着超尘绝世的理想。两篇赋同是文学史上不朽的名篇。

是岁十月之望，步自雪堂，将归于临皋。二客从予，过黄泥之坂①。霜露既降，木叶尽脱，人影在地，仰见明月。顾而乐之，行歌相答。

已而叹曰："有客无酒，有酒无肴；月白风清，如此良夜何？"客曰："今者薄暮②，举网得鱼，巨口细鳞，状似松江之鲈③。顾安所得酒乎？"归而谋诸妇。妇曰："我有斗酒，藏之久矣，以待子不时之须④。"

于是携酒与鱼，复游于赤壁之下。江流有声，断岸千尺，山高月小，水落石出。曾日月之几何，而江山不可复识矣！予乃摄衣而上，履巉岩，披蒙茸⑤，踞虎豹，登虬龙⑥，攀栖鹘之危巢⑦，俯冯夷之幽宫⑧。盖二客不能从焉。划然长啸⑨，草木震动，山鸣谷应，风起水涌。予亦悄然而悲⑩，肃然而恐⑪，凛乎其不可留也⑫。返而登舟，放乎中流⑬，听其所止而休焉。时夜将半，四顾寂寥。适

---

① 黄泥之坂(bǎn板)：即黄泥坂，东坡附近的山坡。坂：山坡。之：衬字，无意义。在文言文中，有时为了调整音节，就在名词中加一个"之"字，使读起来上口。 ② 薄暮：傍晚。薄：迫近。 ③ 松江：即吴淞江，盛产鲈鱼，体扁味美。 ④ 不时之须：意外的、临时的需用。须：同"需"。 ⑤ 蒙茸：草木茂密的样子，此代指荆棘。 ⑥ 虬(qiú求)：龙的一种。 ⑦ 栖：栖宿。鹘(hú胡)：鸟名，性凶猛。危巢：高巢。 ⑧ 冯夷：传说中水神河伯的名字。幽宫：深宫。冯夷之幽宫，指江水。 ⑨ 划然：长啸声。 ⑩ 悄然：寂静、沉默的样子。 ⑪ 肃然：紧张的样子。 ⑫ 凛乎：恐惧的样子。 ⑬ 中流：江心。

有孤鹤，横江东来。翅如车轮，玄裳缟衣①，戛然长鸣②，掠予舟而西也。

须臾客去，予亦就睡。梦一道士，羽衣蹁仙③，过临皋之下，揖予而言曰④："赤壁之游乐乎？"问其姓名，俯而不答。呜呼噫嘻⑤！我知之矣。畴昔之夜⑥，飞鸣而过我者，非子也耶？"道士顾笑，予亦惊悟。开户视之，不见其处。

【翻译】

这年十月十五日，我从雪堂出来，将要回到临皋去。两位朋友跟着我，我们路过黄泥坂。当时已经降过霜露，树叶都掉尽了，人影映照在地上，抬头就望见明月当空。环视这般景致，心情十分快活，禁不住一面走，一面唱起歌，歌声回荡相应。

不一会儿，我感叹说："有朋友却没有酒，有酒却没有菜；月光皎洁，凉风习习，这样美好的夜晚怎样度过呢？"朋友说："今天傍晚，撒网捕到一条鱼，嘴大鳞细，体形像松江的鲈鱼。但哪个地方弄得到酒呢？"于是我回

① 玄裳缟衣：黑色下裙，白色上衣。指孤鹤白身黑尾。② 戛(jiá 夹)然：形容尖利的鹤鸣声。③ 蹁仙：一作"蹁跹"，轻快飘然的样子。④ 揖：作揖，合两掌施礼。⑤ 呜呼噫嘻：都是感叹词。⑥ 畴昔之夜：昨夜。畴：语首助词，无意义。

家跟妻子商量，她说："有一斗酒，存了很久了，以备你临时需用。"

于是我们带上酒和鱼，再次到赤壁下游玩。长江的流水发出声响，陡立的江岸高耸千尺，高山上的月亮显得很小，初冬江水低落，礁石露出了水面。才过了多久呢，江山景色就变得来不再熟悉了！我撩起衣服登上岸，踏着险峻的山岩，分开茂密的草木，蹲在如虎似豹的石头上，爬上虬龙一样的枯藤古树，攀上鹘鸟栖宿的高巢，俯视水神幽居的宫殿，两位朋友不能跟着我爬山了。我一声长啸，草木震动，山谷回鸣，吹起了风，涌起了浪。我感到寂寞悲凉，紧张恐惧，不敢再在那儿停留。我又回到岸边，登上小船，任它在江中飘荡，它在哪里停下，我就在哪里歇息。这时已将近半夜，四下环望，寂静无声。恰恰有一只孤独的鹤鸟，从东边横越江面飞来。它的翅膀大如车轮，羽毛黑白相间，长声尖叫着擦过我的小船，向西飞去了。

不久朋友们散去，我也入睡了。我梦见一个道士，穿着鸟羽做成的衣服，轻快飘然，经过临皋亭下，向我作揖并说道："赤壁的游玩快活吗？"我问他的姓名，他低头不回答我。"啊！我明白了。昨天夜里，飞叫着掠过我的小船的，不就是你吗？"道士看着我笑，我也惊醒了。我打开门看，临皋亭下不见他的踪影。

记承天寺夜游

元丰六年(1083)贬官黄州时作。承天寺在黄冈城南。这篇记游短文,先写他和张怀民都夜不能寐,到承天寺散步;次写景,月光如水,竹影纵横,给人以清冷孤寂之感;最后发出明月竹柏处处有,但少闲人欣赏的感慨。寥寥八十余字,不仅再现了深秋月夜的景色,而且抒发了他贬官黄州表面轻松而实际苦闷已极的心情,可说是一篇精炼的耐人寻味的抒情散文诗。

元丰六年十月十二日夜，解衣欲睡。月色入户，欣然起行①。念无与为乐者，遂至承天寺，寻张怀民②。怀民亦未寝，相与步于中庭。

庭下如积水空明，水中藻荇交横③，盖竹柏影也。

何夜无月，何处无竹柏，但少闲人如吾两人者耳。

【翻译】

元丰六年十月十二日晚上，我解开衣服，想要睡觉。但明媚的月光照入窗户，我非常高兴地起来散步。想到没有人同我一起游乐，于是来到承天寺，寻访张怀民。怀民也还没有睡，我们就一起在庭中漫步。

庭中地下好像积满了水，清澈透明，水中好像充满了水藻和荇菜，原来是竹子和柏树的影子。

哪个晚上没有月亮，哪个地方没有竹子和柏树，只是缺少像你我两个这样的闲人罢了。

---

① 欣然：高兴、喜悦的样子。 ② 张怀民：名梦得，清河（今河北清河）人，当时也谪居黄州，在住宅西南建快哉亭，苏辙为作《黄州快哉亭记》。 ③ 藻：水藻。荇：荇菜，亦水生植物。

石钟山记

石钟山，在今江西湖口鄱阳湖畔，分为南、北两山，县城南面的叫“上钟山”，县城北面的叫“下钟山”。这是一篇带有考辨性质的游记，是一篇具有某些论说文特点的游记。通篇围绕着石钟山山名由来，先写郦道元和李渤对山名由来的看法，摆出要证明的观点和要反驳的靶子；接着用亲访石钟山的所见所闻，证实并补充了郦道元的观点，推翻了李渤的看法，使形象的景物描写为论证和反驳服务。最后，在此基础上得出了“事不目见耳闻而臆断其有无”是不行的这一中心论点，交待了写作意图。文章中心突出，结构谨严，比喻生动形象，行文抑扬顿挫，有缓有急，描写、叙述、议论有机结合，很有吸引力和说服力。月夜乘舟一段，写景尤为出色，阴森可怖，使人如临其境，不寒而栗，再现了石钟山的月夜景色。需要注意的是，作者关于石钟山山名由来的结论并不一定正确。后人曾指出，石钟山有个能容纳上百人的大洞，洞形像钟，石钟山因此得名。

《水经》云①："彭蠡之口②，有石钟山焉。"郦元以为"下临深潭，微风鼓浪，水石相搏，声如洪钟③"。是说也，人常疑之。今以钟磬置水中④，虽大风浪不能鸣也，而况石乎？至唐李渤⑤，始访其遗踪，得双石于潭上，扣而聆之，南声函胡⑥，北音清越，枹止响腾⑦，余韵徐歇，自以

①《水经》：我国第一部记述河道水系的地理著作，文字十分简略。相传为汉代人桑钦所著（一说是晋朝人郭璞所著）。苏轼所引《水经》两句今本无。 ② 彭蠡（lǐ 里）：湖名，即鄱阳湖。 ③"郦元"至"洪钟"：郦元：即郦道元，字善长，北魏著名地理学家、文学家，著《水经注》四十卷，注文生动、优美、朴实，有很高的文学价值。苏轼所引《水经注》四句今本无。 ④ 磬（qìng 庆）：古代玉制或石制的打击乐器，形似马鞍。 ⑤ 李渤：字浚之，唐朝洛阳人。他写过一篇《辨石钟山记》，记述他亲临石钟山考察山名由来的事。 ⑥ 函胡：同"含糊"，模糊厚重。 ⑦ 枹（fú 扶）：同"桴"，木制鼓槌。

为得之矣。然是说也，余尤疑之。石之铿然有声者，所在皆是也，而此独以“钟”名，何哉？

元丰七年六月丁丑①，余自齐安舟行适临汝②。而长子迈将赴饶之德兴尉③，送之至湖口，因得观所谓“石钟”者。寺僧使小童持斧，于乱石间择其一二扣之，空空焉④，余固笑而不信也。至莫夜月明⑤，独与迈乘小舟，至绝壁下。大石侧立千尺，如猛兽奇鬼，森然欲搏人⑥。而山上栖鹘⑦，闻人声亦惊起，磔磔云霄间⑧。又有若老人咳且笑于山谷中者，或曰：“此鹳鹤也⑨。”余方心动欲还，而大声发于水上，噌吰如钟鼓不绝⑩。舟人大恐，徐而察之，则山下皆石穴罅⑪，不知其浅深，微波入焉，涵澹澎湃而为此也⑫。舟回至两山间，将入港口，有大石当中流，可坐百人，空中而多窍，与风水相吞吐，有窾坎、镗鞳

---

① 元丰七年：公元1084年。六月丁丑：农历六月初九。 ② 齐安：旧郡名，即黄州。适：往。临汝：今河南临汝。 ③ 长子迈：苏轼的大儿子苏迈。饶：饶州，治所在今江西波阳。德兴：今江西德兴，当时属饶州。 ④ 空空：一作“硿硿”，击石声。 ⑤ 莫：同“暮”。莫夜：晚上。 ⑥ 森然：阴森可怕的样子。 ⑦ 栖鹘：见《后赤壁赋》注。 ⑧ 磔磔（zhé 哲）：鸟鸣声。 ⑨ 鹳鹤：水鸟，像鹤，但头顶不红。 ⑩ 噌吰（cēng hóng 层阴平洪）：象声词，多以形容钟声。 ⑪ 罅（xià 下）：裂缝。 ⑫ 涵澹：水摇荡的样子。

之声①，与向之噌吰者相应，如乐作焉。因笑谓迈曰："汝识②之乎？噌吰者，周景王之无射也③；窾坎、镗鞳者，魏庄子之歌钟也④。古之人不余欺也⑤。"

事不目见耳闻而臆断其有无，可乎？郦元之所见闻，殆与余同⑥，而言之不详；士大夫终不肯以小舟夜泊绝壁之下，故莫能知；而渔工水师，虽知而不能言，此世所以不传也。而陋者乃以斧斤考击而求之⑦自以为得其实。余是以记之，盖叹郦元之简，而笑李渤之陋也。

【翻译】

《水经》说："彭蠡湖口，有座石钟山。"郦道元认为之所以叫"石钟山"，是因为"山下面临深潭，微风掀起水浪，水浪和石头相互撞击，发出像大钟一样的声音。"这

---

① 窾坎（kuǎn kǎn 款砍）、镗鞳：都是象声词，形容水、石相击声。② 识（zhì 志）：通"志"，记住。③ "周景王"句：周景王，姓姬名贵，前 554 至前 520 在位。无射（yì 亦）：钟名，铸成于周景王二十四年（前 521）。见《国语·周语》。④ "魏庄子"句：魏庄子，魏绛，春秋时晋国大夫，谥庄子。歌钟，又叫"编钟"，乐器，用十六口钟按音阶排列而成。据《左传·襄公十一年》载，郑国人曾把两套歌钟及其他乐器送给晋侯，晋侯把其中一套歌钟赐给了魏绛。⑤ 不余欺："不欺余"的倒装句。⑥ 殆：大概。⑦ 陋者：识见浅薄的人，指李渤、寺僧等。考击：敲打。

种说法，人们常常怀疑它。因为现在把钟、磬放在潭中，即使狂风大浪，也不能够发出声响，何况石头呢？到了唐代的李渤，才开始察访石钟山留下的踪迹，他在潭上找到两块石头，一面敲打一面专心听它们发出的声音，他发现南边石头的声音模糊不清，而北边石头的声音清脆悠扬，鼓槌停止敲打后，声音仍在回荡，消失得很慢。李渤自认为找到了石钟山命名的原因。但是，这种说法我更加怀疑。能够“铿、铿”发声的石头，到处都是，偏偏这座山用“钟”来命名，是什么原因呢？

元丰七年六月初九，我从齐安乘船到临汝，大儿子苏迈将去饶州府德兴县做县尉，我送他到湖口，因而有机会去看看被称做“石钟”的这座山。庙里的和尚叫一个小童拿着斧头，在乱石中选了一两块来敲打，发出“硿、硿”的声响，我只是笑，不相信石钟山因此得名。到了晚上，月光明亮，我独自和苏迈乘小船来到石钟山的峭壁下，那巨大的岩石在潭边耸立着，仿佛有千尺高，就像凶猛的野兽，奇异的鬼怪，阴森森地正要向人扑来。山上栖宿的鹘鸟，听见人声，也惊飞起来，“磔——、磔——”地鸣叫着直冲云霄。还有像老年人在山谷中又咳又笑的声音，有人说：“这是鹳鹤。”正当我心惊胆战，准备返回的时候，从水上发出巨大的声音，“噌吰、噌吰”，像钟鼓敲个不停，船夫非常害怕。等声音逐渐平息下来后，我们认真观察，发现山下都是石洞和裂缝，不知道它们的深浅，波浪涌进去，回荡撞击，发出了这种声音。我们的小船回到上、下石钟山之间，快要进入港口时，有块巨大的岩石横挡在水中央，可以坐下百来人，岩石中间是空的，而且有很多洞穴，和风浪相互吞吐，发出“窾坎、镗鞳”的声音，与刚才“噌吰、噌吰”的声音相应合，像奏乐一样。于是我笑着对苏迈说：“你记得吗？‘噌吰、噌吰’的声音，是周景王的‘无射’钟发出的；‘窾坎、镗鞳’的声音，是魏庄子的歌钟发出的。古人把这座山叫‘石钟山’并没有欺骗我们啊！”

任何一件事，没有耳闻目见就猜测推断它是否存在，可以吗？郦道元的所见所闻，大概与我相同，但他说得不够详细具体；士大夫们始终不愿意晚上驾着小船在石钟山的绝壁下停留观察，所以没有人能知道真实情况；渔翁船夫即使知道，却又不能说出其中的道理，这就是世上没能传下石钟山得名由来的原因。而浅陋的人却用斧头敲击石头来寻求答案，还自认为得知了石钟山命名的真相。因此我把这次考察记下来，叹惜郦道元记述的简略，而笑李渤的浅陋。

王安石赠太傅制

王安石(1021—1086),字介甫,号半山,北宋著名政治家、思想家、文学家。曾封荆国公,世称王荆公。抚州临川(今江西抚州)人,又称王临川。宋神宗熙宁二年(1069),任参知政事,次年任宰相,陆续推行新法,史称“王安石变法”。后因改革受阻,曾两次辞去宰相职务。列宁称他为“中国十一世纪的改革家”。本文作于哲宗元祐元年(1086),当时神宗已去世一年,哲宗即位,司马光当政,正逐一废弃新法,王安石也在这年病逝,追赠太傅。苏轼当时任中书舍人,代皇帝起草了这篇命令(制)。文中苏轼对王安石的道德、文章称颂备至,但对王安石一生的主要事业变法革新，仅用寥寥数语带过，基本上是客观记述，算不上赞扬，反映了苏轼对王安石变法的一贯态度。到苏轼时，北宋古文运动已经取得胜利，但制诰、书启一般仍用四六文，只是这时的四六文也开始散文化，用典较少，文笔流畅。本文就是这种新式的四六文。

敕①：朕式观古初②，灼见天命。将有非常之大事，必生希世之异人③。使其名高一时，学贯千载。智足以达其道，辩足以行其言。瑰玮之文，足以藻饰万物；卓绝之行，足以风动四方。用能于期岁之间④，靡然变天下之俗⑤。

具官王安石⑥，少学孔孟，晚师瞿聃⑦。罔罗六艺之

---

① 敕（chì 斥）：诏敕，皇帝颁发的命令、文告。 ② 朕（zhèn 阵）：第一人称代词。从秦始皇起，才专用为皇帝自称。式：语助词，无意义。 ③ 希：同“稀”。 ④ 用：因。 ⑤ 靡然：风吹草伏的样子。 ⑥ 具官：唐、宋以来的公文文稿，常把应写明的官爵名称省略为“具官”。 ⑦ 瞿聃：代指佛教和道教。瞿：瞿昙，梵文译音，佛教创始人释迦牟尼的姓。聃：老聃，即老子，道家创始人。

遗文，断以己意[①]；糠秕百家之陈迹，作新斯人[②]。属熙宁之有为[③]，冠群贤而首用。信任之笃[④]，古今所无。方需功业之成，遽起山林之兴[⑤]。浮云何有[⑥]，脱屣如遗[⑦]。屡争席于渔樵[⑧]，不乱群于麋鹿[⑨]。进退之美，雍容可观。

朕方临御之初，哀疚罔极[⑩]。乃眷三朝之老[⑪]，邈在大江之南[⑫]。究观规摹，想见风采。岂谓告终之问，在予谅暗之中[⑬]。胡不百年，为之一涕。于戏[⑭]！死生用舍

① “罔罗”二句：六艺，即“六经”，《诗》、《书》、《礼》、《乐》、《易》、《春秋》六种儒家经典。王安石在位时，曾设“经义局”，重新注释《诗》、《书》、《周礼》，颁布于天下，称为“新学”。 ② “糠秕”二句：糠秕（bǐ 比）：米糠和秕谷（中空或不饱满的谷粒），此作动词，意动用法。斯人：这些老百姓。 ③ 属：适值，恰逢。④ 笃：深厚。 ⑤ 遽：骤然。 ⑥ 浮云何有：意谓富贵如同飘浮的云彩，与自己无关。 ⑦ 脱屣如遗：比喻王安石把辞去相位看成像丢掉鞋子一样，毫不可惜。屣：鞋。 ⑧ 争席：争座位。形容王安石已同渔父柴夫打成一片。 ⑨ “不乱”句：形容王安石与麋鹿杂处，麋鹿也不惊恐。 ⑩ “朕方”二句：言神宗刚去世，自己刚开始治理国家。哀疚：因丧事而哀痛。罔极：无限。 ⑪ 三朝之老：指王安石历仕仁宗、英宗、神宗三朝。⑫ 大江之南：指长江之南的金陵（今江苏南京），王安石罢相后隐居于此。 ⑬ “岂谓”二句：告终之问，指王安石去世的消息。问：通“闻”。谅暗：指天子居丧期间。 ⑭ 于戏：同“呜呼”，悲叹之词。

之际，孰能违天？赠赙哀荣之文①，岂不在我！宠以师臣之位②，蔚为儒者之光。庶几有知，服我休命。

【翻译】

命令：我纵观远古，清楚地看见天命。将要有不同寻常的大事发生，上天一定会造就世上少有的奇才。让他的名声高于一世，学问贯通古今。智慧足以达到他的理想，明察足以实行他所说的一切。瑰丽雄奇的文辞足以形容各种事物，卓越超绝的品行足以鼓动各方的人。因而能在短短的一年之间，一下子改变了天下的习俗。

宰相王安石，少年时代阅读孔子、孟子的书，晚年学习瞿昙、老聃之言，汇集“六经”等古代遗文，用自己的见解加以评断；把各家解经的旧说视为糠秕糟粕，作出新的解释教化百姓。时逢神宗熙宁年间大有作为的年代，居于群贤之上，第一个被重用。神宗对他信任的深厚，古往今来所没有过。正需要他完成治国的功业，他却突然产生了隐居山林的兴致。把富贵看做浮云，对他有什么用；把辞相看成丢掉鞋子，一点也不可惜。他常常和渔父柴夫争座位，麋鹿同他相处也不会惊乱。做官和隐

① 赙（fù 付）：赠送治丧礼物。 ② 师臣：作帝王之师的臣子，即太傅。

退，都儒雅从容，非常可观。

我刚刚开始治理国家，对先帝去世无限悲痛。怀念历仕三朝的元老，远在长江之南。认真观察揣摹你的治国方略，仿佛能看见你当年的风姿。哪里料到你去世的消息，竟出现在我居丧期间！为什么不能长命百岁，我不禁为你流泪。唉！生与死、进与退，谁能违背天意？赠给你谥号和送丧礼物，发布哀悼褒奖的文字，难道不应由我承担？赠给你太傅的爵位，荟聚你儒者的光辉。希望你在天有灵，接受这光荣的诏命。

《范文正公集》叙

范文正公,即范仲淹(989—1052),字希文,谥文正。宋仁宗时他曾率兵守卫西北边疆多年,遏止了西夏的侵扰;政治上他主张改革,为当时著名的政治家。文章诗词都有名篇传世。本文作于元祐四年(1089),当时苏轼正自翰林学士、知制诰兼侍读改任杭州知州,即将离京。苏轼首先叙述从学童时代开始就知道范仲淹的大名,到写这篇序言的四十七年中,只闻其名不见其人的倾慕心情,娓娓动人,饱含感情。再以历史上众多的杰出政治家为喻,颂扬范仲淹的政绩。最后才落笔到集子。这篇序的突出特点是不就文论文,而是论文先论人,论人先论德,不仅与一般序言比起来别具一格，而且作为一种文学批评方法，也是值得我们借鉴学习的。

庆历三年，轼始总角入乡校①，士有自京师来者②，以鲁人石守道所作《庆历圣德诗》示乡先生③。轼从旁窃观，则能诵习其词，问先生以所颂十一人者何人也④。先生曰："童子何用知之？"轼曰："此天人也耶，则不敢知；若亦人耳，何为其不可？"先生奇轼言，尽以告之，且曰："韩、范、富、欧阳⑤，此四人者，人杰也！"时虽未尽了，则已私识之矣。

嘉祐二年，始举进士，至京师⑥，则范公没，既葬，而

---

① "庆历"二句：庆历三年(1043)，苏轼八岁。这年苏轼入小学，以道士张易简为师。总角：束发。总：束。角：小髻。旧时因此称童年时代为"总角"。乡校：乡间学校。 ② 京师：京城，指汴京(今河南开封市)。 ③ 鲁人石守道：即石介(1005—1045)，字守道，兖州人，兖州古属鲁国，故称鲁人。 ④"问先生"句：据《宋史·石介传》，庆历年间，杜衍、章得象、晏殊、贾昌朝、范仲淹、富弼、韩琦同时执政，欧阳修、余靖、王素、蔡襄并为谏官，石介认为这是当朝盛事，故作《庆历圣德诗》，颂扬这十一位杰出人物。 ⑤ 韩：韩琦，字稚圭，宋仁宗时充枢密使并任宰相，勋望很高，与范仲淹并称"韩范"。范：范仲淹。富：富弼，字彦国，宋初著名政治家，官至宰相，后因反对王安石变法被劾降官。欧阳：欧阳修。 ⑥"嘉祐"三句及下文"是岁登第"二句：参看本书《与梅直讲书》、《答李方叔书》。

墓碑出[①]，读之至流涕，曰："吾得其为人，盖十有五年，而不一见其面，岂非命欤！"是岁登第，始见知于欧阳公，因公以识韩、富，皆以国士待轼，曰："恨子不识范文正公。"其后三年，过许，始识公之仲子今丞相尧夫[②]。又六年，始见其叔彝叟京师。又十一年，遂与其季德孺同僚于徐[③]，皆一见如旧，且以公遗稿见属为叙。又十三年，乃克为之[④]。

呜呼！公之功德盖不待文而显，其文亦不待叙而传，然不敢辞者，以八岁知敬爱公[⑤]，今四十七年矣[⑥]。彼三杰者皆得从之游，而公独不识，以为平生之恨[⑦]；若获挂名其文字中，以自托于门下士之末[⑧]，岂非畴昔之愿

---

① 墓碑：指欧阳修作《资政殿学士户部侍郎文正范公神道碑铭》和富弼作《墓志铭》。范仲淹死于皇祐四年(1052)，嘉祐二年(1057)苏轼至京师时范早已去世。 ②"其后三年"三句：嘉祐五年(1060)苏轼服母丧后自蜀返京，经过许(今河南许昌)，遇范仲淹次子范纯仁(字尧夫)。仲：排行第二。 ③"又六年"四句：治平三年(1066)苏轼罢凤翔府签书判官回朝任职，在京师遇范仲淹第三子范纯礼(字彝叟)。熙宁十年(1077)苏轼又改知徐州，当时范仲淹第四子范纯粹(字德孺)知滕县(属徐州)，故称"同僚"。叔、季：排行第三和第四。 ④"又十三年"二句：自熙宁十年至元祐四年，为十三年。克：能。有"完成"的意思。 ⑤ 以：因。 ⑥ 四十七年：庆历三年到元祐四年共四十七年。 ⑦ 恨：遗憾。 ⑧ 门下士：指门徒、学生。

也哉！

古之君子，如伊尹、太公、管仲、乐毅之流①，其王霸之略，皆定于畎亩中②，非仕而后学者也。淮阴侯见高帝于汉中，论刘、项长短，划取三秦，如指诸掌，及佐帝定天下，汉中之言，无一不酬者③。诸葛孔明卧草庐中，与先主论曹操、孙权，规取刘璋，因蜀之资，以争天下，终身不易其言④。此岂口传耳受，尝试为之，而侥幸其或成者哉？

公在天圣中，居太夫人忧，则已有忧天下、致太平之

---

① 伊尹、太公：见《留侯论》注。管仲：管夷吾，字仲，齐桓公的宰相，帮助齐桓公成为春秋霸主。乐毅：燕国名将。
② 畎亩：田野。代指未做官之前。 ③“淮阴侯”至“不酬者”：事见《史记·淮阴侯列传》，参见《留侯论》注。汉中：古郡名，因地处汉水上游而得名。划取：规划夺取。下文“规取”与此同。三秦：今陕西一带，因秦亡后项羽三分秦故地关中而获名。 ④“诸葛”至“其言”：诸葛亮（181—234），字孔明，曾居隆中（在今湖北）草庐（茅草房）中，刘备三顾茅庐，孔明隆中对策，帮助刘备制定了联吴（孙权）抗曹（操），先取荆州、益州（刘璋）作为根据地的战略路线。后任蜀国丞相。先主：指刘备。孙权：字仲谋，三国时吴国国主，占据江东一带。刘璋：东汉皇族，东汉末年任益州（今四川成都）州牧，昏庸无能，后为刘备消灭。因：凭借。

意，故为万言书以遗宰相，天下传诵①。至用为将，擢为执政②，考其平生所为，无出此书者。今其集二十卷，为诗赋二百六十八，为文一百六十五，其于仁义、礼乐、忠信、孝悌③，盖如饥渴之于饮食，欲须臾忘而不可得；如火之热，如水之湿，盖其天性有不得不然者。虽弄翰戏语④，率然而作⑤，必归于此。故天下信其诚，争师尊之。孔子曰："有德者必有言⑥。"非有言也，德之发于口者也。又曰："我战则克，祭则受福⑦。"非能战也，德之见于怒也。元祐四年，四月十一日。

【翻译】

庆历三年，我开始束髫，进入乡间学校读书。有个从京师来的读书人，把鲁人石守道写的《庆历圣德诗》给乡校的老师看。我从旁边偷看了一下，就能背诵这首诗了。于是我问老师那上面颂扬的十一个人，都是些什么

---

① "公在"至"传诵"：据《范仲淹年谱》，"天圣中"指宋仁宗天圣五年(1027)。居太夫人忧：为太夫人(范母谢氏)守丧。上万言书事，见《宋史·范仲淹传》。 ② "至用"二句：康定元年(1040)范仲淹任陕西经略安抚副使，庆历三年春任枢密副使，这年秋改任参知政事(副宰相)。擢：提升。 ③ 孝悌：尊敬父母叫"孝"，顺从兄长叫"悌"。 ④ 翰：笔。引申为"文辞"。弄翰：玩弄文辞。 ⑤ 率然：随便、不经意的样子。 ⑥ 引语见《论语·宪问》。 ⑦ 引语见《礼记·礼器》。

人。老师说："小孩知道这些做什么。"我说："如果这些人是天上的，那我也不敢知道；如果也是普通人，那为什么不可以问问呢？"老师觉得我说话不同一般，就全部告诉了我，并且对我说："韩琦、范仲淹、富弼、欧阳修这四个人，是人间英杰。"当时我虽然还不全明白，但已默记在心里了。

嘉祐二年，我到京师参加进士考试，范公已去世，安葬后，欧阳公、富公写的墓碑也传出了。我读了碑文，禁不住流泪说："我知道范公的为人，差不多十五年了，却未能见他一面，难道不是命中注定的吗？"这年进士及第，我才被欧阳公知道，由欧阳公的引见而认识了韩公、富公，他们都以国家杰出之士待我，并说："可惜你未能认识范文正公。"三年后，我路过许昌，才认识范公的次子、当今丞相范尧夫。又过了六年，才在京师认识范公的第三子范彝叟。又过了十一年，才与范公的第四子范德孺在徐州共事，我们都一见如故，他把范公的遗稿托付给我，要我作一篇序言。又过了十三年，才写成了这篇序文。

唉！范公的丰功伟德，本来就不需要靠他的文章才能显耀于世，他的文章也不需要借别人的序言流传。然而我不敢推辞的原因，自以为我八岁就敬爱范公，至今已经四十七年了，其他三位杰出人物，我都得以跟他们交往，唯独未能认识范公，以此为一生遗恨。如果有机会在范公的文章中留下自己的名字，把自己排在他的学生后面，不正是我过去的愿望吗？

古代的贤人君子，如像伊尹、太公、管仲、乐毅等人，他们辅助国君称王称霸的谋略，都是平时在未做官之前就形成了，并不是等做了官后才开始学习谋略。淮阴侯韩信在汉中拜见汉高祖刘邦，论说刘邦、项羽二人的长短，规划夺取三秦，就像在手掌上指划一样熟悉；等到他帮助刘邦平定了天下，他在汉中所说的话，没有一点未实现。诸葛孔明隐居隆中茅草屋中，同刘备一起策划对付曹操、孙权，规划夺取刘璋的蜀地，依靠蜀地的资产来争夺天下，终身没有改变自己的主张。这些难道是靠人传授，自己听取，再试着去做，凭偶然侥幸成功的吗？

范公在天圣年间为太夫人守丧时，就已有忧虑天下，想使天下达到太平的愿望，因此写了万言书给宰相，天下人纷纷传诵。直到被任命为陕西经略安抚副使，提升为参知政事，考察他平生的所作所为，无不出于这封信。现在他的集子二十卷，诗赋二百六十八篇，文章一百六十五篇。这些诗文对于仁义、礼乐、忠信、孝悌，就像饿了渴了需要吃喝一样，想暂时忘记也忘不了；就像火是热的，水是湿的，都是出自天性，不得不这样。即使是玩弄文辞的玩笑话，随便写下，也一定归结于此。因此天下人相信他的真诚，争相尊他为师。孔子说："有德的人一定有言。"其实并不是有言，而是德从口中涌现。孔子又说："我战斗就能胜利，祭祀就能受福。"并不是能战，而是德表现在愤怒中。元祐四年四月十一日作。

潮州韩文公庙碑

潮州在今广东潮安县。韩文公即韩愈(768—824),字退之,河南河阳(今河南孟县西)人。他在文学上反对骈文,提倡散体,是唐代古文运动的倡导者。所作散文,气势磅礴,雄健有力。韩愈曾因谏阻唐宪宗迎佛骨入禁中,贬为潮州刺史。元祐五年(1090)潮州人在城南为韩愈修建新庙,苏轼应潮州人之请写下了这篇碑文。"碑"为一种文体,一般由序和铭两部分组成,序用散文,铭用韵文。苏轼在这篇文章中高度评价了韩愈振兴儒业的功绩,盛赞他"文起八代之衰",概括了他坎坷不平的一生,歌颂了他在潮州的政绩,叙述了潮州人民对他的爱戴和怀念。全文虽有一般碑文共有的褒扬过甚的缺点，但气势磅礴，风格雄浑，古往今来，天上地下，纵横驰骋，议论风生，并具有强烈的抒情色彩，这在碑传文中是不多见的。

匹夫而为百世师，一言而为天下法，是皆有以参天地之化①，关盛衰之运。其生也有自来，其逝也有所为。故申、吕自岳降②，而傅说为列星③。古今所传，不可诬也。孟子曰："我善养吾浩然之气④。"是气也，寓于寻常之中，而塞乎天地之间。卒然遇之⑤，则王公失其贵，晋、

---

① 参天地之化：参与天地的化育万物，即《礼记·中庸》所说的"赞天地之化育"。下文的"参天地"即《中庸》的"与天地参"，与天地并立为三。两"参"字，意思不尽同。 ② 申、吕：指周宣王时的申伯、吕侯，传说他们出生时，山岳有降神的吉兆。苏轼以此证明"其生也有自来"。即韩愈像申伯、吕侯那样，他的出生是有来头的。 ③ 傅说：商王武丁的大臣，传说他死后"比于列星"(《庄子·大宗师》)。列星：布列天上的群星。苏轼以此证明"其逝也有所为"，即韩愈死后像傅说那样成为列星。 ④ "孟子曰"二句：语见《孟子·公孙丑上》。浩然之气：博大刚正之气。 ⑤ 卒然：同"猝然"，突然。

楚失其富[①]，良、平失其智[②]，贲、育失其勇[③]，仪、秦失其辩[④]。是孰使之然哉？其必有不依形而立，不恃力而行，不待生而存，不随死而亡者矣。故在天为星辰，在地为河岳，幽则为鬼神[⑤]，而明则复为人[⑥]。此理之常，无足怪者。

自东汉以来[⑦]，道丧文弊，异端并起。历唐贞观、开元之盛[⑧]，辅以房、杜、姚、宋而不能救[⑨]。独韩文公起布衣，谈笑而麾之[⑩]，天下靡然从公[⑪]，复归于正，盖三百年于此矣。文起八代之衰[⑫]，而道济天下之溺，忠犯人主之

---

① 晋、楚失其富：《孟子·公孙丑上》有"晋、楚之富，不可及也"的话语。 ② 良、平：张良、陈平，皆刘邦谋士，汉初大臣。 ③ 贲、育：孟贲、夏育，古代著名勇士。 ④ 仪、秦：张仪、苏秦，战国时的游说之士，纵横家的代表人物。 ⑤ 幽：指阴间。 ⑥ 明：指人世。 ⑦ 东汉：即刘秀建立的汉朝，因国都洛阳在西汉国都长安之东，故称东汉。 ⑧ 贞观：唐太宗的年号(627—649)。开元：唐玄宗的年号(713—741 年)。 ⑨ 房：房玄龄。杜：杜如晦。二人是唐太宗时的宰相。姚：姚崇。宋：宋璟。二人是玄宗朝的宰相。历史上称颂他们"前有房、杜，后有姚、宋"。 ⑩ 麾：通"挥"，指挥，号召。 ⑪ 靡然：这里指倾倒的样子。 ⑫ 八代：指东汉、魏、晋、宋、齐、梁、陈、隋。

怒①，而勇夺三军之帅②，此岂非参天地，关盛衰，浩然而独存者乎？

盖尝论天人之辨③：以谓人无所不至，惟天不容伪；智可以欺王公，不可以欺豚鱼④；力可以得天下，不可以得匹夫匹妇之心。故公之精诚，能开衡山之云⑤，而不能回宪宗之惑；能驯鳄鱼之暴⑥，而不能弭皇甫镈、李逢吉之谤⑦；能信于南海之民，庙食百世⑧，而不能使其一日安于朝廷之上。盖公之所能者天也，其所不能者人也。

---

① "忠犯"句：指宪宗崇佛，迎佛骨入宫中，韩愈上表极谏。 ② "勇夺"句：指唐穆宗时，镇州发生兵变，杀田弘正，立王廷凑，韩愈奉诏宣抚。他以正气折服了王廷凑，平息了镇州之乱。事见《新唐书·韩愈传》。 ③ 论：研讨。辨：区别。④ 欺豚鱼：《易·中孚》："吉信及豚鱼也。"相反，信不及豚鱼则不吉，这是进一步申明"天不容伪"。 ⑤ 衡山：在湖南衡阳。韩愈遭贬，途经衡山，天气阴晦，韩愈默祷，忽然云散天晴。见韩愈《谒衡岳庙》诗。 ⑥ 训鳄鱼之暴：韩愈至潮州，问民间疾苦，老百姓以鳄鱼伤害人畜为苦。韩愈作《祭鳄鱼文》，鳄鱼就离开了潮州。 ⑦ 弭：消除。皇甫镈：唐宪宗时的宰相。宪宗得韩愈的潮州谢表，欲召回韩愈。由于皇甫镈的谗毁，仅改袁州刺史。李逢吉：唐穆宗时的宰相，制造韩愈和李绅的不和，然后把两人都赶出朝廷。 ⑧ 庙食：立庙祭祀。

始潮人未知学，公命进士赵德为之师①。自是潮之士皆笃于文行②，延及齐民③，至于今，号称易治，信乎孔子之言："君子学道则爱人，小人学道则易使也④。"潮人之事公也，饮食必祭，水旱疾疫，凡有求必祷焉，而庙在刺史公堂之后，民以出入为艰。前守欲请诸朝为新庙，不果。元祐五年，朝散郎王君涤来守是邦⑤，凡所以养士治民者，一以公为师。民既悦服，则出令曰："愿新公庙者，听。"民欢趋之，卜地于州城之南七里⑥，期年而庙成⑦。

或曰："公去国万里而谪于潮，不能一岁而归⑧。没而有知，其不眷恋于潮也审矣。"轼曰："不然，公之神在天下者，如水之在地中，无所往而不在也。而潮人独信

---

① 进士：唐代凡参加礼部考试的均可称进士。赵德：据韩愈《潮州请置乡校牒》，赵德沉雅专静，通经能文，排斥异端，尊崇孔子，可以为师。 ② 笃：诚笃，志向专一。 ③ 齐民：平民。 ④"君子"二句：语见《论语·阳货》。 ⑤ 朝散郎：文官名，从七品。王涤：苏轼有《与潮守王朝散涤书》，称王涤建韩文公庙，为"古之贤守留意于教化者所为，非薄书俗吏之所及也"。 ⑥ 卜地：择地。 ⑦ 期年：整年。 ⑧ 不能一岁而归：韩愈于元和十四年(819)正月贬潮州刺史，同年十月改袁州刺史，不足一年。

之深，思之至，‘焄蒿凄怆’①，若或见之。譬如凿井得泉，而曰水专在是，岂理也哉！”

元丰七年诏封公昌黎伯②，故榜曰：“昌黎伯韩文公之庙”。潮人请书其事于石，因作诗以遗之，使歌以祀公。其词曰：

公昔骑龙白云乡③，手抉云汉分天章④。

天孙为织云锦裳⑤，飘然乘风来帝旁。

下与浊世扫秕糠⑥，西游咸池略扶桑⑦，

草木衣被昭回光⑧。追逐李杜参天翔⑨，

汗流籍湜走且僵⑩，灭没倒影不可望。

---

① 焄蒿凄怆：语出《礼记·祭义》，言祭祀时引起的凄怆感情，指百物之气或香或臭，蒸而上出，人们闻着，不免凄怆。② 元丰七年：1084 年。韩愈原籍在昌黎，故封为昌黎伯。③“公昔”句：言韩愈是天上的仙人。白云乡：仙乡，天帝所居之地。《庄子·天地》有“垂彼白云，至于帝乡”句。 ④ 抉：择取。云汉：天河。天章：即天章云锦，指天上星云的文采。⑤ 天孙：即织女。 ⑥ 秕：未熟的谷。糠：谷皮。喻指微贱无用之物。 ⑦ 咸池：神话传说为太阳沐浴的地方。略：经过。扶桑：传说东海之外有扶桑国。屈原《离骚》：“饮余马于咸池兮，总余辔于扶桑。”这是以屈原的奔走、追求光明比喻韩愈到处宣扬儒道。 ⑧ 草木衣被：“衣被草木”的倒文。衣被：加惠的意思。 ⑨ 李杜：李白、杜甫。 ⑩ 籍湜：张籍、皇甫湜，皆韩愈的友人、门生。这是说张籍、皇甫湜远不如韩愈，汗流浃背也赶不上他。

作书诋佛讥君王，要观南海窥衡湘①，
历舜九疑吊英皇②。祝融先驱海若藏③，
约束鲛鳄如驱羊④。钧天无人帝悲伤⑤，
讴吟下招遣巫阳⑥。犦牲鸡卜羞我觞，
于粲荔丹与蕉黄⑦。公不少留我涕滂，
翩然被发下大荒⑧。

【翻译】

您身为普通人却为历代所师法，您说的话成为天下人共同遵守的准则，这都是因为您参与了天地的化育万物，关系着国家兴盛衰落的命运。您的出生自有来头，

---

① 南海：指潮州，潮州地近南海。衡湘：衡山、湘水，韩愈赴潮州必经之地。 ② 九疑：山名，在今湖南宁远县南，传说舜葬于此。英皇：女英、娥皇，舜之二妃。 ③ 祝融、海若：皆海神（韩愈《南海神庙碑》谓祝融为南海神）。言韩愈一到，海神皆逃走躲藏，不再为害。 ④“约束”句：指《祭鳄鱼文》事。 ⑤ 钧天：天之中央。帝：天帝。 ⑥“讴吟”句：谓天帝派遣巫阳下凡招韩愈归天。巫阳：神巫名。据《楚词·招魂》帝遣巫阳下招说：“魂兮归来！”讴吟即指此。 ⑦“犦牲”二句：写潮州人民以丰盛礼品挽留韩愈。犦牲：牦牛。鸡卜：以鸡骨卜神。羞我觞：献酒。于：叹词。粲：色泽鲜明。荔丹：红色荔枝。蕉黄：黄色香蕉。 ⑧ 翩然：形容动作轻快的样子。被发：披发，头发散乱。大荒：神话传说中的山名，日月落土的地方。

您去世后也有所作为。因此，申伯、吕侯出生，山岳降神；傅说死后，与群星并列。从古到今都这样传说，不能认为是谎言。孟子说："我善于培养自己的博大刚正之气。"这种气存于平常事物之中，充满天地之间。如果突然得到它，那么王公贵族也就算不上高贵，晋国、楚国也就算不上富强，张良、陈平也算不上机智，孟贲、夏育也算不上英勇，张仪、苏秦也说不上善辩了。是什么东西使得它这样的呢？那一定是不依赖形体就能站立，不凭借力量就能行走，不待出生就已存在，不随死亡而就消失的东西。因此，它在天上就是星辰，在地下就是山河，在阴间就是鬼神，而在阳世则又成为人。这是常理，没有什么值得奇怪的。

从东汉以来，儒道衰落，文章凋弊，异端邪说到处泛滥，经过唐朝贞观、开元那样的太平盛世，加之有房玄龄、杜如晦、姚崇、宋璟这样的贤相辅助，也不能挽救颓势。只有平民出身的韩文公，谈笑之间，轻松自如地指挥召号，天下的人都一起倒向他，追随他，文、道才重新走上正轨，到现在已经三百年了。您的文章使八代衰颓的文风重新振作，您提倡的儒道拯救了天下沉溺于邪说的人，您的忠心使您敢于触犯帝王之怒，您的勇气能够折服三军的统帅。这难道不是与天地并立，关系国家盛衰，浩大无边而永远存在的正气吗？

我曾经研讨过天道和人事的区别，认为有的人什么事都干得出来，只有老天爷不容许他作伪；他的狡诈可以欺骗王公贵族，却不能欺骗小猪、小鱼等普通动物；武力可以争得天下，却不能征服老百姓的心。因此，您的专一忠诚能够驱散衡山的阴云，却不能使宪宗回心转意；能驯服凶猛害民的鳄鱼，却不能制止皇甫镈、李逢吉的诽谤；能受到潮州百姓的信任爱戴，世世代代立庙祭祀，却不能使自己在朝廷安处一日。大概您能够做到的是顺天行道，不能做到的是完全战胜人间邪恶。

当初潮州人不懂得读书学习，您就让进士赵德做他们的老师。从此潮州的读书人都专心提高文学和品行，并影响到平民百姓，一直到现在，号称容易治理。孔子的话是对的："君子学习了道就爱护百姓，百姓学习了道就易于使唤。"潮州人对待您，吃饭一定要祭祀，遇到水灾旱灾，疾病瘟疫，凡是有所祈求，必定向您祷告。您的庙宇在刺史府公堂的后面，老百姓出入艰难。前任知州想请求朝廷修建新庙，没有实现。元祐五年朝散郎王涤来任知州，凡是他用来培养读书人、管理老百姓的措施，全部以您为表率。老百姓已经愉快、顺服，于是他发出文告说："愿意新建韩文公庙的，听便。"老百姓欢快地争着准备，在潮州城南七里处选了一块地，一年后新庙就建成了。

有人说："韩文公离开朝廷万里之遥而贬官到潮州，不到一年就北归了。如果死后有知，他肯定不会留恋潮州。"我说："不是这样。韩文公的神魂存在于天下，就像水在地里，无处不有。惟独潮州人对他信任深厚，怀念到极点，他们祭祀韩公的香烟缭绕，凄凉悲伤，或许韩公已经见了。这就像挖井得到泉水，就说泉水只在这里，哪有这种道理！"

元丰七年诏封韩文公为昌黎伯，因此题为："昌黎伯韩文公之庙"。潮州人士请我把这件事写在石碑上，我于是作一首诗送给他们，让他们歌咏，以祭祀韩文公。歌词是：

您过去在仙乡骑龙来往，
在银河亲手选取云锦天章。
织女用它来为您织成衣裳，
轻飘飘地乘风来到天帝身旁。
又下到污浊的人世横扫秕糠，
西游咸池，东过扶桑，到处奔忙，
各地草木都得了您的恩惠和阳光。
您追上李白、杜甫，一起翱翔，
张籍、皇甫湜汗流浃背也赶不上，
他们很快消逝不见，像水中倒影一样。
您作文章诋斥佛教，讥讽君王，

被赶去观赏衡山湘水，来到南海边上，
经过葬舜的九疑山，哀吊女英、娥皇。
海神祝融、海若，只好逃走躲藏，
不准蛟龙鳄鱼伤人，易如驱羊。
天上没有您，天帝也感到悲伤，
派巫阳唱起招魂曲，召您回天上。
以鸡骨占卜，献上牦牛、美酒，
还有鲜红的荔枝、金黄的香蕉。
您毫不停留，我们热泪滂沱，
您披头散发，翩然离去，像日落大荒。

黠鼠赋

黠(xiá 匣)鼠,狡猾的老鼠。这是一篇理趣兼胜的咏物小赋。首段叙事,写黠鼠骗人,得以逃脱。次段分析老鼠骗人脱逃的伎俩,感慨身为万物之灵的人也不免被老鼠蒙骗。末段"不一于汝,而二于物"是全赋的中心,即自己不能专心致志,反而受外物左右,这就是人被老鼠欺骗的真正原因。有人说这篇赋是苏轼少年之作,不对。叶梦得《避暑录话》卷下说:"苏子瞻扬州题诗之谤,作《黠鼠赋》。"扬州题诗之谤,指元祐六年(1019)政敌攻击苏轼的《归宜兴留题竹西寺》诗是庆幸神宗去世,这时苏轼已五十六岁,所以文中自称苏子,并有童子使唤。弄清这篇赋的背景才能懂得它的主旨，即不要因“一鼠之啮而为之变”，不要因少数政敌的攻击而分散自己的注意力。这篇赋由一件生活小事引出议论，生动活泼，寓意深刻，富有哲理，启人深思。

苏子夜坐，有鼠方啮①。拊床而止之②，既止复作。使童子烛之③，有橐中空④，嘐嘐聱聱⑤，声在橐中。曰："嘻！此鼠之见闭而不得去者也。"发而视之，寂无所有，举烛而索，中有死鼠。童子惊曰："是方啮也，而遽死耶？向为何声⑥，岂其鬼耶⑦？"覆而出之，堕地乃走，虽有敏者，莫措其手⑧。

苏子叹曰："异哉！是鼠之黠也。闭于橐中，橐坚而不可穴也⑨。故不啮而啮，以声致人⑩；不死而死，以形求脱也。吾闻有生⑪，莫智于人。扰龙伐蛟⑫，登龟狩麟⑬，役万物而君之，卒见使于一鼠，堕此虫之计中，惊脱

---

① 啮(niè 聂)：咬。 ② 拊(fǔ 斧)：拍打。 ③ 烛之：用蜡烛照一下。 ④ 橐(tuó 驼)：盛物的袋子。 ⑤ 嘐嘐聱聱(xiāo 嚣 áo 熬)：象声词，形容老鼠咬物的声音。 ⑥ 向：刚才，先前。 ⑦ 鬼：指老鼠死后的魂魄。 ⑧ 莫措其手：措手不及。 ⑨ 穴：洞。名词用作动词，打洞、咬洞。 ⑩ 致人：招致人来。 ⑪ 有生：有生命的东西。 ⑫ 扰龙：驯龙。扰：驯服，驯养。 ⑬ 登龟：用乌龟壳占卜。狩：猎取。

兔于处女①。乌在其为智也?”

坐而假寐②,私念其故。若有告余者曰:“汝惟多学而识之,望道而未见也。不一于汝,而二于物,故一鼠之啮而为之变也。‘人能碎千金之璧,不能无失声于破釜;能搏猛虎,不能无变色于蜂虿③,此不一之患也。’言出于汝④,而忘之耶?”余俯而笑,仰而觉。使童子执笔,记余之作。

【翻译】

晚上我坐着打盹,听见有老鼠正在咬东西。我拍床想制止它咬,声音停下后,接着又响起来。我叫侍童用灯照一下,发现有个袋子,里面空着,“嘐嘐聱聱”的声音是在袋子里发出的。童子惊奇地说:“嘻!原来是老鼠被困闭在袋中,不能逃出去。”打开袋子看老鼠,静悄悄的,袋里毫无声息,看不见什么。举着蜡烛搜索,发现袋中有只死老鼠。侍童吃惊地说:“它刚才还在咬袋子,突然就死了吗?先前是什么发出的声音,难道是它的魂魄

① “惊脱兔”句:形容老鼠像逃脱的兔子一样敏捷。处女:形容老鼠装成像未出嫁的女子一样文静。 ② 假寐:闭目养神,打盹。 ③ 虿(chài 柴去声):蝎子一类的毒虫。 ④ 言出于汝:据王宗稷《东坡先生年谱》载,庆历五年(1045)苏轼十岁时,按父亲的要求作《夏侯太初论》,文中就有以上所引的一段话。

吗?”把老鼠从袋子里倒出来,不料老鼠掉在地上就跑了。即使是敏捷的人,也会措手不及。

我感慨道:“这只老鼠狡猾得出奇啊!它被关在袋子中,袋子坚牢,不可能咬个洞出来。因此它并没有咬东西却装做咬东西,用声音来招惹人;没有死却装死,用死的样子来求得逃脱。我听说有生命的东西,没有什么比人更富有智慧了。人们驯龙擒蛟,取龟猎麟,支配万物而为万物之主,结果却被一只老鼠使唤,落在它设下的圈套中。最初它像文静的女子一样,后来却如逃跑的兔子一般敏捷。人怎么能算得上最有智慧呢?”

我坐着闭目打盹,独自默想其中的原因。仿佛有人对我说:“你只不过多学多记了点知识,仿佛望到了道,但并没有真正见到道。你不专心一意,反而被外物分心,所以一只老鼠咬东西就惊动了你,为它改变了注意力。‘人们有时打碎了价值千金的宝玉也能不动声色,而打破一个破锅却不能不失声惊叫;有时能同猛虎搏斗,而碰上蜂蝎却不能面不改色。这些都是不专心一意的后患。’这些话出自你口,就忘了吗?”我低头笑了,一抬头就从梦中醒来了。我让童子执笔,记上了这篇小赋。

答谢民师书

谢民师，名举廉，新淦（今江西新淦）人。元符三年（1100）苏轼遇赦，从海南岛儋县北归，途经广州。当时谢民师任广州推官，曾携所作诗文向苏轼求教，很得苏轼赏识。苏轼离开广州后，谢多次致函问候，本文即苏轼途经临江（今广东清远）时的回信。苏轼在这封信中以简洁朴素的文笔漫谈个人心绪、行迹，以及对文艺的看法：一是文贵自然说，写诗做文要像行云流水一样，当行即行，当止必止，这样才能做到文理自然，姿态横生。二是创新解释了孔子的“辞达”说。孔子所谓“辞达而已矣”，过去一般都认为它忽略文采，苏轼不以为然，并联系孔子“言之不文，行而不远”的话，认为“辞达”说本身就很重视文采。三是批判扬雄喜欢用艰深晦涩的词句，掩饰浅显易懂的主张。四是文有定价说，认为文章的价值决定于文章自身，并不决定于人们的褒贬扬抑。这封信写于苏轼去世前不久，可以说总结了他毕生的创作经验和主张，很值得重视。

近奉违，亟辱问讯，具审起居佳胜①，感慰深矣。某受性刚简，学迂材下，坐废累年②，不敢复齿缙绅③。自还海北④，见平生亲旧，惘然如隔世人⑤，况与左右无一

---

①“近奉违”三句：奉：书信中常用的表示敬意的词。违：离别。亟(qì气)：多次。辱：谦词，表示委屈了对方。具审：都明白了。起居：指日常生活。 ②“某受性”三句：某：书信中自谦的称谓。受性：秉性、性格。刚：刚直。简：简慢，待人不周全。坐：因，特指因罪。坐废累年，因罪而废置多年。苏轼于绍圣元年(1094)至元符三年，先贬惠州(今广东惠州)，再贬儋州(海南儋州)，共七年。 ③ 齿：并列。引申为“自居”。缙绅：又作“搢绅”，古代官吏的装束，后指官吏。缙(搢)：插，指插笏(用于记事的板子)于带。绅：衣带。 ④ 自还海北：指从海南岛儋县奉命渡海回到北方。 ⑤ 惘然：迷茫、失意的样子。

日之雅，而敢求交乎①？数赐见临②，倾盖如故③，幸甚过望④，不可言也。

所示书教及诗赋杂文⑤，观之熟矣。大略如行云流水，初无定质，但常行于所当行，常止于所不可不止，文理自然，姿态横生⑥。孔子曰："言之不文，行之不远⑦。"又曰："辞达而已矣⑧。"夫言止于达意，即疑若不文，是大不然。求物之妙，如系风捕影。能使是物了然于心者，盖千万人而不一遇也，而况能使了然于口与手者乎⑨？是之谓辞达。辞至于能达，则文不可胜用矣⑩。

---

① 左右：指谢民师。古代书信中为表尊敬，往往不直称对方，而称左右或执事。雅：平素、旧日的交情。 ② 见临：来访。 ③ 倾盖书故：即一见如故。倾盖：指途中相遇，停车对话，两车之盖相倚而倾斜，形容亲切。语出《史记·邹阳传》。 ④ 幸：欢喜。 ⑤ 书教：指官场中流行的公事文告一类应用文章。 ⑥"但常行"四句：苏轼《文说》："吾文如万斛泉源，不择地而出，在平地滔滔汩汩，虽一日千里无难。及其与山石曲折、随物赋形，而不可知也。所可知者，常行于所当行，常止于不可不止，如是而已矣。其他虽吾亦不能知也。"可见此段不只是对谢民师作品的评价，也是苏轼的自评之词。横生：层出不穷地表露。 ⑦"言之不文"二句：语见《左传·襄公二十五年》，原话是"言之无文，行而不远"。 ⑧ 辞达而已矣：引自《论语·卫灵公》。 ⑨"求物"五句：参看《文与可画〈筼筜谷偃竹〉记》。 ⑩ 不可胜（shēng 升）用：不可尽用。

扬雄好为艰深之辞①，以文浅易之说；若正言之，则人人知之矣。此正所谓“雕虫篆刻”者②，其《太玄》、《法言》皆是类也③，而独悔于赋，何哉？终身雕篆而独变其音节④，便谓之“经”，可乎？屈原作《离骚经》⑤，盖风、雅之再变者⑥，虽与日月争光可也⑦，可以其似赋而谓之“雕虫”乎？使贾谊见孔子，升堂有余矣⑧；而乃以赋鄙

---

① 扬雄：见《邵茂诚诗集叙》注。 ②“此正”句：扬雄年轻时喜好作赋，年壮后又后悔作赋，并斥作赋为雕虫小技（见扬雄《法言·吾子》）。雕虫篆刻：雕琢虫书，篆写刻符。虫书、刻符，都属秦朝八大字体，西汉学童要学习书写。虫书字体笔画似虫形，刻符多刻在符信（作信物用）上，两者都很难书写。 ③《太玄》、《法言》：扬雄仿《易经》作《太玄》，仿《论语》作《法言》，自认为是著述经、传。 ④ 独变其音节：作赋讲究音韵节奏，《太玄》、《法言》只是改变赋体的音节和句法，用散句而已。 ⑤《离骚经》：东汉人王逸作的《楚辞章句》中，称屈原的《离骚》为《离骚经》。 ⑥“盖风、雅”句：《诗经》的“国风”和“大、小雅”中，有一部分反映民间疾苦和揭露当时黑暗统治的诗篇，汉人作的《毛诗序》把这部分作品称为“变风”、“变雅”（“变”与“正”相对）。苏轼认为《离骚》继承发展了“变风”、“变雅”的传统，所以称它为“风雅之再变者”。 ⑦“虽与”句：引用司马迁《史记·屈原列传》对《离骚》的评价。 ⑧ 升堂：古人把学问高下比作“入门”、“升堂”、“入室”三种情况。“升堂有余”即可“入室”了。

之，至与司马相如①同科。雄之陋如此比者甚众，可与知者道②，难与俗人言也，因论文偶及之耳。

欧阳文忠公言："文章如精金美玉，市有定价，非人所能以口舌定贵贱也③。"纷纷多言，岂能有益于左右，愧悚不已。

所须惠力"法雨"堂两字④，轼本不善作大字，强作终不佳；又舟中局迫难写，未能如教。然轼方过临江，当往游焉。或僧有所欲记录，当为作数句留院中，慰左右念亲之意⑤。今日至峡山寺⑥，少留即去。愈远，惟万万以时自爱。

【翻译】

刚刚分别，承蒙您多次写信问候，详知您生活得很

① 司马相如：字长卿，西汉成都人，著名辞赋家。科：类，等级。扬雄《法言·吾子》："如孔氏之门用赋，则贾谊升堂，相如入室矣，如其不用何（无奈孔门不作赋）！"司马相如作赋重雕绘辞藻，苏轼从"辞达"的角度出发，认为他不能与贾谊相提并论。 ② 知：同"智"。 ③ 欧阳文忠公：即欧阳修，谥文忠。欧阳修《苏氏文集序》有"文章，金玉也"之语，此处所引不见《欧阳文忠公集》。 ④ 须：同"需"。惠力：寺庙名，在临江南。 ⑤ 谢民师的家乡新淦属临江，所以代惠力寺向苏轼求字。"念亲之意"实指思乡之情。 ⑥ 峡山寺：在清远峡（今广东清远东）山上。

好，深感欣慰。我的性格刚直简率，学识迂腐，才能低下，又因获罪废弃多年，不敢再自居士大夫之列。自从渡海北还，遇见平时的亲朋旧友，心中怅惘，好像是另一个时代的人；何况我和您无一日之旧情，还敢请求交个朋友吗？承蒙您多次看望我，一见如故，喜出望外，无法用语言来表达！

您给我的书信以及诗赋杂文，看了多遍。差不多就像行云流水，最初没有固定的形状，但常常在它应该流走的地方流走，在它不能不停止的地方停止，文章的脉络线索非常自然，千姿百态。孔子说："语言没有文采，留传不了多久。"他又说："言辞不过是用来表达意思罢了。"言辞仅仅在于表达意思，人们就怀疑这似乎不重视文采，这样看很不对。寻求事物的奥妙，就像想拴住风、捉到影子那样困难。能使心中明白想要写的东西，大概成千上万个人中碰不上一个，何况要做到手写口说都非常清楚呢！做到这步，才称得上"辞达"。文辞能够做到这样清楚地表达事物，那也就文采飞扬了！

扬雄喜欢写艰深晦涩的辞句，用来掩盖他肤浅易懂的主张，如果他直截了当地说，那么人人都懂。这样做正是他自己说的"雕虫小技"，他的《太玄》、《法言》都属于这类，但他只是后悔作赋，为什么呢？他一辈子都在雕篆，只是改变赋的音节就称作"经"，可以吗？屈原作

《离骚经》，是《诗经》“风”、“雅”的发展变化，即使和日月争辉也是可以的，能因为它像赋就称它为“雕虫”小技吗？如果贾谊赶上孔子的时代，能做孔子的弟子，他的学问哪止“升堂”，可说“入室”了。但是，扬雄因为贾谊作赋而鄙视他，以至于把贾谊和司马相如看做同类。扬雄像这一类的浅薄之谈很多，只可和懂得的人讲，难和一般人谈。因为谈论文章，偶然说到罢了。

欧阳文忠公说：“文章好像精金美玉，卖出去有定价，并不是人们凭嘴巴就能定贵贱的。”我啰啰嗦嗦说这么多话，怎能对您有益，非常惭愧不安。

您要我为惠力寺法雨堂写“法雨”两字，我本来不长于写大字，勉强写终不好；何况船中地方狭小，难以书写，不能按您的吩咐办。可是我正经过临江，会去那儿游览。也许寺中僧人要我写点什么，我一定为他们写几句留在寺院中，告慰您想念家乡的情意。今天我到了峡山寺，稍作逗留就离去。离您越来越远了，希望您千万保重。

《古代文史名著选译丛书》编纂始末①

马樟根　安平秋

今年1月,《古代文史名著选译丛书》已经出到100种101册(其中《史记》为2册)。4月份,最后的33种也已交稿。这样,全书133种即将呈献在读者面前。② 一项服务当前、造福子孙的普及优秀古代文化、进行爱国教育的大工程将宣告完工了。回想

---

①《古代文史名著选译丛书》由全国高校古籍整理研究工作委员会主持,古委会直接联系的18个古籍整理研究所为主要承担机构,章培恒、安平秋、马樟根任主编。本文于1992年4月,在《中国典籍与文化》杂志发表时题目是《衣带渐宽终不悔——〈古代文史名著选译丛书〉编纂始末》。这次将此文作为2011年修订版附录时,去掉原正标题,以原副标题为正式题目。 ② 至1994年4月最后定稿时,全书为135部。2011年修订版出版时,全书为134部。

这一套丛书动员18所院校，投入100余人，从1985年筹划，1986年起步，到今天已度过了六七年的岁月，个中甘辛令人难以忘怀。

一、北大·苏州·北大
——酝酿与筹划

编纂这样一套丛书，起因于1981年7月。当时陈云同志派人到北京大学召开了小型座谈会。来人告诉与会人员陈云同志最近在考虑两个问题：一个是粮食，一个是古籍整理。对古籍整理，特别讲到陈云同志说："整理古籍，为了让更多的人看得懂，仅作标点、注释、校勘、训诂还不够，要有今译，争取做到能读报纸的人多数都能看懂。有了今译，年轻人看得懂，觉得有意思，才会有兴趣去阅读。今译要经过选择，要列出一个精选的古籍今译的目录，不要贪多。"这就是后来收入《陈云文选》的那段话。1981年9月，中共中央关于整理我国古籍的文件中一字不差地强调了这段话。1983年，教育部成立了全国高校古籍整理研究工作委员会（简称古委会）。古委会主任周林同志根据中央和陈云同志意见，提出了组织力量今译古籍。但在当时，经过"文革”后的古籍整理工作百废待兴，加之一些学者对今译重要性的认识远非今日之深，这一工作一拖便是两年。

1985年5月，全国高校古委会在苏州召开了一届二次会议。周林同志在会上作了“人才培养和古代文化遗产普及问题”的专题发言，他分析了“解放三十多年来，由于‘左’的路线干扰，特别是‘文化大革命’，几乎使我们的民族文化到了中断的边缘，出现了对古代文化知之不多，或知之甚少的状况”，要教育界的同志“做好普及古代文化知识的工作”，搞好古籍的今注今译就是其中的一项重要任务，“高校古委会要在这方面多下功夫”，“高校古籍研究所无疑应担负起这个任务”。他针对当时一些人轻视古籍的今注今译思想，呼吁“我们对于选本、今译等有利于教育普及的东西，应承认它的学术价值”，“《昭明文选》、《唐诗三百首》、《古文观止》等是地道的选本，流传几百年，发生那么大的影响，能说没有水平？”“专家们深入浅出的在对古文献研究基础上的译注，对普及古代优秀文化作出重大贡献，算不算高水平的成果呢？”“古文既要译得恰当、准确，又要通畅易懂，难度是很大的”，“为了社会主义精神文明建设，古籍整理这方面也要作出应有的贡献”。一石激浪，沉寂了几年的今译古籍的话题又重新活跃起来。会上作了一番认真讨论。

经过这样的酝酿，1985 年 7 月，全国高校古委会科研项目评审组的专家们聚集在北京大学勺园，筹划编纂一套古籍今译的精选本。初步定名为《古籍今译丛书》，议定了收书范围、内容，开列了 65 种书的选目。并决定由科研项目专家评审组召集人、复旦大学古籍所所长章培恒教授和参加过陈云同志在北大召开座谈会、当时古委会主管科研工作的副秘书长安平秋同志共同负责，与秘书处同志一起具体筹划。经几个月的筹备，决定由古委会直接联系的 18 个高校古籍研究所承担这一工作，组成编委会，并开列出 89 种书的选目，对选译的进度、规划亦作了设计。此时，几家出版社闻讯而至，表示愿意出版这套丛书。最早与我们联系的巴蜀书社的段文桂社长以其强烈的事业心和对古籍今译的高度重视感动了我们，于是决定邀请巴蜀书社编辑参加第一次编委会议。

二、从柳浪闻莺到桂子山上

——第一批书稿的产生

第一次编委会于 1986 年 5 月在杭州柳莺宾馆

召开。宾馆因位于西湖十景之一的柳浪闻莺而得名。全国高校18个研究所的24名学者和有关人员聚集在这风景胜地，无心观柳，亦无从闻莺，紧张地工作了三天。会上确定了这套普及读物的读者对象是具有中等以上文化程度的广大群众，收书范围是中国历代文史名著，在名著之中选精。所选书目，在原拟89种基础上，调整为116种，以形成系统性。书中选篇之下分提示、原文、今译、注释四部分，以译文为主，书前有一前言，书中加入必要的插图。每一种书约10—15万字。书名确定为《古代文史名著选译丛书》。即由到会的24位学者组成丛书编委会①，由章培恒、马樟根、安平秋三人任主编。于是，编委会立即分成三个工作小组，在会上分头拟出丛书《凡例》、《编写、审稿要求》和《文稿书写格式》，经讨论修改而形成了正式文字以供遵循。在

① 编委会成员按姓氏笔划排列为：

马樟根　平慧善　安平秋　刘烈茂　许嘉璐　李国祥

金开诚　周勋初　宗福邦　段文桂　董治安　倪其心

黄永年　章培恒　曾枣庄(以上为常务编委)

王达津　吕绍纲　刘仁清　刘乾先　李运益　杨金鼎

曹亦冰　常绍温　裴汝诚(以上为编委)

自报的前提下，会上确定了由18个研究所承担前40部书的今译任务，要求当年年底完成。古委会主任、丛书顾问周林同志对编委会的认真精神、紧张工作和显著效率十分赞赏，他说："有这样一个编委会，有这样一个阵容来做选译，使中国历史文化不成为专属于少数人的知识，使能看报纸的人都读懂自己民族的名著，从而树立爱国主义、建设有民族特色的精神文明，其意义之深远将会在今后愈益显露出来。"于是，有1000余万字的大工程便从这里开始了。

当年年底各研究所的今译书稿经作者完成后，由在该所的编委审改，到1987年5月和7月，先后在复旦大学、北京大学两次召开编委审稿会。这种审稿会，说是审稿，实际上是边审边改，字斟句酌，每部书稿必须经一位编委、一位常务编委审改把关，经过这样两道工序，汇总到主编手中，40部书稿通过了25部。其中部分书稿赶印了样稿征求意见。于是周林同志于7月6日在北大临湖轩邀请了在京十几位专家与正在审稿的编委一起研究样稿，探讨如何提高这套今译丛书的质量。

根据编委审稿发现的问题和在京专家们的意

见，丛书亟需在已定体例的框架中条列细则；而出版单位巴蜀书社又希望所出版的第一批书为50种以便形成格局，需要布置各研究所承担新的今译任务。这样，1987年10月在华中师范大学再次召开了编委会，又请了詹锳、周振甫、刘乃和、郭预衡等先生到会指导。

这次编委会是在审看了40部书稿后，发现了一大批问题亟待解决，又是在需要布置下一步任务的状况下召开的，是一次承上启下的编委会。会议初期人们的心情和会上的气氛都带有一股子严峻与急切。会议从5日到8日开了三天半。但是在4日晚上开预备会的时候，主编章培恒先生尚未到会，亦无他是否已从上海出发的信息。5日上午就要开会了，主编不到怎么行呢？5日一早，我们还在沉睡之中，忽听有人敲门，进来的竟是章培恒！一向风神儒雅、衣装考究的章培恒先生，此时却是一身尘灰、满脸疲惫地站在我们面前。原来他从上海出发前，未能买到机票或船票，而上海到武汉又没有直达火车，只好先从上海坐火车到长沙，为了不误5日上午开会，他只好买了一张无座票，夜间从长沙出发一直站到武昌。一向走路辨不清方向的章培恒竟然在夜色未退之前一人从车站摸到了华中师大专家楼，也算是奇迹。

这次编委会，从体例的具体要求、书中选篇是否合适、每篇中的提示如何写、注释的繁简和语言的通俗性，到今译的信达雅如何把握，例如李白的“床前明月光，疑是地上霜，举头望明月，低头思故乡”这样通俗的诗是否要翻译，在在都有热烈的争论。感谢编委们的努力和学术判断力，最后终于形成了一个《细则》，一切争论都统一在这个《细则》之上。编委们在思想明确、分得新的任务之后，显出了少有的轻松与喜悦。会议结束正逢中秋节，华中师大的专家楼坐落在武昌桂子山上。入夜，桂子山上举行了赏月茶会，几张方桌，围坐着全体编委和特邀到会专家。天上明月如盘，清辉洒地，眼前桂树葱茏，桂花飘香，华中师大古籍研究所的青年们活跃席间，引得王达津先生即席赋诗，刘乃和先生清唱京戏。这气氛预示着《古代文史名著选译丛书》克服了当前的困难，第一批50种书稿有如母腹中的胎儿，快要降生了。

三、华清池畔的愁云与人民大会堂的欢欣

——第一批书出版的柳暗花明

1988年10月，编委们再一次聚会，审定第一批

50种中的最后十几部书稿、修改第二批50种中的大量书稿。这次审稿是在“东枕华山、西拒咸阳”的骊山脚下、华清池滨的一家招待所。这里古朴而不豪华，食宿低廉却又实惠，审稿之余，左近有风景可观，有古迹可寻，房内有43℃的温汤沐浴，编委们平日在校教学、科研工作劳累而生活清苦，如今有这样的环境与条件，感到少有的惬意。我们作为主编觉得这也是对编委们两年来辛勤编书的一点补偿。但这种适意之感很快就被两件事所驱散。一件事是书稿的质量。几十部书稿交来，一经审看，从注译到体例完全合格的只有寥寥可数的三四部，余下的，或需小改，或需大改，或根本不合格需退回重作。另一件事是出版发行成了问题。到会的巴蜀书社副社长黄葵同志向大家通报了即将印出的16本书征订情况，最多的为2000册，且只有一种，其他的只有800册、600册，甚至还有200余册。征订不佳，销路不畅，出书要赔钱，出版社为难，编委们又无计可施。此时哪还有心思去观赏“骊山云树郁苍苍，历尽周秦与汉唐”？也无心绪登上骊山，在烽火台前怀古。且正值“楼台八月凉”的节令，只有华清池畔秋雨飘零，秋风瑟瑟，落叶满地，不禁愁从中来。

愁则愁，还得面对现实。书稿质量不高，靠到会近20位编委十余天的逐字逐句修改，终于改定合格17部。至于出版发行问题，巴蜀书社的朋友费心经营，重新设计了封面，改进装帧，将第一批50种装成一个大礼品盒，成盒出售。从中又得到了国家新闻出版署、四川省出版局、国家教委有关司局和各省市教委的大力支持与帮助，发行面得以扩大，到了1990年下半年，首印的17000套书销售已尽，而问讯、索购者不绝，出版社决定再印30000套以供读者需要。中央领导了解到这套丛书受到读者欢迎，欣然为丛书题辞，江泽民总书记的题辞是“做好我国古代文史名著的传播普及工作，使其古为今用，以发扬爱国主义精神”，李鹏总理的题辞是“弘扬民族优秀文化，激励爱国主义精神”。李瑞环同志也为丛书题了辞。

1990年8月22日在北京人民大会堂召开了《古代文史名著选译丛书》出版座谈会。国家领导人李铁映、胡乔木、李德生、陈丕显、廖汉生、王汉斌、王光英出席，古委会主任周林同志主持会议，到会各阶层代表在发言中从不同角度肯定了这套书对促进青少年了解历史、了解国情、了解中华民族优秀传统文化、进行爱国主义教育的作用。时值盛夏，却逢喜雨，洗却了编委和出版社同志心中的忧虑，参加大会堂座谈会的13名常务编委会后又聚集在北京大学讨论深入认识编纂这套丛书的重大意义，研究审改好第二批书稿的具体措施。

四、从舜耕山庄耕作到乐山脚下

——第二批书稿审定之艰辛

第二批书稿50种50册，是1987年10月布置的。1988年10月在西安审改合格的17部书稿都已放入第一批中以替换原已通过的第一批中质量较差的书稿。这样，第二批书稿当时余下的已完成的有20余部，却都不合格，只能要求译注者和编委再行修改。一年之后，编委会汇总来重新改好和新译注交来的第二批书稿44部，1989年10月于济南千佛山下的舜耕山庄召开了常务编委审稿会。

这次审稿，发现的问题较多。有的选目不当，如有的史书重要人物的传不选却选入无关紧要而又无学习价值的人物传，有的名家的文章名篇不选却选入既无文学价值又无借鉴意义的篇章。有的选译所依据的底本不当，舍弃现有的精校本却用校勘不善的本子。有的虽有根据地改动正文却只在注释中说“原作……据别本改”，而不指明据何本改。有的注释过繁，不利于一般读者阅读；有的注释极简，该注释的地方不注，使广大读者看了译文仍无法理解全文的精妙；而更多的是注释不准确，对一字一词增字为训而歪曲了原意的毛病也较普遍。译文问题更多，有的语义不清，佶屈聱牙，把“三顾频烦天下计，两朝开济老臣心”译为“三顾茅庐频烦为天下大计，两朝事业开济尽老臣忠心”，有的为追求通俗生动把“君何往”中的“君”译为“老兄”。每篇的提示，有的写得很长变成了文章赏析，有的虽短却不中肯綮，用了类似“文革”期间的语言扣几顶大帽子了事。看这样的稿子都觉头痛，改这样的稿子更感艰难。审稿历时12天，参加审稿、当时63岁的黄永年先生向我们诉苦：“头发掉了一把！”有的编委说，千佛山古称历山，传说舜在这里开垦耕耘，十分艰辛，我们住在舜耕山庄，预示着我们为这套丛书垦荒笔耕，也要历尽千辛。这次审稿，经过审改之后，有10部书稿合格，有11部需会后再作小的修改方能通过，余下的均需作大的改动或另请人译注。

这次审稿还研究了所选戏曲部分的曲辞如何今译问题，如规定了念白中出现的诗句只注不译，上、下场诗只注不译，注而不译的文字在译文中应予保留以便参读。

到1990年12月，丛书常务编委在广州研究丛书如何体现批判继承精神、如何提高第二批书稿质量时，又有18部书稿完成交来。为了保证书稿质量，使1991年上半年召开的常务编委审稿会得以顺利进行，我们三个主编从广州匆匆赶到北京，用了一周时间审看了这18部书稿，通过了7部，11部退改。当我们看完最后一部书稿碰头研究时，已是12月31日。在1990年一年内，我们仅仅通过了这7部书稿。加上1989年在舜耕山庄通过的10部，也仅有17部，尚差33部方足第二批的50部。

1991年5月，常务编委来到古称嘉州的乐山市，在乐山山腰的八仙洞宾馆继续审改第二批书稿。改稿时间只有十天，要力争将50部推出，其繁重可知。我们在改稿过程中，不禁想到明万历年间嘉州知州袁子让的诗句“登临始觉浮生苦”，想到这套丛书从起步到这次审改已历时5年，当初怎么也没有想到完成这套丛书会是如此的艰辛，真是登临始觉笔耕苦啊!

这次乐山审稿,通过了13部书稿。好在余下的20部书稿只须小改即可在会后交稿,终于在1991年8月将这20部书稿全部改定交巴蜀书社。第二批50部历时近四年终于定稿了。

五、在金陵古都作光辉的一结

——第三批书稿的完成

1990年12月据出版社的要求,这套丛书出齐当为150种,到乐山会上又修正为110种至125种,最后数字的确定根据最后一次审稿结果而定,合格的即入选,不合格的不再修改选入。根据这一共识,今年4月中旬,我们一部分常务编委聚集到六朝古都南京,从已经交来的35部书稿中选择经小改合格的书稿。经过十一天的劳作,选择、改定33部,由到会的常务编委、巴蜀书社的段文桂总编和编委、巴蜀书社的刘仁清副编审带回成都,将经由他们的继续辛苦而使《古代文史名著选译丛书》以133部、1500万字之数呈献给热爱中华文化的读者。

这套丛书从1986年5月起步,历时整整六年,平日繁细工作不计,仅编委大小审稿会就开了12次之多。丛书的发起人、顾问、古委会主任周林同志先后参加了8次审稿会,每次都自始至终和大家在一起,听取审稿情况,了解遇到的问题;当我们遇到困难的时候他为我们鼓劲,当我们感到欣喜的时候他提醒我们不可大意。这次他又和我们一起来到虎踞龙蟠的石头城下,为我们督阵,看我们能否为这套丛书作出光辉的一结。

此时此刻,我们与这次会议的东道主、丛书常务编委、南京大学的周勋初先生漫步在中山陵旁,想到今译丛书已基本完成,自然感到如释重负,但理智却使我们不敢轻松,我们期待着全书133部出齐之后专家、读者的评头品足。

1992年4月26日

(原载《中国典籍与文化)1992年第1期)

古代文史名著选译丛书(修订版)总目

丛书主编:章培恒　安平秋　马樟根

书　名	译注者	审阅者	定价/元
老子注译	张玉春　金国泰	安平秋	16.00
庄子选译	马美信	章培恒	18.00
荀子选译	雪　克　王云路	董治安　许嘉璐	19.00
申鉴中论选译	张　涛　傅根清	董治安	18.00
颜氏家训选译	黄永年	许嘉璐	15.00
论语注译	孙钦善	宗福邦	28.00
孟子选译	刘聿鑫　刘晓东	黄　葵	20.00
墨子选译	刘继华	董治安	14.00
韩非子选译	刘乾先　张在义	黄　葵	19.00
新序说苑选译	曹亦冰	倪其心	25.00
论衡选译	黄中业　陈恩林	许嘉璐	22.00
管子选译	缪文远　缪　伟	董治安	18.00
列子选译	王丽萍	周勋初　倪其心	19.00
韩诗外传选译	杜泽逊　庄大钧	董治安	24.00
盐铁论选译	孙香兰　刘光胜	黄永年	13.00
诗经选译	程俊英　蒋见元	刘仁清	19.00
楚辞选译	徐建华　金舒年	金开诚	15.00
贾谊文选译	徐　超　王洲明	安平秋	17.00
司马相如文选译	费振刚　仇仲谦	安平秋	11.00
文心雕龙选译	周振甫	黄永年	17.00
庾信诗文选译	许逸民	安平秋	18.00

书　名	译注者		审阅者		定价/元
嵇康诗文选译	武秀成		倪其心		18.00
谢灵运鲍照诗选译	刘心明		周勋初		18.00
陈子昂诗文选译	王　岚		周勋初	倪其心	14.00
李白诗选译	詹　锳	等	章培恒		22.00
高适岑参诗选译	谢楚发		黄永年		23.00
元稹白居易诗选译	吴大逵	马秀娟	宗福邦		21.00
柳宗元诗文选译	王松龄	杨立扬	周勋初		18.00
李贺诗选译	冯浩菲	徐传武	刘仁清		20.00
杜牧诗文选译	吴　鸥		黄永年		14.00
李商隐诗选译	陈永正		倪其心		19.00
唐五代词选译	亦　冬		董治安		16.00
唐文粹选译	张宏生		周勋初		18.00
晚唐小品文选译	顾歆艺		平慧善		15.00
黄庭坚诗文选译	朱安群	等	倪其心		18.00
辛弃疾词选译	杨　忠		刘烈茂		24.00
元好问诗选译	郑力民		宗福邦		20.00
宋四家词选译	王晓波		倪其心		16.00
黄宗羲诗文选译	平慧善	卢敦基	马樟根		15.00
吴伟业诗选译	黄永年	马雪芹	安平秋		20.00
方苞姚鼐文选译	杨荣祥		安平秋		20.00
明代散文选译	田南池		马樟根		22.00
顾炎武诗文选译	李永祜	郭成韬	刘烈茂		23.00
张衡诗文选译	张在义 韩格平	张玉春	刘仁清		16.00
汉诗选译	张永鑫	刘桂秋	金开诚		19.00

书　名	译注者		审阅者		定价/元
阮籍诗文选译	倪其心		刘仁清		15.00
三曹诗选译	殷义祥		刘仁清		22.00
诸葛亮文选译	袁钟仁		董治安		16.00
陶渊明诗文选译	谢先俊	王勋敏	平慧善		16.00
杜甫诗选译	倪其心	吴　鸥	黄永年		17.00
王维诗选译	邓安生	等	倪其心		20.00
刘禹锡诗文选译	梁守中		倪其心		20.00
孟浩然诗选译	邓安生	孙佩君	马樟根		18.00
韩愈诗文选译	黄永年		李国祥		20.00
欧阳修诗文选译	林冠群	周济夫	曾枣庄		20.00
曾巩诗文选译	祝尚书		曾枣庄		19.00
苏轼诗文选译	曾枣庄	曾　弢	章培恒		23.00
李清照诗文词选译	平慧善		马樟根		15.00
陆游诗词选译	张永鑫	刘桂秋	黄　葵		24.00
朱熹诗文选译	黄　珅		曾枣庄		20.00
文天祥诗文选译	邓碧清		曾枣庄		20.00
袁枚诗文选译	李灵年	李泽平	倪其心		20.00
王安石诗文选译	马秀娟		刘烈茂	宗福邦	18.00
二程文选译	郭　齐		曾枣庄		25.00
范成大杨万里诗词选译	朱德才	杨　燕	董治安		26.00
萨都剌诗词选译	龙德寿		曾枣庄		28.00
王阳明诗文选译	吴　格		章培恒		18.00
徐渭诗文选译	傅　杰		许嘉璐	刘仁清	17.00
李贽文选译	陈蔚松	顾志华	李国祥	曾枣庄	17.00

书　名	译注者		审阅者	定价/元
三袁诗文选译	任巧珍		董治安	17.00
王士禛诗选译	王小舒	陈广澧	黄永年	13.00
龚自珍诗文选译	朱邦蔚	关道雄	周勋初	13.00
尚书选译	李国祥　谢贵安	刘韶军　庞子朝	宗福邦	14.00
礼记选译	朱正义	林开甲	宗福邦	22.00
左传选译	陈世铙		董治安	22.00
国语选译	高振铎	刘乾先	黄　葵	22.00
战国策选译	任　重	霍旭东	李国祥	21.00
吕氏春秋选译	刘文忠		董治安	17.00
吴越春秋选译	郁　默		倪其心	19.00
史记选译	李国祥　张三夕	李长弓	安平秋	29.00
汉书选译	张世俊	任巧珍	李国祥	22.00
后汉书选译	李国祥　彭益林	杨　昶	许嘉璐	24.00
三国志选译	刘　琳		黄　葵	18.00
晋书选译	杜宝元		许嘉璐	15.00
宋书选译	漆泽邦	孔　毅	李国祥	19.00
南齐书选译	徐克谦		周勋初	18.00
北齐书选译	黄永年		安平秋	16.00
梁书选译	于　白		周勋初	17.00
陈书选译	赵　益		周勋初	17.00
南史选译	漆泽邦		安平秋	22.00
北史选译	刁忠民		段文桂	20.00

书　名	译注者	审阅者	定价/元
周书选译	黄永年	安平秋	15.00
魏书选译	杨世文　郑　晔	周勋初	22.00
隋书选译	武秀成　赵　益	周勋初	20.00
新唐书选译	雷巧玲　李成甲	黄永年	16.00
旧唐书选译	黄永年	章培恒	16.00
新五代史选译	李国祥　王玉德　姚伟钧	周勋初	18.00
旧五代史选译	贾二强	黄永年	17.00
宋史选译	淮　沛　汤　墨	曾枣庄	20.00
辽史选译	郭　齐　吴洪泽	曾枣庄	21.00
金史选译	杨世文　祝尚书　李文泽　王晓波	曾枣庄	21.00
元史选译	樊善国　徐　梓	马樟根	25.00
明史选译	杨　昶	李国祥	20.00
清史稿选译	黄　毅	章培恒	22.00
贞观政要选译	裴汝诚　王义耀	黄永年	18.00
史通选译	侯昌吉　钱安琪	周勋初	16.00
资治通鉴选译	李　庆	黄永年	16.00
续资治通鉴选译	徐光烈	安平秋	24.00
通鉴纪事本末选译	谈蓓芳	章培恒	21.00
洛阳伽蓝记选译	韩结根	章培恒	22.00
梦溪笔谈选译	李文泽	曾枣庄	20.00
徐霞客游记选译	周晓薇　等	黄永年　马樟根	17.00
宋代笔记小说选译	朱瑞熙　程君健	金开诚等	19.00
关汉卿杂剧选译	黄仕忠	刘烈茂	24.00

书 名	译注者	审阅者	定价/元
明代文言短篇小说选译	黄 敏	章培恒	23.00
六朝志怪小说选译	肖海波 罗少卿	刘仁清	21.00
世说新语选译	柳士镇 钱南秀	周勋初	23.00
水经注选译	赵望秦 段塔丽 张艳云	许嘉璐	19.00
唐人传奇选译	周 晨	曾枣庄	24.00
唐五代笔记小说选译	严 杰	周勋初	21.00
大慈恩寺三藏法师传选译	贾二强	黄永年	18.00
宋代传奇选译	姚 松	周勋初	22.00
聊斋志异选译	刘烈茂 欧阳世昌	章培恒	22.00
阅微草堂笔记选译	黄国声	安平秋	16.00
清代文言小说选译	王火青	周勋初	23.00
历代名画记图画见闻志选译	周晓薇 赵望秦	黄永年	17.00
容斋随笔选译	罗积勇	宗福邦	20.00
唐才子传选译	张 萍 陆三强	黄永年	24.00
西厢记选译	王立言	董治安	20.00
元代散曲选译	彭久安	刘烈茂 金开诚	21.00
日知录选译	张艳云 段塔丽	黄永年	22.00
桃花扇选译	张文澍	章培恒 段文桂	15.00
牡丹亭选译	卓连营	章培恒	14.00
长生殿选译	戚海燕	董治安	20.00